W0377113

MIRA®

Alle Rechte, einschließlich das des vollständigen oder
auszugsweisen Nachdrucks in jeglicher Form, sind vorbehalten.

Der Preis dieses Bandes versteht sich einschließlich
der gesetzlichen Mehrwertsteuer.

*Umwelthinweis:*
Dieses Buch wurde auf chlor- und säurefreiem Papier gedruckt.

*Gefangen in der Wildnis*

Keine Sekunde lässt Cooper Landry die verletzte Rusty aus den Augen. Nach dem Absturz ihrer kleinen Maschine in den Wäldern Kanadas hat er ihre Wunden versorgt, dann mussten sie sich zehn Tage mühsam durch die Wildnis kämpfen – bis sie von zwei Männern aufgenommen wurden. Doch bei den hungrigen Blicken, mit denen die beiden Rusty in der Blockhütte betrachten, befürchtet Cooper Schlimmes. Und seine Ahnung täuscht ihn nicht: Rusty wird angegriffen ...

*Sandra Brown*

# Gefangen in der Wildnis

Roman

Aus dem Amerikanischen von
SAS

MIRA®

MIRA® TASCHENBUCH
Band 25117
1. Auflage: Dezember 2004

MIRA® TASCHENBÜCHER
erscheinen in der Cora Verlag GmbH & Co. KG,
Axel-Springer-Platz 1, 20350 Hamburg
Deutsche Erstveröffentlichung

Titel der nordamerikanischen Originalausgabe:
Two Alone
Copyright © 1987 by Sandra Brown
erschienen bei: Mira Books, Toronto
Published by arrangement with
Harlequin Enterprises II B.V., Amsterdam

Konzeption/Reihengestaltung: fredeboldpartner.network, Köln
Umschlaggestaltung: pecher und soiron, Köln
Titelabbildung: by GettyImages, München/Mauritius Images
Autorenfoto: © by Harlequin Enterprise S.A., Schweiz
Satz: D.I.E. Grafikpartner, Köln
Druck und Bindearbeiten: Ebner & Spiegel, Ulm
Printed in Germany
ISBN 3-89941-153-6

www.mira-taschenbuch.de

# 1. KAPITEL

Sie waren alle tot.
Alle, außer ihr.
Dessen war sie sicher.

Sie wusste nicht, wie viel Zeit seit dem Aufschlag vergangen war oder wie lange sie hier schon vornübergebeugt saß, den Kopf zwischen den Knien. Es konnten Sekunden sein, Minuten, Lichtjahre. Zeit konnte also doch stillstehen.

Es war ihr wie eine Ewigkeit vorgekommen. Das hässliche Knirschen von berstendem Metall, bis es mit einem letzten Ächzen verhallte. Die verstümmelten Bäume, unschuldige Opfer des Absturzes, standen wieder ruhig, kaum ein Blatt bewegte sich noch. Es war unheimlich still, kein Laut mehr, nichts.

Absurderweise überlegte sie, wie es sich anhörte, wenn ein Baum umstürzte. Machte es überhaupt ein Geräusch? Ja. Sie hatte es gehört. Also lebte sie noch.

Sie hob den Kopf. Haar, Schultern und Rücken waren übersät mit kleinen Plexiglasstückchen – Überreste dessen, was einst die Fensterluke neben ihrem Sitz gewesen war. Sie schüttelte vorsichtig den Kopf, und die Teilchen regneten herunter, fielen leise klirrend zu Boden. Sie zwang sich, die Augen zu öffnen.

Sie wollte schreien, aber das Entsetzen schnürte ihr die Kehle zu. Ein Blutbad, grässlicher als der schlimmste Albtraum eines Fluglotsen.

Die beiden Männer in der Sitzreihe vor ihr – gute Freunde, nach dem lauten Lachen und gutmütigen Gefrotzel zu urteilen – waren jetzt tot. Der Kopf des einen war durch das Fenster geschlagen. Sie registrierte diese Tatsache, sah aber nicht genauer hin. Da war eine riesige Blutlache. Hastig kniff sie die Augen zusammen und öffnete sie nicht mehr, bis sie den Kopf weggedreht hatte.

Auf der anderen Seite des Ganges noch ein toter Mann, den Kopf an der Rückenlehne, so als hätte er geschlafen, als das Flugzeug abstürzte. Der einsame Wolf. Sie hatte ihn in Gedanken so getauft, noch bevor das Flugzeug gestartet war. Da es eine kleine Maschine war, war die Zuladung stark beschränkt. Während Passagiere und Gepäck genauestens gewogen worden waren, hatte der einsame Wolf abseits von der Gruppe gestanden, seine ganze Haltung war hochmütig und feindselig gewesen. Seine Unfreundlichkeit hatte jeden Versuch einer Unterhaltung mit den anderen Passagieren, die alle aufgekratzt mit ihren Erfolgen und Fähigkeiten prahlten, im Keim erstickt. Seine Unnahbarkeit hatte ihn vom Rest der Gruppe getrennt – so wie ihr Geschlecht sie isoliert hatte. Sie war die einzige Frau an Bord.

Und jetzt die einzige Überlebende.

Als sie nach vorn sah, erkannte sie, dass das Cockpit vom Rumpf gerissen worden war. Es lag mehrere Meter weiter vorn. Pilot und Copilot, beides freundliche und gut gelaunte junge Männer, waren blutüberströmt und offensichtlich tot.

Sie schluckte. Der bärtige Copilot hatte ihr beim Einsteigen geholfen und noch mit ihr geflirtet. Er habe nur selten Frauen an Bord, und wenn, dann nie solche, die wie Fotomodelle aussahen.

Die anderen beiden Passagiere in den vordersten Sitzen, Brüder, wurden noch von ihren Gurten gehalten. Sie waren von dem zersplitterten Baumstamm getötet worden, der den Flugzeugrumpf wie ein Dosenöffner aufgeschlitzt hatte. Ihre Familien würden mit einem zweifachen Verlust fertig werden müssen.

Sie begann zu weinen. Hoffnungslosigkeit und Furcht übermannten sie. Sie hatte Angst, ohnmächtig zu werden. Sie hatte schreckliche Angst zu sterben. Und Angst, dass sie es nicht tun würde.

Für die anderen Passagiere war der Tod schnell und schmerzlos gekommen. Sie waren wahrscheinlich alle direkt beim Aufprall getötet worden. Ihr Tod jedoch würde langsam und qualvoll sein. Soweit sie es im Moment beurteilen konnte, war sie auf wundersame Weise unverletzt geblieben. Sie würde langsam umkommen. Vor Durst und Hunger, hier in dem unwegsamen Gelände.

Sie fragte sich, wieso sie noch lebte. Die einzige Erklärung war, dass sie ganz hinten gesessen hatte. Im Gegensatz zu den anderen hatte sie jemanden dort in der Hütte am Great Bear Lake gehabt, bei dem sie sich verabschieden musste. Sie war als Letzte eingestiegen. Alle Plätze waren bereits besetzt gewesen, außer dem in der letzten Reihe.

Als der Copilot ihr an Bord geholfen hatte, waren die derben Männergespräche schlagartig verstummt. Mit leicht geneigtem Kopf, um sich nicht an der niedrigen Kabinendecke zu stoßen, war sie nach hinten zu dem einzigen freien Sitz gegangen. Kein sehr angenehmes Gefühl, als einzige Frau an Bord. Als würde man in ein schummriges, verräuchertes Hinterzimmer treten, in dem eine heiße Partie Poker im Gange ist. Manche Dinge waren eben ausschließlich der Männerwelt vorbehalten. So wie manche Dinge ausschließlich weiblich waren. Gleichberechtigung hin oder her.

Ein Flugzeug, das Passagiere von einer Jagd- und Fischerhütte in den Northwest Territories zurückflog, war so eine männliche Angelegenheit. Sie hatte versucht, sich so unsichtbar wie möglich zu machen, beharrlich geschwiegen, nur stumm aus dem Fenster geschaut. Einmal, kurz nach dem Start, hatte sie den Kopf gewandt und war dem Blick des Mannes auf der anderen Gangseite begegnet, ein so offensichtlich verächtlicher Blick, dass sie den Kopf sofort wieder zum Fenster gedreht hatte.

Neben den beiden Piloten war sie wahrscheinlich die Erste gewesen, die das Unwetter bemerkt hatte. Von dichtem Nebel begleitet, hatte der sintflutartige Regen sie nervös gemacht. Bald fiel auch den anderen auf, wie stark die Maschine schlingerte. Anstelle von prahlerischem Gehabe fielen jetzt knappe Bemerkungen, dass einem wohl nichts anderes übrig bleiben würde, als es durchzustehen, und wie froh man doch sei, dass man nicht selbst „fahren“ müsse, sondern die Piloten.

Aber die Piloten hatten es alles andere als einfach. Das wurde bald allen klar. Schließlich breitete sich allgemeines Schweigen aus, besorgte Blicke waren auf die beiden Männer vorn an den Geräten gerichtet. Die Anspannung steigerte sich, als der Funkkontakt abbrach. Auf die Instrumente konnte man sich auch nicht mehr verlassen, denn die abgelesenen Messwerte waren offensichtlich ungenau. Wegen der undurchdringlichen Wolkendecke hatten sie seit dem Start den Boden nicht mehr sehen können.

Als das Flugzeug in einer Spirale, Nase zuerst, nach unten sackte und die Piloten in die Kabine schrien: „Wir gehen runter!“, akzeptierten alle ihr Schicksal mit erstaunlicher Ruhe.

Sie hatte sich nach vorn gebeugt, den Kopf zwischen die Knie genommen, die Hände im Nacken gefaltet und gebetet, den ganzen Weg nach unten. Eine Ewigkeit.

Nie würde sie den ersten Stoß vergessen, als die Maschine aufschlug. Sie hatte keine Ahnung, warum sie nicht auf der Stelle tot war, konnte sich nur denken, dass sie auf Grund ihres grazilen Körperbaus zwischen zwei Sitzpolster gepresst wurde, die den Aufprall abgemildert hatten.

Allerdings war sie unter den gegebenen Umständen nicht sicher, ob sie ihr Überleben tatsächlich als begrüßenswerte Alternative sehen sollte. Die Jagdhütte an der nordwestlichsten Spitze des Great Bear Lake konnte nur per Flugzeug erreicht werden. Meilen unberührter Wildnis lagen zwischen der Hütte und Yellowknife, ihrem ursprünglichen Ziel. Der Himmel allein wusste, wie weit die Maschine von der Flugroute abgekommen war, bevor sie abstürzte. Die Behörden konnten monatelang suchen, ohne sie jemals zu finden. Und bis man sie fand – falls überhaupt –, war sie völlig allein und in ihrem Überlebenskampf auf sich selbst gestellt.

Dieser Gedanke ließ sie sofort aktiv werden. Hektisch zerrte sie an ihrem Gurt. Der Verschluss schnappte auf, und sie fiel nach vorn, stieß mit dem Kopf an den Vordersitz. Sie ließ sich auf alle viere nieder und kroch durch den schmalen Gang auf das riesige Loch im Rumpf zu.

Sie vermied es, auf die leblosen Körper zu schauen, stattdessen blickte sie durch einen Spalt im zerfetzten Metall nach oben. Der Regen hatte aufgehört, aber die Wolken hingen immer noch tief, grau und schwer und bedrohlich am Himmel. Donner grollte. Die Luft war kalt und feucht.

Sie wickelte ihren Rotfuchsmantel enger um sich und stellte den Kragen auf. Kein Wind. Dafür musste sie wohl dankbar sein. Der Wind hier konnte eisig kalt und schneidend sein ... Moment! Wenn kein Wind wehte, woher kam dann dieses pfeifende Geräusch?

Mit angehaltenem Atem wartete sie.

Da! Schon wieder!

Sie drehte den Kopf und lauschte. Es war nicht einfach, da ihr eigener Herzschlag ihr in den Ohren dröhnte.

Eine Bewegung.

Sie sah auf den Mann, der auf der anderen Seite des Ganges neben ihr gesessen hatte. War es nur verzweifeltes Wunschdenken, oder hatten die Lider des einsamen Wolfs gerade gezuckt? Sie hastete zurück, schob den blutigen Arm eines Passagiers, der schlaff über der Armlehne hing und dem sie vor einem Moment noch so konzentriert ausgewichen war, unwirsch beiseite.

„O bitte, lieber Gott, lass ihn am Leben sein“, flehte sie inbrünstig.

Sie starrte auf sein Gesicht. Reglos, kein Liderflattern. Kein Stöhnen kam über seine Lippen. Sie sah auf seine

Brust, aber da er eine wattierte Jacke trug, ließ sich nicht erkennen, ob er atmete oder nicht.

Vorsichtig streckte sie die Hand aus und hielt den Zeigefinger unter die Nase des Mannes, ganz nah, direkt bei den Nasenflügeln. Und stieß einen kleinen Laut aus, als sie den feuchten Luftzug spürte. Schwach nur, aber mit Sicherheit vorhanden.

„Danke, Gott. Oh, Gott sei Dank." Sie begann gleichzeitig zu lachen und zu weinen. Sie schlug dem Mann leicht auf beide Wangen. „Wachen Sie auf, Mister. Kommen Sie, bitte wachen Sie auf."

Er stöhnte, öffnete aber die Augen nicht. Je eher er das Bewusstsein zurückerlangte, desto besser, das wusste sie instinktiv. Und sie brauchte die Versicherung, dass er nicht tot war oder sterben würde – zumindest nicht sofort. Sie musste einfach wissen, dass sie nicht allein war.

Kalte Luft würde wahrscheinlich helfen, um ihn wieder zu beleben. Also beschloss sie, ihn aus dem Flugzeug herauszuholen. Es würde nicht einfach werden, er wog mit Sicherheit gute fünfzig Pfund mehr als sie.

Sie spürte jedes Gramm, als sie seinen Gurt öffnete und sein Gewicht mit Wucht gegen sie fiel. Das meiste davon konnte sie mit ihrer rechten Schulter auffangen. Ihn halb stützend, halb schleifend, zog sie ihn den Gang hinunter zu der Öffnung.

Sie brauchte eine halbe Stunde für eine Entfernung von knapp drei Metern. Der blutige Arm versperrte ihnen den Weg, sie überwand ihren Abscheu, winkelte ihn an und legte ihn dem Toten auf den Schoß. Ihre Hand war voller Blut, warm und klebrig. Sie stieß ein entsetztes Wimmern aus, biss sich auf die zitternde Unterlippe und zog den Mann weiter, Zentimeter für Zentimeter.

Der Gedanke schoss ihr durch den Kopf, dass sie dem Mann damit vielleicht mehr schadete als half, wenn sie ihn bewegte. Aber sie war schon so weit gekommen, sie würde jetzt nicht aufhören. Ein Ziel zu setzen und es zu erreichen war plötzlich ausgesprochen wichtig, und wenn es nur aus dem Grund war, um sich zu beweisen, dass sie nicht völlig hilflos war. Sie hatte sich zum Ziel gesetzt, ihn nach draußen zu bringen. Das würde sie tun, und wenn es sie umbringen sollte.

Was durchaus passieren könnte, dachte sie einige Minuten später. Sie hatte ihn so weit nach vorn gezogen, wie es möglich war. Ab und zu stöhnte er, aber sonst zeigte er keine Anzeichen, dass er wieder zu Bewusstsein kommen würde. Sie ließ ihn liegen und zwang sich durch die Äste der Kiefer. Die gesamte linke Seite des Flugzeugrumpfes war weggerissen worden, sie musste den Mann also durch die Äste hindurchziehen. Sie brach so viele Zweige ab, wie es ihr möglich war, und kehrte dann zu dem Mann zurück.

Sie brauchte allein fünf Minuten, um ihn so umzudrehen, dass sie die Arme unter seinen Achseln hindurchstecken konnte. Dann schleifte sie ihn rückwärts durch den engen Tunnel, den sie geschaffen hatte. Kiefernnadeln stachen ihr ins Gesicht, die raue Borke schürfte ihr die Haut von den Händen, aber glücklicherweise schützte ihre schwere Kleidung den größten Teil der Haut.

Sie keuchte vor Anstrengung. Sie überlegte, ob sie eine Pause einlegen sollte, befürchtete aber, danach nicht mehr die Energie zum Weitermachen aufbringen zu können.

Der Mann stöhnte jetzt fast ununterbrochen. Sie wusste, dass er unerträgliche Schmerzen haben musste, aber sie konnte jetzt nicht aufhören.

Endlich spürte sie kalte Luft auf ihren Wangen. Sie zog den Kopf unter dem letzten Ast hervor und stand im Freien. Ein paar stolpernde Schritte rückwärts noch, und sie zog den Mann das letzte Stück nach. Erschöpft und ausgelaugt, mit schmerzenden Muskeln in Armen und Beinen, ließ sie sich einfach auf ihr Hinterteil fallen. Der Kopf des Mannes landete in ihrem Schoß.

Sie stützte sich auf die Hände und lehnte sich nach hinten, hielt das Gesicht gen Himmel gewandt, bis sie wieder zu Atem kam. Während sie die kalte, beißende Luft in ihre Lungen sog, kam ihr zum ersten Mal der Gedanke, dass es doch gut war, noch am Leben zu sein. Sie dankte Gott dafür. Und für das zweite Leben, das er verschont hatte.

Sie sah auf den Mann herunter. Erst jetzt fiel ihr die Beule auf. Eine riesige Schwellung, direkt an seiner Schläfe. Das musste der Grund für die Bewusstlosigkeit sein. Sie schob seine Schultern hoch und zog ihre Beine unter ihm hervor, kroch an seine Seite und begann seine Jacke aufzuknöpfen. Sie flehte darum, keine tödliche Wunde zu entdecken. Nein, nur das karierte Flanellhemd, ohne das kein Jäger auszukommen schien. Keinerlei Blutspuren, angefangen vom Rollkragen seines Thermopullovers bis zu den Schnürsenkeln seiner schweren Stiefel.

Mit einem Seufzer der Erleichterung beugte sie sich über ihn und schlug ihm wieder vorsichtig auf die Wangen. Sie schätzte ihn auf ungefähr vierzig, aber das Leben konnte es nicht allzu gut mit ihm gemeint haben. Sein recht langes, lockiges Haar war von einem warmen Braun. Seine gebräunte Haut wirkte wie jahraus, jahrein von der Sonne verbrannt. Um seine Augen hatten sich feine Linien eingegraben. Sein breiter Mund war schmallippig, die Unterlippe nur unwesentlich voller als die Oberlippe.

Kein Gesicht, das in ein Büro gehörte. Dieser Mann verbrachte den Großteil seines Lebens an der frischen Luft. Ein ansprechendes Gesicht, vielleicht sogar ein klassisch schönes. Es strahlte Härte aus, eine kompromisslose Unnahbarkeit, die sie auch schon in seinem Wesen bemerkt hatte.

Mit einem mulmigen Gefühl fragte sie sich, wie er wohl reagieren würde, wenn er wieder zu sich kam und feststellen musste, dass er allein mit ihr in der Wildnis war. Sie brauchte nicht lange zu warten. Schon wenig später flatterten seine Lider, und er schlug die Augen auf.

Augen, so stahlgrau wie der Himmel über ihnen. Diese Augen schlossen sich jetzt, um gleich darauf wieder aufzugehen. Sie wollte etwas sagen, wagte es vor Aufregung aber nicht. Und dann kam das erste Wort über seine Lippen – unglaublich vulgär. Sie zuckte zusammen, schob diese Ausdrucksweise aber auf seine Schmerzen. Wieder schloss er die Augen und wartete mehrere Sekunden, bevor er sie erneut öffnete.

„Wir sind abgestürzt.“ Sie nickte stumm. „Wie lange ist das her?“

„Ich bin nicht sicher.“ Ihre Zähne klapperten. Kalt war ihr nicht, also musste es aus Angst sein. Vor ihm? Wieso? „Eine Stunde vielleicht.“

Stöhnend tastete er mit der Hand nach der Beule an seinem Kopf und setzte sich auf. „Was ist mit den anderen?"

„Alle tot."

Auf ein Knie gestützt, versuchte er aufzustehen und schwankte. Sie wollte ihn halten, doch er wehrte ihre ausgestreckte Hand ab. „Sind Sie sicher?"

„Sicher, dass sie tot sind? Ja. Ich meine, ich glaube es."

Er drehte den Kopf und sah sie an. „Haben Sie ihren Puls geprüft?"

Sie hatte sich geirrt. Was seine Augen betraf. Sie waren nicht grau wie der Himmel, sie waren viel härter, viel düsterer und drohender. „Nein, das nicht", gestand sie gepresst.

Sein Blick hielt sie für mehrere Sekunden gefangen, dann erhob er sich unter großer Anstrengung. Den Baum hinter sich benutzte er als Stütze, bis sich sein Gleichgewichtssinn einigermaßen stabilisiert hatte.

„Wie ... wie fühlen Sie sich?"

„Als müsste ich gleich kotzen."

Nun, eine undeutliche Ausdrucksweise konnte man ihm sicherlich nicht vorwerfen. „Vielleicht sollten Sie sich dann besser wieder hinlegen?"

„Ganz bestimmt."

„Also?"

Er hielt sich immer noch den Kopf und warf ihr einen abschätzigen Blick zu. „Dann erklären Sie sich also dazu bereit, wieder ins Flugzeug zu klettern und bei den anderen den Puls zu fühlen?" Er sah, wie die Farbe aus ihrem Gesicht wich, und lächelte verächtlich. „Das dachte ich mir."

„Ich habe Sie da rausgeholt, oder nicht?"

„Stimmt", erwiderte er trocken. „Sie haben mich da rausgeholt."

Sicher erwartete sie nicht, dass er vor ihr auf die Knie fiel, weil sie ihm das Leben gerettet hatte, aber ein Dankeschön wäre doch eigentlich ganz nett gewesen. „Sie sind ein undankbarer ..."

„Sparen Sie sich das", schnitt er ihr das Wort ab.

Sie sah ihm zu, wie er sich schwankend von dem Baumstamm abstieß und auf das Wrack zustolperte. Die Äste drückte er mit einer Kraft aus dem Weg, die sie nie haben würde.

Sie ließ sich auf dem morastigen Boden nieder und legte den Kopf auf die angezogenen Knie. Sie war versucht, die Tränen laufen zu lassen. Sie hörte, wie er sich in der Kabine bewegte. Als sie aufsah, erblickte sie ihn durch das glaslose Fenster des abgetrennten Cockpits. Völlig emotionslos befühlte er die Körper der beiden Piloten.

Minuten später bahnte er sich seinen Weg durch den umgestürzten Baum zurück. „Sie hatten Recht. Sie sind alle tot."

Was sollte sie darauf erwidern? Etwa: „Ich habe es Ihnen doch gesagt"?

Er ließ einen Erste-Hilfe-Kasten auf den Boden fallen und kniete sich hin. Einem Röhrchen Aspirin entnahm er drei Tabletten und warf sie sich in den Mund, schluckte sie ohne Wasser. „Kommen Sie her", befahl er barsch und drückte ihr eine Taschenlampe in die Hand. „Leuchten Sie mir in die Augen und beschreiben Sie genau, was passiert."

Sie schaltete die Taschenlampe ein. Das Schutzglas war zerbrochen, aber die Lampe funktionierte noch. Sie leuchtete erst in sein rechtes, dann in sein linkes Auge. „Die Pupillen verengen sich."

Er nahm ihr die Lampe aus der Hand und schaltete sie aus. „Gut. Also keine Gehirnerschütterung. Nur hundsmiserable Kopfschmerzen. Sind Sie in Ordnung?"

„Ich denke schon."

Er musterte sie skeptisch, nickte dann aber.

„Ich heiße Rusty Carlson", stellte sie sich höflich vor.

Sein knappes Lachen klang wie ein trockenes Bellen. „Rusty also, was?"

„Ja, Rusty", bestätigte sie pikiert.

„Das passt."

Die Manieren dieses Mannes waren unmöglich. „Haben Sie auch einen Namen?"

„O ja, den habe ich. Cooper Landry. Aber das hier ist keine nette kleine Gartenparty, also verzeihen Sie mir, wenn ich mir nicht an den Hut tippe und sage: 'Erfreut, Sie kennen zu lernen'."

Dafür, dass sie die beiden einzigen Überlebenden eines Flugzeugabsturzes in der Wildnis waren, fing es nicht gerade gut an. Alles, was Rusty jetzt wollte, war Trost und die Versicherung, dass sie lebte und weiterleben würde. Doch was sie von ihm bekam, war nichts als Verachtung, noch dazu völlig grundlos.

„Was ist eigentlich los mit Ihnen?" fragte sie ihn verärgert. „Sie tun gerade so, als wäre ich schuld an dem Absturz."

„Vielleicht sind Sie das auch."

Sie schnappte fassungslos nach Luft. „Wie bitte? Ich bin ja wohl kaum verantwortlich für das Unwetter."

„Nein, aber wenn Sie sich nicht so viel Zeit für den gefühlvollen, tränenreichen Abschied von Ihrem Sugardaddy gelassen hätten, hätten wir dem Sturm vielleicht ein Schnippchen schlagen können. Wieso wollten Sie früher als er fliegen? Haben die Turteltäubchen sich vielleicht gestritten?"

„Das geht Sie einen Dreck an", presste sie zwischen den Zähnen hervor, die von einem exzellenten und teuren Zahnchirurgen in eine perfekte Reihe gebracht worden waren.

Seine Miene blieb ungerührt. „Sie hatten an einem Ort wie diesem nichts zu suchen." Sein Blick glitt über sie. „Eine Frau wie Sie."

„Und was für eine Art Frau bin ich?"

„Lassen wir das. Sagen wir einfach, ohne Sie wäre ich wesentlich besser dran."

Damit zog er ein gefährlich aussehendes Jagdmesser aus einem Lederschaft an seinem Gürtel. Rusty fragte sich, ob er ihr damit jetzt die Kehle durchschneiden wollte, um sich des lästigen Anhängsels, das sie offensichtlich für ihn darstellte, zu entledigen. Doch er drehte sich nur um und hieb auf die Äste des Baumes ein, um den Weg in den Flugzeugrumpf freizuschlagen.

„Was machen Sie jetzt?"

„Ich muss die anderen da rausholen."

„Die ... anderen? Warum?"

„Es sei denn, Sie legen Wert auf deren Gesellschaft."

„Wollen Sie sie begraben?"

„Das war die Idee. Haben Sie vielleicht eine bessere?"

Nein, natürlich nicht, und deshalb schwieg sie.

Cooper Landry hackte die dünneren Äste ab, bis nur noch die dicken übrig blieben, um die man drum herum gehen oder bequem drübersteigen konnte. Rusty machte sich nützlich, indem sie die abgeschlagenen Äste beiseite schaffte.

„Wir bleiben also hier?" fragte sie.

„Für den Moment, ja." Er ging durch den Tunnel in den Rumpf und rief sie zu sich. „Sie nehmen ihn bei den Füßen, okay?"

Sie starrte regungslos auf die Stiefel des toten Mannes. Das konnte sie nicht tun. In ihrem ganzen Leben hatte nichts sie darauf vorbereitet. Er konnte doch nicht von ihr erwarten, dass sie so etwas Makaberes tun würde.

Aber ein Blick in seine unnachgiebigen grauen Augen sagte ihr, dass er genau das von ihr erwartete, noch dazu ohne irgendeinen Kommentar.

Sie bargen die Leichen aus dem Flugzeug. Cooper übernahm den Großteil der Arbeit allein, Rusty half ihm, wenn er es verlangte. Sie konnte diese gruselige Aufgabe nur ausführen, indem sie ihren Verstand völlig ausschaltete. Ihre Mutter war gestorben, da war sie noch ein Teenager gewesen, vor zwei Jahren dann ihr Bruder. Aber in beiden Fällen hatte sie die Toten nur gesehen, als sie in einem mit Satin ausgekleideten Sarg gelegen hatten, mit sanfter Beleuchtung, ruhigen Orgelklängen und Blumen. Der Tod schien ihr irgendwie unwirklich. Selbst die leblosen Körper hatten eher wie Schaufensterpuppen gewirkt, Kopien der Menschen, die sie geliebt hatte.

Diese Körper hier dagegen waren real.

Ohne nachzudenken folgte sie den knappen Kommandos, die Cooper Landry gab, nüchtern, sachlich, ohne Gefühl. Er ist eine Maschine, befand sie. Er zeigte keinerlei Regung, als er die Leichen zu dem Gemeinschaftsgrab schleifte, das er mit seinem Jagdmesser und dem Beil, das er unter dem Sitz des Piloten gefunden hatte, ausgehoben hatte. Zum Schluss stapelte er Steine auf die Grabstelle.

„Sollten wir nicht irgendwas sagen?" Rusty starrte auf den unordentlichen Haufen Steine, der hungrige Raubtiere davon abhalten sollte, die Körper der fünf Männer auszugraben.

„Etwas sagen? Zum Beispiel?"

„Ein paar Zitate aus der Bibel. Oder ein Gebet."

Er zuckte gleichgültig die Schultern und wischte sein Messer sauber. „Ich kenne keine Bibelzitate. Und die Gebete sind mir schon vor langer Zeit ausgegangen." Er kehrte dem Grab den Rücken zu und stapfte zum Flugzeug zurück.

Hastig sprach Rusty ein Gebet und beeilte sich dann, ihm zu folgen. Mehr als alles andere fürchtete sie sich davor, allein zu sein. Wenn sie den Mann nicht ständig im Auge behielt, würde er sie vielleicht hier zurücklassen.

Was eigentlich unwahrscheinlich war. Zumindest im Moment. Denn er kam vor Erschöpfung fast um und stand kurz davor, erneut das Bewusstsein zu verlieren.

„Warum legen Sie sich nicht hin und ruhen sich aus?" schlug sie vor. Ihre Kraft war schon lange zu Ende. Nur das Adrenalin hielt sie noch aufrecht.

„Weil die Nacht bald hereinbricht. Die Sitze müssen aus dem Flugzeug geholt werden, damit wir uns drinnen ausstrecken können. Ansonsten haben Sie vielleicht Gelegenheit, zum ersten Mal in Ihrem Leben eine Nacht im Freien zu verbringen“, fügte er sarkastisch hinzu und verschwand im Inneren des Rumpfes. Nur einen Augenblick später hörte Rusty ihn deftig fluchen.

„Was ist?“ fragte sie ihn, als er mit grimmig gerunzelter Stirn wieder hervorkam.

Er hielt ihr seine Hände vors Gesicht. Die Handflächen waren feucht. „Kerosin.“

„Kerosin?“ wiederholte sie verständnislos.

„Höchst explosives Kerosin“, knurrte er, ungeduldig über ihre Unkenntnis. „Da drinnen können wir nicht bleiben. Ein Funke, und wir fliegen bis nach China.“

„Dann machen wir eben kein Feuer.“

Er musterte sie verächtlich. „Wenn es erst dunkel ist, werden Sie ein Feuer haben wollen. Außerdem reicht wirklich schon ein Funke. Zwei Metallstücke, die sich aneinander reiben, und wir sind Geschichte.“

„Und jetzt?“

„Wir packen ein, was wir tragen können, und machen uns auf den Weg.“

„Ich dachte, es sei besser, beim Flugzeug zu bleiben. Ich habe das mal irgendwo gelesen. Die Suchmannschaft wird nach einem abgestürzten Flugzeug Ausschau halten. Wie sollen sie uns finden, wenn wir uns von der Absturzstelle entfernen?“

Er legte arrogant den Kopf schief. „Sie wollen also bleiben? Bitte. Ich gehe. Aber ich kann Ihnen direkt sagen, dass es hier in der Nähe kein Wasser gibt. Morgen früh werde ich mich als Erstes auf die Suche nach Wasser machen."

Seine Besserwisserei war einfach unerträglich. „Woher wissen Sie, dass es hier kein Wasser gibt?"

„Keine Tierspuren. Sicher, Sie können das Regenwasser trinken, aber wer weiß, wie lange das vorhält."

Wann und wie hatte er festgestellt, dass es hier keine Spuren von Tieren gab? Sie hatte noch nicht einmal daran gedacht, sich umzusehen. Der Gedanke, kein Trinkwasser zu haben, war allerdings genauso beängstigend wie die Vorstellung, sich wilden Tieren gegenüberzusehen, die es sich holen wollten. Wie suchte man nach Wasser? Wie verteidigte man sich gegen wilde Tiere?

Ohne ihn würde sie elendig umkommen. Dessen war sie sich nach einigen Minuten grimmigen Überlegens klar. Also blieb ihr nichts anderes übrig, als sich ihm anzuschließen und auf seine Überlebenskenntnisse zu vertrauen. Und dankbar zu sein, dass er sie auch anwandte.

Rusty schluckte ihren Stolz. „Na schön, dann komme ich also mit Ihnen." Er sah nicht einmal auf. Sie wusste nicht, ob er froh oder verärgert über ihren Entschluss war. So wie es aussah, war es ihm völlig egal. Er hatte bereits Sachen, die er aus dem Wrack gerettet hatte, auf einen Stapel gelegt. Fest entschlossen, sich nicht länger ignorieren zu lassen, hockte Rusty sich neben ihn. „Was kann ich tun?"

Er deutete mit dem Kopf zum Gepäckraum des Flugzeugs. „Gehen Sie die Koffer durch. Alle. Nehmen Sie, was immer nützlich sein könnte." Er reichte ihr mehrere kleine Schlüssel, die er offensichtlich den Toten abgenommen hatte, bevor er sie begraben hatte.

Sie sah zweifelnd zu den Koffern. Manche waren beim Absturz aufgesprungen, die Sachen der Opfer lagen verstreut auf dem feuchten Waldboden. „Ist das nicht ... ein Eindringen in die Privatsphäre? Ihre Familien könnten ..."

Cooper schwang so abrupt zu ihr herum, dass sie zurückwich. „Stellen Sie sich endlich den Tatsachen!" Er packte sie bei den Schultern und schüttelte sie. „Sehen Sie sich mal um! Wie groß, glauben Sie, sind unsere Chancen, hier lebend herauszukommen? Ich sage es Ihnen – gleich null. Aber bevor ich untergehe, werde ich wie der Teufel kämpfen, um zu überleben. Das ist eine Angewohnheit von mir."

Er kam mit seinem Gesicht ganz nah an ihres. „Das hier ist kein Ausflug der Pfadfinder, Lady, hier geht es ums nackte Überleben. Etikette und Eigentumsverhältnisse zählen hier nichts. Wenn Sie also mit mir kommen wollen, dann tun Sie genau das, was ich sage, und genau dann, wann ich es sage. Haben Sie das verstanden? Für Pietät und Gefühle bleibt keine Zeit. Verschwenden Sie keine Tränen an die, die es nicht geschafft haben. Sie sind tot, und es gibt nichts, was wir für sie tun könnten. Und jetzt bewegen Sie endlich Ihren Hintern und tun Sie, was ich Ihnen gesagt habe."

Er stieß sie von sich und sammelte die Felle ein, die die Jäger als Trophäen mit nach Hause hatten bringen wollen. Hauptsächlich Karibu, aber auch Wolf, Biber und ein Nerz.

Rusty hielt die bitteren Tränen zurück und begann die Koffer zu durchsuchen. Am liebsten hätte sie ihn geschlagen. Noch lieber wäre sie zu einem Häufchen Elend zusammengesunken und hätte sich die Augen ausgeweint. Aber diese Genugtuung gönnte sie ihm nicht. Und sie würde ihm auch sonst keinen Grund geben, sie hier zurückzulassen. Wahrscheinlich würde ihm das winzigste Anzeichen schon genügen, um genau das zu tun.

Eine halbe Stunde später schleppte sie ihre Ausbeute zu dem Stapel, den er bereits zusammengestellt hatte. Offenbar war er zufrieden mit ihrer Auswahl, die zwei Taschenflaschen mit undefinierbarem Schnaps einschloss. Cooper war nicht wählerisch, er nahm sofort einen herzhaften Schluck. Sie sah seinen Adamsapfel hüpfen, als er schluckte. Er hatte einen kräftigen Hals und ein kantiges, festes Kinn. Typisch für einen sturen Esel, dachte sie im Stillen.

Er verschloss den Flachmann und warf ihn achtlos zu den anderen Sachen, zusammen mit Streichhölzern, einem Reiseetui mit Nähzeug und Kleidungstücken, die sie gesammelt hatte. Kein Wort darüber, dass sie ihre Sache gut gemacht hatte. Stattdessen deutete er mit dem Kopf auf den kleinen Koffer, den sie in der Hand hielt. „Was ist das?“

„Das gehört mir.“

„Das war nicht meine Frage.“

Er riss ihr den Koffer aus der Hand und öffnete ihn. Seine großen Hände durchwühlten lieblos den sauber gefalteten Stapel Seidenthermounterwäsche, Nachthemden und Dessous. Er zog Leggings durch den Ring, den er mit Daumen und Zeigefinger gebildet hatte. „Seide?“ Sie starrte ihn mit eisigem Blick an, ohne zu antworten. Sein Grinsen war mehr als anzüglich. Es deutete Dinge an, an die sie nicht einmal denken wollte. „Sehr hübsch."

Dann verschwand dieses Grinsen abrupt, und er warf ihr die Leggings zerknüllt zu. „Nehmen Sie zwei lange Unterhosen, zwei Paar Wollsocken. Eine Mütze, Handschuhe. Diese Jacke", fügte er hinzu und warf eine Skijacke auf den Stapel Kleidung. „Eine Unterhose, zwei Pullover." Er zog den Reißverschluss ihrer Kulturtasche mit Make-up und Körperpflegeprodukten auf.

„Das brauche ich alles", sagte sie hastig.

„Nicht dort, wo wir hingehen." Er ging den Inhalt durch und sortierte unbarmherzig aus. Ein kleines Vermögen an Cremes und Make-up landete auf dem morastigen Boden. „Haarbürste, Seife, Zahnbürste und -pasta. Mehr nicht. Oh, und da ich kein Unmensch bin, die hier auch noch." Er reichte ihr eine Schachtel Tampons.

Sie riss ihm die kleine Box aus der Hand und stopfte sie zurück in die Kosmetiktasche, zusammen mit den anderen Dingen, die er ihr gelassen hatte.

Wieder erschien dieses breite Grinsen auf seinem Gesicht. „Sie halten mich für einen ausgemachten Mistkerl, nicht wahr? Sie sind einfach nur zu gut erzogen, um es auszusprechen."

„Nein, bin ich nicht." Ihre braunen Augen funkelten auf. „Ich halte Sie für einen ausgemachten Mistkerl."

Sein Grinsen wurde nur noch breiter. „Und es wird noch schlimmer, bevor es besser wird." Er richtete sich auf und schaute in den verhangenen Himmel. „Kommen Sie, wir sollten aufbrechen."

Kaum dass er sich umgedreht hatte, ließ Rusty farblosen Lipgloss, eine Shampooflasche und einen Rasierer in die Kulturtasche gleiten. Vielleicht brauchte er sich nicht zu rasieren, bis sie zurück in der Zivilisation waren. Sie schon.

Sie zuckte schuldbewusst zusammen, als er sich umdrehte und ihr ein Jagdgewehr entgegenhielt. „Können Sie damit umgehen?"

Sie schüttelte den Kopf. Erst gestern hatte sie zusehen müssen, wie ein wunderschöner Widder niedergestreckt worden war. Anstatt sich über das Jagdglück zu freuen, hatte sie um das Tier getrauert.

„Das hatte ich befürchtet", murmelte Cooper. „Aber Sie können es tragen." Er legte ihr den breiten Ledergurt über die Schulter, halfterte sein eigenes Gewehr und schob sich eine gefährlich aussehende Pistole in den Gürtel. „Eine Leuchtpistole", erklärte er, als er ihrem misstrauischen Blick begegnete. „Habe ich im Cockpit gefunden. Halten Sie die Ohren nach einem Suchhelikopter offen."

Mit einem Schnürsenkel hatte er aus einem Rollkragenpullover einen Rucksack gemacht. Die Arme band er ihr jetzt um den Hals. „Also, dann los", sagte er nach einer flüchtigen Überprüfung.

Rusty warf einen letzten Blick auf das Wrack, dann folgte sie ihm. Seinem breiten Rücken konnte man gut folgen, den verlor man nicht so leicht aus den Augen. Sie stellte fest, dass sie sich, wenn sie den Blick genau auf den Punkt zwischen seinen Schulterblättern konzentrierte, in eine Art Trance versetzen konnte, sodass sich die schrecklichen Bilder der blutüberströmten Leichen verdrängen ließen.

Sie kämpfte sich weiter, jeder Schritt kostete Energie. Ihre Kraft verließ sie mit erschreckender Geschwindigkeit. Sie hatte keine Ahnung, wie weit sie schon gekommen waren, aber es würde nicht mehr lange dauern, bis sie keinen Fuß mehr vor den anderen setzen könnte. Ihre Beine zitterten vor Erschöpfung. Sie wehrte die zurückschwingenden Äste nicht mehr ab, sie peitschten gegen sie.

Coopers Rücken verschwamm vor ihren Augen, wurde unscharf wie das Bild eines Geistes. Die Bäume schienen Tentakel zu bekommen, die nach ihr griffen, sie an der Kleidung festhielten, sich in ihrem Haar verfingen. Sie stolperte und sah nach unten. Der Boden schien ihr entgegenzukommen. Wie erstaunlich, dachte sie.

Instinktiv griff sie nach dem nächsten Ast. „Coo... Cooper ..."

Sie schlug hart auf, aber sie fühlte sich unendlich erleichtert, endlich liegen zu können, selbst wenn der Boden kalt und nass war. Und es war ein Luxus, die Augen zu schließen.

Cooper murmelte einen unterdrückten Fluch, ließ Rucksack und Gewehr zu Boden gleiten. Grob rollte er sie auf den Rücken und schob ihre Lider hoch. Sie sah ihn an, ohne zu ahnen, dass ihr Gesicht leichenblass war.

„Es tut mir Leid, wenn ich Sie aufhalte." Es überraschte sie ein wenig, dass ihre Stimme so schwach klang. Sie konnte fühlen, dass ihre Lippen sich bewegten, aber sie war nicht sicher, ob sie die Worte tatsächlich ausgesprochen hatte. Aber irgendwie schien es ihr wichtig, sich zu entschuldigen, dass sie eine solche Last für ihn war. „Ich muss mich nur eine Minute ausruhen.“

„Ja sicher, schon in Ordnung ... äh ... Rusty. Ruhen Sie sich aus.“ Er machte sich bereits am Kragenverschluss ihres Pelzmantels zu schaffen. „Haben Sie irgendwo Schmerzen?“

„Schmerzen? Nein. Warum?“

„Nur eine Frage.“ Er schlug ihren Mantel auseinander und schob seine Hände unter ihren Pullover, drückte vorsichtig auf ihre Bauchdecke. Ist das überhaupt erlaubt? dachte sie benommen. „Sie bluten vielleicht irgendwo, ohne es zu wissen.“

Seine Worte zerrissen den Nebel in ihrem Kopf. „Innere Blutungen?“ In Panik wollte sie sich aufsetzen.

„Ich weiß es nicht ... Warten Sie. Halten Sie still!“ Mit einem leisen Pfiff stieß er den Atem durch die Zähne. Rusty stützte sich auf die Ellbogen, um den Grund für diese tiefe Falte auf seiner Stirn zu sehen.

Ihr rechtes Hosenbein war blutgetränkt, die Wollsocke hatte die hellrote Flüssigkeit wie einen Schwamm aufgesogen, die jetzt in und über den Schnürstiefel lief.

„Wann ist das passiert?“ Seine Stimme klang messerscharf. „Warum haben Sie nichts davon gesagt?“

Pikiert schaute sie Cooper an und schüttelte den Kopf. „Ich habe es nicht gemerkt“, sagte sie schwach.

Er zog sein Jagdmesser heraus und schnitt ihr Hosenbein genau an der Bügelfalte auf, bis hinauf zu ihrer Unterwäsche. Schockiert und voller Angst hielt sie den Atem an.

Cooper dagegen, der auf ihr Bein starrte, stieß resigniert den Atem aus. „So ein Mist.“

## 2. KAPITEL

In ihrem Kopf drehte sich alles. Ihr war übel. Es pochte heiß in ihren Ohrläppchen, ihre Kehle brannte. Jede Haarwurzel fühlte sich wie eine Nadel in ihrer Kopfhaut an. In ihren Fingern und Zehen kribbelte es unerträglich. Sie war schon einmal in Ohnmacht gefallen, als der Zahnarzt ihr einen Wurzelkanal gelegt hatte. Rusty kannte die Symptome.

Aber warum, zum Teufel, musste ihr das ausgerechnet jetzt passieren? Hier, vor ihm?

„Langsam, ganz langsam." Cooper hielt sie bei den Schultern und legte sie vorsichtig auf den Boden zurück. „Sie wissen nicht, wie und woran Sie sich verletzt haben?"

Dumpf schüttelte sie den Kopf. „Muss beim Aufprall passiert sein. Ich habe aber keine Schmerzen gespürt."

„Der Schock. Und jetzt?"

Erst jetzt wurde ihr der Schmerz bewusst. „Auszuhalten." Seine Augen forderten die Wahrheit von ihr. „Nein, ehrlich, es ist erträglich. Ich habe viel Blut verloren, nicht wahr?"

„Allerdings." Er kramte im Erste-Hilfe-Kasten. „Ich muss das Blut wegwischen, damit ich sehen kann, woher es kommt."

Aus dem Rucksack, den sie getragen hatte, zog er ein sauberes T-Shirt hervor und begann mit seiner Arbeit. Rusty spürte den Druck seiner Hände, aber sonst kaum etwas, während sie in die Äste über sich schaute. Vielleicht war es verfrüht gewesen, Gott zu danken, dass sie noch lebte. Vielleicht verblutete sie ja hier auf dem Boden, ohne dass sie oder Cooper etwas dagegen unternehmen konnten. Wahrscheinlich würde er sogar froh sein, dass er sie endlich los war.

Sein leiser Fluch riss sie aus ihren makaberen Überlegungen. Sie hob den Kopf und sah auf ihr verletztes Bein. An ihrem Schienbein verlief eine tiefe Wunde, der Riss begann direkt unter ihrem Knie und zog sich hinunter bis zu der Socke. Sie erkannte Muskelfleisch, Sehnen. Es war ekelhaft. Sie wimmerte.

„Verflucht, bleiben Sie liegen."

Rusty gehorchte der wenig mitfühlenden Aufforderung. „Wie kann das passiert sein, ohne dass ich es gespürt habe?"

„Wahrscheinlich beim Aufprall aufgeplatzt, wie die Schale einer überreifen Tomate."

„Können Sie irgendetwas tun?"

„Reinigen, mit Jod." Er drehte das braune Fläschchen auf und tunkte eine Spitze des T-Shirts hinein.

„Wird es wehtun?"

„Höchstwahrscheinlich."

Er ignorierte ihren ängstlichen Blick und tupfte die Wunde mit Jod ab. Rusty biss sich auf die Unterlippe, um nicht laut aufzuschreien, aber ihrem Gesicht war der Schmerz anzusehen.

„Atmen Sie durch den Mund, wenn Sie meinen, sich übergeben zu müssen", riet er ihr tonlos. „Ich bin fast fertig."

Sie kniff die Augen zusammen und öffnete sie erst wieder, als sie das Geräusch von reißendem Stoff hörte. Cooper zerriss ein weiteres T-Shirt in Streifen, verband damit fest ihren Unterschenkel.

„Für den Moment muss das reichen.“ Er sagte es mehr zu sich als zu ihr. Dann nahm er wieder das Messer zur Hand. „Heben Sie die Hüfte an.“

Sie tat es wortlos, ohne ihn anzusehen. Er schnitt das Hosenbein ab, direkt an ihrem Oberschenkel. Sie spürte seine Hände, auf, unter und zwischen ihren Schenkeln. Seine rauen Knöchel strichen über ihre weiche warme Haut, aber sie brauchte nicht verlegen zu werden. Was ihn anbetraf, so hätte er wohl genauso gut ein Steak zerschneiden können, so viel Gefühl zeigte er.

„Damit können Sie nicht laufen.“

„Natürlich kann ich das!“ Rusty fühlte Panik aufsteigen.

Sie hatte Angst, er würde ohne sie weitergehen. Er stand über ihr, mit gespreizten Beinen, und sah sich um. Seine Augenbrauen waren zusammengezogen, und er kaute an seiner Lippe, als würde er angestrengt über etwas nachdenken.

Wog er seine Möglichkeiten ab? Ob er sie hier liegen lassen sollte oder nicht? Vielleicht dachte er ja auch darüber nach, ob er sie umbringen sollte, als schnellen Akt der Gnade, anstatt sie hier an ihrer Wunde sterben zu lassen.

Schließlich beugte er sich zu ihr, schob die Hände unter ihre Achseln und setzte sie auf. „Ziehen Sie Ihren Mantel aus und diese Skijacke über.“

Ohne Widerspruch ließ sie sich den Pelzmantel von den Schultern nehmen. Mit dem Beil hackte Cooper drei junge Bäume ab und befreite sie von ihren Ästen. Schweigend beobachtete Rusty, wie er aus den Stämmen ein H formte und die Verbindungsstellen mit Schnürsenkeln zusammenband, die er aus den Stiefeln der toten Männer gezogen hatte. Dann nahm er ihren Pelzmantel und stülpte die Ärmel über je einen Stamm. Rusty zuckte zusammen, als er ein Loch durch den unteren Saum des kostbaren Fuchsmantels stieß.

Er sah zu ihr hin. „Was ist?"

Sie schluckte, sich bewusst, dass er sie testen wollte. „Nichts. Der Mantel war ein Geschenk, das ist alles."

Er betrachtete sie ein paar Sekunden lang, bevor er ein zweites Loch schnitt und dann die Stämme hindurchsteckte.

Das Resultat war eine primitive Trage. Kein Indianer, der auf seine Tradition hielt, hätte sich dazu bekannt, aber Rusty bewunderte Coopers Erfindungsreichtum. Und sie war unendlich erleichtert, dass er offenbar nicht plante, sie hier zurückzulassen oder sich ihrer auf andere Weise zu entledigen.

Er ließ die Konstruktion neben ihr auf den Boden fallen, hob Rusty hoch und legte sie auf den weichen Pelz. Dann deckte er sie mit mehreren Fellen zu.

„Ich habe hier oben kein Tier gesehen, das einen solchen Pelz hat", sagte sie und strich mit den Fingern durch die feinen dichten Haare.

„Umingmak."

„Wie bitte?"

„So nennen die Inuit den Moschusochsen. Es bedeutet 'der Bärtige'. Ich habe ihn nicht gejagt, sondern das Fell gekauft. Hält sehr warm." Er stopfte ihr die Enden unter Rücken und Beine. „Sie müssen selbst darauf achten, dass Sie nicht runterfallen und zugedeckt bleiben."

Mit dem Handrücken wischte er sich den Schweiß von der Stirn. Er zuckte, als er die Prellung an seiner Schläfe berührte. Hätte Rusty einen solchen Schlag abbekommen, wäre sie wahrscheinlich eine Woche ans Bett gefesselt gewesen. Die Kopfschmerzen mussten ihn halb umbringen.

„Danke, Cooper“, sagte sie leise.

Er erstarrte, blickte auf sie herunter und nickte nur knapp. Dann wandte er sich ab und sammelte die provisorische Ausrüstung ein. Die beiden Rucksäcke warf er auf ihren Schoß, ebenso die Flinten. „Passen Sie bloß auf die auf, klar?“

„Wohin ziehen wir jetzt?“

„Richtung Südwest. Früher oder später müssten wir auf einen Außenposten der Zivilisation stoßen.“

„Oh.“ Sie wagte es nicht, sich zu bewegen, hatte die ungute Ahnung, dass diese Reise kein Sonntagsspaziergang werden würde. „Könnte ich wohl ein Aspirin haben?“

Er holte das Röhrchen aus seiner Tasche und schüttelte zwei Tabletten in ihre Hand.

„Ohne Wasser kann ich sie nicht einnehmen.“

Er schnaubte ungeduldig. „Entweder trocken oder mit Brandy.“

„Dann bitte Brandy.“

Er reichte ihr einen Flachmann und beobachtete sie genau. Mit Todesverachtung setzte sie die kleine Öffnung an die Lippen und nahm einen kräftigen Schluck, um die Tabletten herunterzuspülen. Sie hustete und keuchte, Tränen traten ihr in die Augen, aber sie reichte ihm würdevoll die Flasche zurück. „Danke.“

Ein Grinsen zuckte um seine Lippen. „Sie haben vielleicht nicht viel Verstand, Lady, aber Sie haben Mumm."

Und das, so dachte sie, kam wohl so nahe an ein Kompliment heran, wie sie es von Cooper Landry überhaupt jemals erwarten konnte. Er klemmte sich die Enden der Stämme unter die Arme und marschierte los, schleifte die Trage hinter sich her. Nach nur wenigen Schritten begannen ihre Zähne zu klappern, und bestimmt würden bald unzählige blaue Flecke ihr Hinterteil zieren. Ihr wurde klar, dass sie auf dieser Trage nicht viel besser dran war, als wenn sie laufen würde. Daran, was der felsige Waldboden dem Satinfutter ihres Pelzmantels antat, wagte sie nicht einmal zu denken.

Es wurde immer dunkler und kälter. Leichter Niederschlag setzte ein. Graupelschauer, so nannten die Meteorologen es wohl. Eisige Körnchen, nicht größer als Salzkörner. Ihr verletztes Bein begann schmerzhaft zu pochen, aber sie hätte sich eher die Zunge abgebissen, als zu jammern. Sie hörte Coopers angestrengten Atem. Ihm ging es auch nicht sonderlich gut. Wenn sie nicht wäre, käme er dreimal so schnell voran.

Die Dunkelheit fiel plötzlich ein, machte es gefährlich, auf dem unbekannten Gebiet weiterzugehen. Auf der nächsten Lichtung hielt Cooper an.

„Wie geht es Ihnen?"

Sie dachte besser nicht daran, wie hungrig und durstig sie war und wie unbehaglich sie sich fühlte. „Gut."

„Klar, sicher. Und jetzt mal ehrlich?" Er kniete sich nieder und zog die Felle von ihr herunter. Der Verband war mit frischem Blut getränkt. Hastig deckte er sie wieder zu. „Wir sollten die Nacht über hier rasten. Da die Sonne nicht mehr am Himmel steht, kann ich die Richtung nicht mehr bestimmen.“

Er log, er sagte das nur, um ihr einen Gefallen zu tun. Rusty wusste, dass er weitergegangen wäre, wäre er allein. Sie bezweifelte, dass Dunkelheit oder Wetterbedingungen ihn aufgehalten hätten. Und obwohl er sie seit Stunden hinter sich hergezogen hatte, machte er den Eindruck, als hätte er noch genügend Kraft für mindestens zwei weitere Stunden.

Er ging auf der Lichtung umher und schob Tannennadeln zusammen. Dann legte er die Felle darüber und kam zurück zu Rusty.

„Cooper?“

„Hm?“

„Ich muss mal.“

Sie konnte ihn nur undeutlich in der Dunkelheit erkennen, aber seinen schockierten Blick konnte sie körperlich fühlen. Verlegen senkte sie den Kopf.

„Na gut“ erwiderte er nach einem Moment. „Wird Ihr Bein Sie tragen, solange Sie ...?“

„Sicher, ich denke schon“, beeilte sie sich zu sagen.

Er trug sie an den Rand der Lichtung und stellte sie auf ihr linkes Bein. „Stützen Sie sich hier an dem Baum ab“, riet er ihr knurrend. „Und rufen Sie mich, wenn Sie so weit sind.“

Es war schwieriger, als sie sich das vorgestellt hatte. Bis sie das, was von ihrer Hose übrig war, wieder hochgezogen und verschlossen hatte, zitterte sie vor Schwäche, und ihre Zähne klapperten vor Kälte. „Ich bin fertig.“

Cooper löste sich aus dem Schatten und hob sie auf die Arme. Sie hätte nie angenommen, dass ein Lager aus Tannennadeln und Fellen sich so gut anfühlen würde, aber sie stieß einen erleichterten Seufzer aus, als er sie darauf niederlegte.

Er deckte sie mit den übrigen Fellen zu. „Ich werde ein Feuer machen, auch wenn es nichts Großartiges sein wird. Es gibt kaum trockenes Holz. Aber besser als gar nichts, außerdem hält es unwillkommene Besucher fern."

Rusty erschauerte und zog sich die Felle über den Kopf – zum einen, um den eisigen Graupel abzuhalten, zum anderen, um den Gedanken an wilde Tiere zu blockieren. Doch die Schmerzen in ihrem Bein verhinderten, dass sie einschlief. Unruhig geworden, lugte sie schließlich unter den Fellen hervor. Cooper war es gelungen, in einer ausgehobenen Mulde ein Feuer zu entzünden, wenn es auch fürchterlich qualmte.

Er sah zu ihr hinüber, zog einen der unzähligen Reißverschlüsse an seiner Jacke auf und warf ihr etwas zu. Sie fing es mit einer Hand auf.

„Was ist das?"

„Ein Müsliriegel."

Allein der Gedanke an Essen reichte aus, dass sich ihr Magen lautstark meldete. Hastig riss sie das Papier ab und hätte sich den ganzen Riegel am liebsten auf einmal in den Mund gesteckt, als sie innehielt.

„Sie ... Sie brauchen nicht mit mir zu teilen. Sie könnten es später vielleicht noch brauchen."

Seine grauen Augen blickten hart und kalt wie Stahl. „Es ist nicht meiner. Ich hab ihn bei einem der Männer aus der Manteltasche geholt."

Es schien ihm eine grimmige Genugtuung zu verschaffen, sie das wissen zu lassen. Wenn es sein Müsliriegel gewesen wäre, hätte er bestimmt keinen einzigen Gedanken an Teilen verschwendet.

Der Riegel schmeckte auf einmal wie Holzspäne, sie kaute und schluckte automatisch. Dass sie nichts schmeckte, lag teilweise auch daran, dass sie erbärmlichen Durst hatte. Und als hätte er ihre Gedanken gelesen, sagte Cooper in diesem Augenblick: „Wenn wir morgen kein Wasser finden, stecken wir in Schwierigkeiten."

„Glauben Sie, wir finden welches?"

„Weiß ich nicht."

Nachdenklich glitt sie tiefer unter die Felle. „Was, glauben Sie, war der Grund für den Absturz?"

„Keine Ahnung, wahrscheinlich sind mehrere Faktoren zusammengekommen."

„Denken Sie, wir sind weit vom Kurs abgekommen?"

„Ja. Aber ich weiß nicht, wie weit."

Sie stützte den Kopf auf den Ellbogen und starrte in die trübe Flamme, die sich mühte, am Leben zu bleiben. „Waren Sie vorher schon mal am Great Bear Lake?"

„Einmal."

„Wann?"

„Ist schon ein paar Jahre her."

„Gehen Sie oft auf die Jagd?"

„Ab und zu."

Ein großer Redner war er also nicht unbedingt. Sie suchte das Gespräch, um sich von den Schmerzen in ihrem Bein abzulenken. „Glauben Sie, man wird uns finden?"

„Vielleicht."

„Wann?"

„Wofür halten Sie mich? Für eine wandelnde Enzyklopädie?" Seine lauten Worte hallten an den Bäumen wider. Abrupt kam er auf die Füße. „Hören Sie auf damit, so viele Fragen zu stellen. Ich habe die Antworten nicht."

„Ich will es doch nur wissen", stöhnte sie erstickt.

„Ich auch, aber ich weiß es nicht. Wenn das Flugzeug auf Kurs war, stehen die Chancen ganz gut, dass man uns finden wird. Wenn wir jedoch zu weit von der Route abgekommen sind, sieht es extrem schlecht aus, klar? Und jetzt halten Sie endlich den Mund."

Rusty verfiel in beleidigtes Schweigen. Cooper wanderte auf der Lichtung umher, auf der Suche nach trockenem Holz. Er legte ein paar Zweige auf das Feuer nach, bevor er zu ihr kam. „Lassen Sie mich nochmal Ihre Wunde sehen."

Brüsk hob er die Felle an. Das Feuer warf schwaches Licht auf den blutigen Verband. Geschickt schnitt er mit dem Messer die Knoten auf und begann das blutige Tuch abzuwickeln. „Tut's weh?"

„Ja."

„Verständlich", knurrte er, als er die Wunde betrachtete. Seine Miene war nicht sehr ermutigend.

Während sie die Taschenlampe für ihn hielt, tupfte er wieder Jod in den Riss und wickelte neue Verbände darum. Als er fertig war, liefen Rusty die Tränen übers Gesicht und ihre Lippen waren aufgebissen, aber sie hatte nicht einen einzigen Schrei ausgestoßen. „Wo haben Sie gelernt, solche Verbände anzulegen?"

„Vietnam." Die Antwort war knapp und unmissverständlich: Das Thema war damit erledigt. „Hier, nehmen Sie noch zwei Aspirin." Auch er nahm zwei. Bis jetzt hatte er keinen Ton gesagt, aber sein Schädel musste sich anfühlen, als würde er jeden Moment platzen. „Und trinken Sie noch einen Schluck Brandy. Besser zwei. Ich denke, morgen früh werden Sie es brauchen."

„Wieso?"

„Ihr Bein. Morgen wird wahrscheinlich der schlimmste Tag, danach wird es wohl besser werden."

„Und wenn nicht?"

Er sagte nichts. Das war nicht nötig.

Rustys Hände zitterten, als sie die Flasche an die Lippen hielt und einen Schluck nahm. Cooper legte inzwischen Holz nach, die trockenen Zweige hatten das Feuer angefacht. Trotzdem brannte es nicht so heiß, dass er die Jacke ausziehen konnte. Was er jetzt jedoch tat. Erstaunt sah Rusty zu, wie er auch seine Stiefel auszog, die Sachen zusammenknüllte und unter die Felle schob.

„Wozu soll das gut sein?" fragte sie. Sie bekam schon kalte Füße.

„Wenn wir in unseren Sachen schwitzen und es kälter wird, holen wir uns Frostbeulen. Rutschen Sie rüber."

Sie starrte ihn verständnislos an. „Wie?"

Mit einem ungeduldigen Seufzer schlüpfte Cooper zu ihr unter die Felldecke und schob sie zur Seite, damit er Platz hatte.

„Was machen Sie denn da?" schrie Rusty alarmiert auf.

„Schlafen. Das heißt, wenn Sie endlich den Mund halten."

„Aber Sie können doch nicht ...“

„Beruhigen Sie sich, Miss ... wie war nochmal der Name?“

„Carlson.“

„Ach ja, Miss Carlson. Also ... unser beider Körpertemperatur wird uns warm halten.“ Er rückte eng an sie heran und zog die Felle über ihre Köpfe. „Drehen Sie sich auf die Seite, mit dem Gesicht von mir abgewandt.“

„Fahren Sie zur Hölle.“

Sie konnte es geradezu hören, wie er in Gedanken bis zehn zählte.

„Hören Sie, ich bin nicht darauf erpicht zu erfrieren. Und ich habe auch keine Lust, noch ein Grab zu schaufeln, in das ich dann Sie legen muss. Also tun Sie gefälligst, was ich sage. Und zwar jetzt sofort.“

Bestimmt ist er Offizier in Vietnam gewesen, dachte sie verdrießlich, drehte sich aber gehorsam um. Er legte den Arm um sie und zog sie zu sich heran, bis ihr Rücken sich an seine Brust presste. „Ist das wirklich nötig?“

„Ja.“

„Ich werde schon nicht abrücken. Wohin sollte ich auch, hier ist ja kaum Platz. Sie brauchen Ihren Arm nicht dahinzulegen.“

„Sie überraschen mich. Ich hätte gedacht, es gefällt Ihnen.“ Er presste seine Hand auf ihren Bauch. „Sie sehen doch verdammt gut aus. Erwarten Sie denn nicht automatisch, dass den Männern in Ihrer Nähe ganz heiß wird?“

„Lassen Sie mich los.“

„Dieses lange Haar, diese ungewöhnliche Farbe.“

„Halten Sie endlich den Mund!“

„Sie sind doch bestimmt stolz auf Ihren süßen kleinen Hintern und Ihre festen Brüste, oder etwa nicht? Ich bin sicher, die meisten Männer können Ihnen nicht widerstehen. So wie der Copilot. Der hechelte ja nach Ihnen wie ein Dobermann nach einer läufigen Hündin. Fast wäre er über seine Zunge gestolpert."

„Ich weiß nicht, was Sie meinen."

Er streichelte ihren Bauch. „O doch, Sie wissen es ganz genau. Sie müssen es genossen haben, all die Männer im Flugzeug, denen bei Ihrem Auftritt der Mund offen stehen blieb, Sie in Ihrem Pelzmantel, den Kragen an den rosigen Wangen, die Lippen voll und feucht."

„Warum tun Sie das?" schluchzte sie.

Er fluchte, und als er wieder sprach, klang seine Stimme nicht mehr verführerisch. „Seien Sie versichert, dass ich Sie während der Nacht nicht belästigen werde. Ich habe noch nie etwas für Rotschöpfe übrig gehabt. Außerdem sind Sie gerade erst aus dem Bett Ihres Sugardaddys gekrochen. Alles in allem kann ich sagen, dass Ihre Tugend durch mich in keiner Hinsicht gefährdet ist."

Sie schluckte tapfer die Tränen hinunter. „Sie sind gemein und vulgär."

Er lachte nur. „Jetzt sind Sie beleidigt, weil ich nicht versuchen werde, Sie zu vergewaltigen, was? Entscheiden Sie sich. Sollte Ihnen der Sinn nach Sex stehen, kann ich Ihnen sicher zu Diensten sein. Immerhin ist es stockdunkel hier unter den Fellen. Und Sie wissen ja, was man über Katzen im Dunkeln sagt. Allerdings ziehe ich persönlich eine bequemere und sicherere Umgebung für eine solche Angelegenheit vor. Also, schlafen Sie einfach, okay?"

Rusty biss wütend die Zähne zusammen. Sie versteifte sich und errichtete eine Barriere zwischen ihnen, wenn schon nicht körperlich, so doch in Gedanken. Sie versuchte seine Körperwärme zu ignorieren und seinen Atem, der über ihren Nacken strich. Und die verhaltene Kraft seiner Schenkel, die sich an ihre drückten. Langsam, Stückchen für Stückchen, und mit Hilfe des Brandys, den sie getrunken hatte, entspannte sie sich. Und irgendwann schlief sie ein.

Sie erwachte von ihrem eigenen Stöhnen. In ihrem Bein pochte es unerträglich.

„Was ist?"

Coopers Stimme klang rau, aber Rusty wusste intuitiv, dass es nicht an der Schlaftrunkenheit lag. Er war nicht gerade erst aufgewacht, er lag schon länger wach. „Nichts."

„Sagen Sie schon. Was ist? Ihr Bein?"

„Ja."

„Blutet die Wunde wieder?"

„Ich glaube nicht. Es fühlt sich nicht feucht an. Es pocht nur."

„Trinken Sie mehr Brandy." Er rückte von ihr ab und griff nach dem Flachmann, den er mit in den Fellkokon gebracht hatte.

„Mir ist schon schwindlig."

„Gut. Dann wirkt es also." Er setzte die Flasche an ihre Lippen, ihr blieb nichts anderes, als zu schlucken.

Der starke Schnaps brannte sich seinen Weg durch ihre Kehle bis in ihren Magen. Zumindest lenkte sie das für Sekunden von dem Schmerz in ihrem Bein ab. „Danke."

„Spreizen Sie Ihre Beine."
„Wie bitte?!"
„Machen Sie die Beine breit."
„Wie viel Brandy haben Sie bereits getrunken, Mr. Landry?"
„Tun Sie es."
„Wieso?"
„Damit ich meine dazwischen legen kann."
Ohne ihr noch eine Möglichkeit zum Widerspruch zu lassen, schob er sein Knie zwischen ihre und legte sich ihr rechtes Bein auf seinen Schenkel. „Wenn es hoch liegt, mindert das den Druck. Und es verhindert, dass ich an die Wunde komme."
Sie war zu verwirrt, um gleich wieder einschlafen zu können, sich seiner Nähe zu bewusst. Und etwas anderes hielt sie wach: ein nagendes Schuldgefühl.
„Cooper, kannten Sie die anderen Männer?"
„Im Flugzeug? Nein."
„Die beiden in den vordersten Sitzen waren Brüder. Als sie unser Gepäck gewogen haben, habe ich zufällig mitgehört, wie sie das Thanksgiving-Fest in ein paar Wochen mit ihren Familien planten. Sie wollten die Dias zeigen, die sie in dieser Woche gemacht hatten. Und nun werden sie ihre Familien nie wiedersehen."
„Denken Sie nicht daran."
„Ich kann aber nicht anders."
„Doch, können Sie."
„Nein. Ich frage mich ständig, warum ich noch lebe. Wieso war es mir vergönnt, zu überleben? Es macht keinen Sinn."

„Es muss auch keinen Sinn machen“, sagte er bitter. „Es ist einfach so. Für die anderen war die Zeit gekommen. Es ist vorbei, vergessen.“

„Ich kann nicht vergessen.“

„Zwingen Sie sich dazu.“

„Machen Sie das so?“

„Ja.“

Sie erschauerte. „Wie können Sie Menschenleben nur so mitleidlos abtun?“

„Übung.“

Dieses eine Wort traf sie wie eine Ohrfeige. Es sollte sie schockieren, damit sie schwieg, und das tat es auch. Aber es hielt sie nicht vom Denken ab. Sie fragte sich, wie viele seiner Kameraden Cooper wohl in Vietnam hatte sterben sehen. Ein Dutzend? Hunderte? Eine ganze Kompanie? Trotzdem konnte sie sich nicht vorstellen, dass jemand je gleichgültig gegenüber dem Tod werden konnte.

Auch sie hatte ihre Erfahrungen gemacht, wenn auch nicht in dem Ausmaß wie er. Das war nichts, das sie einfach abblocken konnte, mit purem Willen verdrängen. Es schmerzte immer, wenn sie an den Verlust dachte.

„Meine Mutter ist an einem Herzinfarkt gestorben“, begann sie wieder zu sprechen. „Ihr Tod war fast eine Erleichterung. Sie wäre für immer gelähmt gewesen. Ich hatte eine Woche, um mich auf ihren Tod vorzubereiten. Mein Bruder dagegen starb plötzlich.“ Cooper wollte das sicherlich alles nicht hören, aber sie musste darüber reden.

„Bruder?“

„Jeff. Ein Autounfall, vor zwei Jahren.“

„Noch mehr Familie?“

„Nur noch mein Vater.“ Sie atmete tief durch. „Das war der Mann, mit dem ich in der Hütte war. Der, von dem ich mich verabschiedet habe. Kein Sugardaddy, sondern mein Vater.“

Sie wartete auf eine Bemerkung, eine Entschuldigung. Sie wartete umsonst. Wäre Coopers Körper nicht so verspannt gewesen, hätte sie annehmen können, er sei eingeschlafen.

Schließlich brach er das Schweigen. „Wie wird Ihr Vater reagieren, wenn man ihm die Nachricht von dem Absturz überbringt?“

„Oh, mein Gott!“ Unwillkürlich griff sie nach Coopers Hand, die noch immer auf ihrem Bauch lag. „Daran habe ich noch gar nicht gedacht.“

Sie konnte sich die Verzweiflung ihres Vaters vorstellen. Er hatte seine Frau verloren. Dann seinen Sohn. Und nun seine Tochter. Er würde zusammenbrechen. Rusty ertrug die Vorstellung nicht, wie er leiden würde, die Ungewissheit, nicht zu wissen, was ihr zugestoßen war. Hoffentlich wurden sie bald gerettet, um ihretwillen und um ihres Vaters willen.

„Der Mann sah mir nach einem ziemlich resoluten Menschen aus“, sagte Cooper. „Er wird die Behörden auf Trab halten, bis wir gefunden werden.“

„Sie haben Recht. Vater wird nicht aufgeben, bis er weiß, was mit mir passiert ist.“

Dessen war Rusty sicher. Ihr Vater war ein einflussreicher Mann. Er hatte das Geld und die Beziehungen, um Dinge in Bewegung zu setzen. Er würde die Bürokraten aufrütteln. Die Zuversicht, dass er jeden Stein umdrehen würde, bis man sie gefunden hatte, war die Hoffnung, an die sie sich klammern konnte.

Sie war erstaunt darüber, dass Cooper offensichtlich doch nicht so in sich gekehrt und unzugänglich war, wie es den Anschein gehabt hatte. Bevor sie in das Flugzeug gestiegen waren, hatte er sich abseits von den anderen Passagieren gehalten. Aber ihm war nicht das kleinste Detail entgangen. Ihr Begleiter schien die menschliche Natur sehr aufmerksam zu studieren.

Und im Moment forderte die Natur ihr Recht bei ihm. Während sie geredet hatte, war sie sich seiner Männlichkeit an ihrem Po bewusst geworden. „Sind Sie verheiratet?" sprudelte es aus ihr heraus.

„Nein."

„Waren Sie es mal?"

„Nein."

„Haben Sie eine feste Beziehung?"

„Hören Sie, ich habe genug Sex, okay? Und ich weiß auch, warum Sie plötzlich so neugierig sind. Glauben Sie mir, ich fühle es auch. Aber ich kann nichts dagegen unternehmen. Nun, um genau zu sein, ich könnte, aber wir haben ja bereits festgelegt, dass dies unter den gegebenen Umständen keine Lösung ist. Ich fürchte, diese Alternative würde uns nur beide in Verlegenheit bringen. Oder was meinen Sie?"

Rustys Wangen wurden heiß. „Ich wünschte, Sie würden nicht so reden."

„Wie?"

„Sie wissen schon. So anzüglich."

„Sie kommen gerade von einem Aufenthalt in einer Jagdhütte zurück. Haben Sie da nicht ein paar zotige Witze gehört? Sich ein paar unverschämte Bemerkungen anhören müssen? Ich hätte erwartet, dass Sie mittlerweile an eine derbe Sprache gewöhnt sind."

„Nun, bin ich nicht. Und nur zu Ihrer Information, ich habe diesen Jagdausflug nur wegen meines Vaters gemacht. Ich habe nicht unbedingt viel Spaß dabei gehabt, das können Sie mir glauben."

„Er hat Sie dazu gezwungen?"

„Natürlich nicht."

„Sie geködert? Vielleicht mit dem Pelzmantel?"

„Nein", presste sie gereizt hervor. „Der Ausflug war meine Idee. Ich habe den Vorschlag gemacht."

„Und Ihre Wahl fiel auf die Northwestern Territories? Nicht Hawaii oder St. Moritz? Ich kann mir tausend Orte auf dieser Welt vorstellen, an die Sie besser passen würden."

Ihr Seufzer war das Eingeständnis, dass seine Einschätzung völlig richtig war. Sie gehörte zu einem Jagdausflug wie ein rostiger Nagel in einen sterilen OP. „Mein Vater und mein Bruder sind immer zusammen jagen gegangen. Vier Wochen im Jahr. Eine Familientradition." Traurig schloss sie die Augen. „Seit Jeffs Tod war Vater nicht mehr zur Jagd. Ich hatte gedacht, es würde ihm gut tun. Ich bestand darauf. Als er zögerte, habe ich angeboten, mit ihm zu kommen."

Sie hatte mit Anerkennung gerechnet, irgendeine Bemerkung, die Verständnis erkennen ließ, vielleicht sogar mit einem Lob für ihre selbstlose, noble Geste. Stattdessen erhielt sie nur ein bärbeißiges Brummen: „Jetzt seien Sie endlich still, ja? Ich will schlafen."

„Hör auf, Rusty."

Die Stimme ihres Bruders hallte in ihren Träumen wider. Sie tobten, wie Geschwister es eben taten, die sich entweder abgrundtief hassten oder liebten. Für Jeff und sie hatte Letzteres gegolten. Zwischen ihnen lag nur ein Jahr Altersunterschied. Sie waren dicke Freunde gewesen, unzertrennliche Spielkameraden. Zur Freude ihres Vaters und zum Unmut ihrer Mutter hatten sie sich oft auf spielerische Kämpfe eingelassen, die immer mit lautem Gelächter beendet wurden.

Jetzt aber schwang kein Übermut in Jeffs Stimme mit, als er ihre Handgelenke packte und sie zu beiden Seiten ihres Kopfes auf den Boden drückte.

„Hör auf, sofort." Er schüttelte sie leicht. „Du verletzt dich noch mehr, wenn du dich so herumwälzt."

Sie wachte auf und öffnete die Augen. Das war nicht Jeffs Gesicht über ihr, sondern das eines anderen Mannes. Der einsame Wolf. Sie war froh, dass er noch lebte, aber sie mochte ihn nicht besonders. Wie hieß er noch? Ach ja, Cooper. Cooper irgendwas. Oder irgendwas Cooper?

„Liegen Sie ruhig", befahl er.

Sie hörte auf, sich zu wälzen. Ein kalter Luftzug fuhr über ihre Haut. Ihr wurde klar, dass sie die Felle fortgetreten hatte. Cooper kniete über ihr und umklammerte ihre Handgelenke.

„Gehen Sie runter von mir."

„Ist wieder alles in Ordnung mit Ihnen?"

Sie nickte. Sie war so weit in Ordnung, wie eine Frau eben in Ordnung sein konnte, wenn ein Mann wie Cooper Landry – Landry, das war es – auf ihr hockte. Ihr Blick fiel auf die muskulösen Oberschenkel, glitt weiter hinauf bis zu der Stelle, wo sie zusammentrafen ...

Hastig wandte sie die Augen ab. „Bitte“, keuchte sie mit trockenem Mund. „Mir geht es gut.“

Er erhob sich, und sie sog tief die kalte Luft ein. Ihre Lungen brannten, aber an ihren Wangen fühlte die Kälte sich wunderbar an. Allerdings nur für einen kurzen Augenblick. Dann begann sie zu zittern, ihre Zähne schlugen aufeinander. Cooper hatte sorgenvoll die Stirn gerunzelt. Oder verärgert. Sie konnte es nicht sagen. Dieser Mann war entweder besorgt oder wütend.

„Sie haben hohes Fieber“, teilte er ihr knapp mit. „Ich bin aufgestanden, um neues Feuer zu machen. Sie haben Fieberfantasien und im Schlaf geschrien, nach einem Typen namens Jeff.“

„Mein Bruder.“ Sie zitterte jetzt unkontrolliert und zog die Felle über sich.

In der Nacht hatte es nicht mehr genieselt. Unter den Zweigen, die Cooper aufgestapelt hatte, konnte sie die Glut des Feuers sehen. Die Flammen brannten so heiß, dass ihr die Augen davon schmerzten.

Nein, das war das Fieber.

Cooper ließ ihre obere Körperhälfte bedeckt, hob aber die Felle von ihren Beinen. Er entfernte den Verband und betrachtete die Wunde. Rusty starrte stumm zu ihm hin.

Als er schließlich den Kopf hob und sie ansah, war sein Mund nur eine dünne Linie. „Ich werde Ihnen nichts vormachen. Es steht schlecht. Entzündet. Im Erste-Hilfe-Kasten ist eine Schachtel mit Antibiotika, aber ich weiß nicht, ob die in diesem Falle was nützen."

Sie schluckte angestrengt. Selbst im Fieber verstand sie, was er ihr damit sagen wollte. Sie rappelte sich auf die Ellbogen hoch und sah auf ihr Bein. Ein würgendes Gefühl der Übelkeit stieg in ihr auf. Die Wundränder waren geschwollen und dunkelrot angelaufen.

Sie ließ sich zurückfallen und atmete in flachen, unregelmäßigen Zügen. „Ich könnte Wundbrand bekommen und sterben, nicht wahr?"

Er zwang sich zu einem schiefen Lächeln. „Noch nicht. Wir werden alles versuchen, um das zu verhindern."

„Es abschneiden?"

„Gott, Sie sind wirklich makaber. Ich dachte eher daran, dass ich den Eiter abfließen lasse und die Wunde dann nähe."

Ihr Gesicht wurde aschfahl. „In meinen Ohren hört sich das makaber genug an."

„Aber nicht so schlimm wie eine Amputation. Die vielleicht notwendig werden könnte. Aber im Moment versuchen wir es erst einmal mit ein paar Nadelstichen. Sehen Sie nicht so erleichtert aus", warnte er mit einer tiefen Falte auf der Stirn. „Es wird höllisch wehtun."

Sie sah ihm direkt in die grauen Augen. So seltsam es auch war – sie vertraute ihm. „Tun Sie, was immer Sie tun müssen."

Ein knappes Nicken, dann machte er sich an die Vorbereitungen. Als Erstes zog er eine lange Seidenunterhose aus dem provisorischen Rucksack. „Ich bin froh, dass Sie seidene Unterwäsche tragen." Sie lächelte mit zitternden Lippen über seinen kleinen Scherz, während er den Saum des Bündchens aufzutrennen begann.

„Die Fäden für die Naht." Er deutete auf den silbernen Flachmann. „Fangen Sie besser schon mal mit dem Brandy an. Schlucken Sie eine der Penizillintabletten damit. Sind Sie allergisch gegen Penizillin? Nein? Gut. Nippen Sie ständig an dem Brandy, aber trinken Sie nicht alles. Ich brauche noch etwas, um die Fäden und die Wunde zu sterilisieren."

Sie war nicht annähernd betäubt genug, als er sich über ihr Bein beugte, das Jagdmesser, das er im Feuer sterilisiert hatte, in einer Hand hoch erhoben.

„Bereit?"

Sie nickte.

„Versuchen Sie, so still wie möglich zu liegen. Und wehren Sie sich nicht gegen eine Ohnmacht. Für uns beide ist es einfacher, wenn Sie bewusstlos werden."

Der erste kleine Schnitt, den er an den prall mit Eiter gefüllten Wundrändern ansetzte, ließ sie aufschreien und das Bein zurückziehen.

„Rusty, Sie müssen stillhalten!"

Eine unaussprechliche Qual, schier endlos. Mit Sorgfalt und Geschick stach Cooper die Bereiche auf, die gereinigt werden mussten. Als er Brandy über die gesamte Wunde goss, schrie Rusty erneut auf. Danach schien das Nähen gar nicht so schlimm zu sein. Cooper benutzte dazu die Nadel aus dem Nähetui, das sie mitgenommen hatten. Er tauchte die Fäden in Brandy ein, zog sie durch ihre Haut, schloss die Wunde Stück für Stück.

Rusty konzentrierte sich auf die Stelle zwischen seinen zusammengezogenen Augenbrauen. Schweiß stand ihm auf der Stirn, obwohl es eiskalt war. Nur ab und zu blickte er auf ihr Gesicht hinunter, sonst konzentrierte er sich auf seine Arbeit. Er wusste, wie sehr sie litt, hatte sogar Mitleid mit ihr. Für einen Mann seiner Größe waren seine Hände erstaunlich sanft. Und für einen Mann, der einen Stein an der Stelle hatte, an der normalerweise das Herz saß.

Irgendwann begann der Punkt zwischen seinen Brauen zu verschwimmen. Sie lag still, aber in ihrem Kopf drehte sich alles. Schmerz und Schock und die Wirkung des Brandys. Trotz Coopers Rat wehrte sie sich gegen die Ohnmacht, versuchte wach zu bleiben, aus Angst, vielleicht nie wieder aufzuwachen. Sie verlor den Kampf, und ihre Lider schlossen sich. Ihr letzter zusammenhängender Gedanke war, was für eine Schande es doch sei, dass ihr Vater nie herausfinden würde, wie tapfer sie im Moment ihres Todes gewesen war.

„Nun." Cooper setzte sich auf die Fersen zurück und wischte sich den Schweiß von der Stirn. „Vielleicht nicht gerade schön, aber ich denke, es wird funktionieren."

Mit einem zufriedenen, optimistischen Lächeln blickte er auf sie hinunter. Sie konnte sein Lächeln nicht sehen, sie war bewusstlos.

# 3. KAPITEL

Sie kam langsam zu sich, überrascht, dass sie noch lebte. Zuerst glaubte sie, die ewige Dunkelheit hätte sie umschlossen, aber dann fiel ihr auf, dass sie den Kopf bewegen konnte. Das kleine Nerzfell rutschte von ihrem Gesicht. Es war Tag – allerdings genau jenes Dämmerlicht, das es unmöglich machte zu bestimmen, ob Morgen oder Abend. Der Himmel war ein düsteres Grau.

Mit einer unguten Vorahnung wartete sie auf das Einsetzen des Schmerzes, aber erstaunlicherweise kam er nicht. Noch schwindlig von dem Brandy, den sie getrunken hatte, setzte sie sich mühsam auf. Mit letzter Kraft hob sie die Felle hoch. Für einen panischen Moment dachte sie daran, dass sie vielleicht keinen Schmerz spürte, weil Cooper ihr Bein doch hatte amputieren müssen.

Aber als sie das größte Karibufell beiseite geschoben hatte, war ihr Bein noch da, sauber bandagiert, keine Anzeichen von frischen Blutungen. Sie war vielleicht nicht fit, um an einem Marathonlauf teilzunehmen, aber es fühlte sich schon sehr viel besser an.

Das Aufsetzen hatte ihre letzten Kraftreserven verbraucht. Sie ließ sich zurückfallen und zog die Felle wieder auf sich. Ihre Haut war heiß, aber sie fror. Sie hatte immer noch Fieber. Wahrscheinlich sollte sie besser noch ein Aspirin nehmen. Wo waren die nur? Cooper würde es wissen. Er ...

Wo war Cooper?

Ihre Lethargie wich einer ausgemachten Panik. Ruckartig saß sie wieder, suchte mit hektischem Blick die Lichtung ab. Keine Spur von ihm. Nichts. Er war weg. Sein Gewehr hatte er auch mitgenommen. Das andere lag in ihrer Reichweite auf dem Boden. Das Feuer glimmte noch und gab Hitze ab.

Ihr Beschützer hatte sie zurückgelassen.

Sie unterdrückte die Panik und sagte sich, dass sie voreilige Schlüsse zog. Das würde er nie tun. Er würde doch nicht so sorgfältig ihre Wunde nähen und sie dann allein und hilflos in der Wildnis zurücklassen.

Oder?

Nein. Es sei denn, er war ein mitleidloser Bastard.

Und hatte sie ihn nicht genau so beurteilt?

Nein. Er war hart. Mit Sicherheit ein Zyniker. Aber nicht gefühllos. Wenn er das wäre, hätte er sie gestern schon im Stich gelassen.

Wo also war er?

Er hatte das Gewehr zurückgelassen. Warum? Etwa als Ausdruck seines Mitleids? Er hatte ihre Wunde versorgt, alles getan, was möglich war. Er hatte ihr Mittel zurückgelassen, um sich selbst zu beschützen. Vielleicht hieß es ab jetzt, jeder für sich allein. Das Überleben des Stärkeren.

Nun, sie würde sterben. Wenn nicht am Fieber, dann würde sie verdursten. Sie hatte weder Wasser noch Nahrung. Sie war schutzlos dem Wetter ausgesetzt. Das Feuerholz, das er sauber neben der Feuerstelle gestapelt hatte, würde nicht lange reichen. Wahrscheinlich würde sie erfrieren, sobald es kälter wurde.

O nein, kommt gar nicht infrage!

Plötzlich war sie unendlich wütend auf ihn, dass er einfach so verschwunden war. Sie würde es ihm schon zeigen. Und sie würde es ihrem Vater zeigen. Rusty Carlson war kein zerbrechliches Zuckerpüppchen, das sich so einfach unterkriegen ließ!

Sie warf die Felle zurück und zog die Skijacke über. Die Stiefel würde sie vorerst nicht anziehen, vor allem weil sie immer noch unter dem Stapel Felle weiter hinten lagen und sie einfach nicht herankam. Außerdem half es nicht viel, nur einen Stiefel anzuziehen. Hinzu kam, dass das Anziehen der Jacke ihre Kräfte verbraucht hatte.

Nahrung. Wasser.

Nur diese beiden Dinge waren im Moment wichtig. Darum musste sie sich als Erstes kümmern. Aber wie? Und woher?

Im besten Fall würde sie ihre Umgebung als einschüchternd bezeichnen, im schlimmsten als Angst einflößend und bedrohlich. Um sie herum nichts als unberührte Wildnis. Hinter den nahen Bäumen – manche von ihnen so hoch, dass sie nicht einmal die Baumkronen sehen konnte, kam meilenweit nichts anderes.

Aber bevor sie sich auf die Suche nach Wasser machen konnte, musste sie erst einmal aufstehen. Was an sich schon eine unmögliche Aufgabe war. Sie biss die Zähne zusammen und versuchte es trotzdem.

Man sollte ihren Leichnam nicht unter einem Stapel Tierfelle finden! Niemals!

Sie zog einen Ast zu sich heran und stützte sich darauf, um ihr gesundes Knie auf den Boden zu stellen, das verletzte Bein gerade vor sich ausgestreckt. Danach hielt sie erst einmal inne, um Luft zu schöpfen. Ihr Atem bildete weißen Nebel in der Luft, als sie ihn ausstieß.

Immer wieder versuchte sie aufzustehen, aber es gelang ihr nicht. Sie war schwach und unbeholfen wie ein neugeborenes Kalb. Und schwindlig war ihr auch. Verdammt sei Cooper Landry! Kein Wunder, dass er sie zum Trinken angehalten hatte. Damit sie ihren Rausch ausschlafen musste, während er sich in aller Seelenruhe davonstahl. Damit er sich nicht anhören musste, für welch einen widerwärtigen Mistkerl sie ihn hielt.

Mit einer letzten übermenschlichen Anstrengung verlagerte Rusty ihr ganzes Gewicht auf ihren linken Fuß und stand auf. Die Erde schien gefährlich zu schwanken. Sie schloss die Augen, klammerte sich an den Ast und wartete, bis es vorbei war. Als sie sich sicher genug fühlte und die Augen wieder öffnete, stieß sie einen kleinen Schrei aus.

Cooper stand auf der anderen Seite der Lichtung.

„Was, zum Teufel, tun Sie denn da!“ brüllte er sie an.

Er ließ alles fallen, was er in den Händen hielt, einschließlich seines Gewehrs, und stürmte auf sie zu wie ein wütender Racheengel. Er packte sie unter den Achseln und kickte den Stock weg, um sie dann langsam auf das Felllager niederzulegen und ihren zitternden Körper zuzudecken.

„Was, zur Hölle, hatten Sie vor?“

„Wasser suchen“, stammelte sie mit klappernden Zähnen.

Er murmelte wüste Flüche, während er eine Hand an ihre heiße Stirn legte und ihre Temperatur abschätzte. „Sie haben Schüttelfrost, sind vor Kälte ganz blau. Versuchen Sie nie wieder so einen Blödsinn, verstanden? Es ist mein Job, Wasser zu finden. Ihr Job ist es, hier liegen zu bleiben. Klar?“

Die Schimpfworte strömten weiter unablässig aus seinem Mund wie Münzen aus einem Spielautomat beim Hauptgewinn. Er ging zum Feuer und warf wütend Holz nach. Als die Flammen hoch aufschlugen, ging er zurück zu der Stelle, wo er das Kaninchen hatte fallen lassen, das er erlegt hatte. Er brachte auch die Thermosflasche aus dem Flugzeug mit zurück, gefüllt mit klarem kalten Wasser. Er füllte den Verschlussbecher und hielt ihn Rusty an die Lippen.

„Hier. Ihre Kehle muss rau sein. Aber trinken Sie nicht zu hastig und nicht zu viel.“

Sie legte ihre Hände um seine Finger, die den Becher hielten, und trank. Das Wasser war so kalt, dass es an ihren Zähnen schmerzte, aber das kümmerte sie nicht. Sie nahm drei lange Schlucke, bevor Cooper den Becher wegzog.

„Langsam, langsam. Da ist noch genug.“

„Sie haben eine Quelle gefunden?“ Sie leckte sich den letzten Tropfen von den aufgeplatzten Lippen.

Cooper verfolgte diese Bewegung genauestens. „Ja, ein kleiner Fluss, ungefähr dreihundert Meter von hier.“ Mit der Hand deutete er in die Richtung. „Muss wohl ein Nebenfluss des Mackenzie sein.“

Sie sah auf den leblosen Tierkörper zu Coopers Füßen. „Haben Sie das Kaninchen geschossen?“

„Mit einem Steinwurf erlegt. Ich wollte keine Munition verschwenden. Ich werde es häuten und über dem

Feuer rösten. Wir können dann ... Zur Hölle! Was ist jetzt?“

Sehr zu ihrem Unmut war Rusty in Tränen ausgebrochen. Schluchzen schüttelte ihren Körper. Sie schlug die Hände vors Gesicht. Selbst nach Tagen ohne Wasser strömten die Tränen.

„Hören Sie, entweder das Kaninchen oder wir“, sagte Cooper gereizt. „Wir müssen essen. Sie können doch nicht ...“

„Es ist nicht wegen des Kaninchens“, schluchzte sie.

„Was ist es dann? Haben Sie Schmerzen?“

„Ich dachte ... Sie hätten mich zurückgelassen. Wegen meines Beins. Und vielleicht sollten Sie das auch tun. Ich halte Sie nur auf, bin nur eine Last. Allein wären Sie wahrscheinlich längst aus dieser Wildnis heraus und in Sicherheit.“

Sie bekam Schluckauf und stammelte weiter: „Dabei macht mein Bein nicht einmal einen Unterschied. Ich bin eine absolute Null, wenn es darum geht, im Freien zu leben. Ich verabscheue die Wildnis, schon als Kind hielt ich nichts von den Sommercamps, ich hasste sie. Ich friere, und ich habe Angst. Und ich fühle mich schrecklich schuldig, weil ich mich darüber beschwere, dass ich noch lebe und alle anderen tot sind.“

Sie löste sich endgültig in Tränen auf. Cooper stieß einen frustrierten Seufzer aus sowie mehrere deftige Flüche, dann ließ er sich vor ihr auf die Knie nieder und nahm sie tröstend in die Arme. Rusty versteifte sich spontan und wollte sich zurückziehen, doch er tat nichts weiter, als sie zu halten. Der Aussicht auf Trost konnte sie nicht widerstehen. Sie sank an seine breite Brust und verkrampfte ihre Finger in seine dicke Jagdjacke.

Frischer Kieferngeruch strömte von ihm aus, aus seinen Kleidern und seinem Haar. In Rustys angeschlagener Verfassung schien Cooper ihr übernatürlich groß und stark, so wie der Held aus den Kindermärchen. Voll unerschöpflicher Kraft. Unnachgiebig, aber gerecht und gütig. Er würde mit jedem Drachen fertig werden.

Als er seine Hand auf ihren Hinterkopf legte, schmiegte sie sich noch enger an ihn und empfand zum ersten Mal seit dem Absturz so etwas wie Sicherheit – länger noch, seit sie die Jagdhütte und ihren enttäuschten Vater verlassen hatte.

Endlich beruhigte sie sich wieder, der Gefühlsausbruch verebbte, ihre Tränen trockneten. Jetzt gab es keinen Vorwand mehr, warum Cooper sie halten sollte, deshalb machte sie sich von ihm los. Verlegen senkte sie den Kopf. Er schien sie nicht loslassen zu wollen, aber schließlich gab er sie frei.

„Alles in Ordnung?“ brummte er.

„Ja, es geht wieder, danke.“ Sie wischte sich mit dem Handrücken die Nase, als hätte sie es ihr ganzes Leben nie anders gemacht.

„Ich sollte jetzt besser zusehen, dass dieses Karnickel aufs Feuer kommt. Legen Sie sich wieder hin und ruhen Sie sich aus.“

„Ich habe genug gelegen.“

„Dann schauen Sie nicht hin. Ich will, dass Sie etwas essen, und ich fürchte, das werden Sie nicht können, wenn Sie zusehen, wie ich es ausnehme.“

Er nahm das tote Kaninchen und ging damit zum Rand der Lichtung. Rusty blickte wohlweislich in die entgegengesetzte Richtung. „Darüber haben wir uns gestritten", sagte sie leise.

Cooper sah über seine Schulter zurück. „Wer?"

„Mein Vater und ich. Er hatte einen Widder geschossen." Sie stieß ein humorloses Lachen aus. „Ein wunderschönes Tier. Es hat mir Leid getan, aber ich habe vorgegeben, begeistert über Vaters Jagderfolg zu sein. Vater hat einen von den Führern angeheuert, um es direkt an Ort und Stelle zu häuten. Er wollte dabei sein, darauf achten, dass der Mann das Fell nicht irgendwie beschädigte." Sie blinzelte die Tränen aus den Augen und fuhr fort. „Ich konnte nicht zusehen. Mir wurde übel. Vater ...", sie holte tief Luft. „Ich glaube, ich habe ihn schrecklich enttäuscht."

Cooper wischte sich die Hände an einem Taschentuch ab, das er mit Wasser aus der Thermoskanne befeuchtet hatte. „Weil Ihr Magen es nicht ausgehalten hat, beim Häuten dabei zu sein?"

„Nein, das war nur der letzte Tropfen, der das Fass zum Überlaufen brachte. Es stellte sich heraus, dass ich überhaupt nicht zielen kann. Aber ich hätte sowieso kein Tier geschossen, selbst wenn es zu mir gekommen wäre und die Nase direkt vor die Flinte gehalten hätte. Die ganze Angelegenheit war mir einfach zuwider." Leise, fast zu sich selbst, fügte sie noch hinzu: „Ich bin einfach nicht so gut wie mein Bruder Jeff."

„Hatte Ihr Vater das etwa vorausgesetzt?" Cooper spießte das Kaninchen auf einen grünen Zweig und hängte es über die Glut.

„Ich denke, er hat es gehofft."

„Dann ist er ein Narr. Sie sind doch rein körperlich gar nicht für die Jagd geschaffen."

Sein Blick glitt zu ihren Brüsten und blieb dort haften. Hitze durchströmte Rusty, schien sich in ihrer Brust zu sammeln, ließ die weichen Rundungen sich spannen und die rosigen Knospen hart werden.

Eine Reaktion, die Rusty zutiefst verwirrte. Instinktiv hätte sie gern die Arme über der Brust verschränkt, aber er schaute sie immer noch an, also konnte sie das nicht tun. Sie wagte es nicht, sich zu bewegen. Sie hatte Angst, irgendetwas sehr Zerbrechliches in ihr würde dann in tausend Scherben bersten, etwas, das nicht mehr repariert werden könnte. Jede Bewegung könnte eine Katastrophe auslösen.

Es war das erste Mal, dass er eine sexuelle Anspielung machte, abgesehen von den Anzüglichkeiten gestern Abend. Gestern hatte er das nur getan, um sie zu provozieren, das wurde ihr jetzt klar. Aber das hier, das von eben, war etwas völlig anderes. Dieses Mal war er ebenso Opfer wie Verfolger.

Er riss den Blick los und wandte sich abrupt der Feuerstelle zu. Der Moment war vorbei. Trotzdem sprachen sie beide lange kein Wort. Rusty schloss die Augen und tat, als schliefe sie, dabei beobachtete sie ihn, während er das Kaninchen drehte und dann das Beil an einem Stein schliff. Eine Szene wie auf einem gemütlichen Campingplatz.

Für einen Mann seiner Größe bewegte er sich mit erstaunlicher Geschmeidigkeit. Sicher würde ihn so manche Frau als attraktiv bezeichnen, vor allem, nachdem sein

Kinn und seine Wangen jetzt mit dem dunklen Schatten von Bartstoppeln überzogen waren.

Sie ertappte sich erst dabei, dass sie auf seinen Mund starrte, als er sich zu ihr beugte und etwas sagte. „Entschuldigung?"

Er musterte sie argwöhnisch. „Ihre Augen sind ganz glasig. Haben Sie wieder Fieber?" Er legte seine Hand an ihre Stirn.

Verärgert über ihn und sich selbst und ihre unreifen Fantasien, fegte sie seine Hand unwirsch beiseite. „Nein, mir geht's gut. Was sagten Sie?"

„Ich hatte gefragt, ob Sie was essen wollen."

„Das ist eine Untertreibung."

Er half ihr dabei, sich aufzusetzen. „Hier, es ist ein wenig abgekühlt, müsste jetzt fertig sein." Er schnitt einen Schenkel ab und reichte ihn Rusty, die das Fleisch nur zögernd annahm und misstrauisch betrachtete. „Sie werden essen, und wenn ich es Ihnen in die Kehle stopfen muss." Er selbst biss in ein Stück Fleisch. „Ist gar nicht so übel, ehrlich."

Mit den Fingern riss sie ein winziges Stückchen Fleisch vom Knochen, schob es sich in den Mund und schluckte hastig.

„Nicht so schnell, sonst wird Ihnen schlecht", warnte er.

Sie nickte und nahm ein weiteres Stück. Etwas Salz, und es wäre sogar recht schmackhaft. „Es gibt ein paar gute Restaurants in Los Angeles, die Kaninchen auf ihrer Speisekarte führen", begann sie im Plauderton. Automatisch suchte sie nach einer Serviette, erinnerte sich daran, dass es keine gab, zuckte die Schultern und leckte sich die Finger ab.

„Leben Sie dort, in Los Angeles?“

„Beverly Hills, um genau zu sein.“

Er studierte sie im Schein des Feuers. „Sind Sie Schauspielerin oder so was?“

Rusty hatte das sichere Gefühl, dass es ihn in keinster Weise beeindrucken würde, selbst wenn sie drei Oscars vorweisen könnte. Sie zweifelte ernsthaft daran, dass Cooper Landry viel Wert auf Berühmtheit legte. „Nein, keine Schauspielerin. Meinem Vater gehört eine Immobilienfirma, mit Zweigstellen in ganz Kalifornien. Ich arbeite für ihn.“

„Sind Sie gut?“

„Bis jetzt war ich sehr erfolgreich.“

Er kaute, schluckte und warf den abgenagten Knochen ins Feuer. „Als Tochter vom Boss, wie sollte es da anders sein?“

„Ich arbeite hart, Mr. Landry.“ Die Anspielung, ihr Vater sei verantwortlich für ihren Erfolg, wurmte sie maßlos. „Im letzten Jahr hatte ich die höchste Verkaufsstatistik der ganzen Firma.“

„Bravo.“

Dass er so gleichgültig blieb, ärgerte sie noch mehr. „Und womit verdienen Sie Ihren Lebensunterhalt, Mr. Landry?“ fragte sie bissig.

Bevor er antwortete, reichte er ihr ein weiteres Stück Fleisch, in das sie so herzhaft hineinbiss, als hätte sie sich ihr ganzes Leben nur von nicht abgehangenem, über offenem Feuer geröstetem Kaninchenfleisch ernährt.

„Mir gehört eine Ranch“, sagte er schließlich.

„Rinder?“

„Ein paar. Hauptsächlich Pferde.“

„Wo?“

„Rogers Gap.“

„Wo ist das?

„In der Sierra Nevada.“

„Nie davon gehört.“

„Überrascht mich nicht.“

„Kann man davon leben?“

„Für mich reicht es.“

„Liegt Rogers Gap vielleicht in der Nähe von Bishop? Kann man dort Ski fahren?“

„Wir haben ein paar Abfahrten. Skinarren bezeichnen sie als echte Herausforderung. Ich persönlich halte sie für die grandiosesten auf dem ganzen Kontinent.“

„Und wieso habe ich noch nie etwas von diesem Ort gehört?“

„Wir sind ein Geheimtipp, und das wollen wir auch bleiben. Wir machen keine Werbung.“

„Warum denn?“ Ihr Interesse war geweckt. Sie ließ sich nie eine Gelegenheit entgehen, neue und für Investitionen interessante Gebiete für ihre Kunden ausfindig zu machen. „Wenn die richtige Firma das in die Hand nimmt, könnte man aus Rogers Gap etwas machen. Wenn es als Skiort so gut ist, wie Sie sagen, könnte es das zweite Aspen werden.“

„Der Himmel bewahre“, stieß er hervor. „Genau das ist der Punkt. Wir wollen nicht auf der Landkarte vermerkt werden. Wir wollen nicht, dass die Berge mit Betonklötzen verschandelt werden und unsere kleine, friedliche Gemeinde von irren Rüpeln mit Brettern unter den Füßen überrannt wird, denen es wichtiger ist, ihre Vorgärten in Beverly Hills proper zu halten, als unsere Landschaft zu konservieren."

„Denken alle in der Stadt so darüber?"

„Glücklicherweise, ja. Sonst würden sie nicht dort leben. Es gibt nicht viele Vorteile dort, außer der Landschaft und der Ruhe."

Sie warf ihren Kaninchenknochen ins Feuer. „Sie hören sich an wie ein Überbleibsel aus den sechziger Jahren."

„Das bin ich auch."

Ihre Augen lachten. „Gehörten Sie etwa zu den Blumenkindern, die Liebe und Harmonie predigten? Sind Sie bei den Friedensdemonstrationen mitgelaufen und haben gegen den Krieg protestiert?"

„Nein", erwiderte er scharf. Rustys spöttisches Grinsen erstarb. „Ich konnte es gar nicht abwarten, mich in die Armee einzuschreiben. Ich wollte in den Krieg ziehen. Ich war zu dumm, um mir darüber klar zu sein, dass ich Menschen töten musste, um nicht selbst getötet zu werden. Allerdings habe ich mich nicht freiwillig dafür gemeldet, in Gefangenschaft zu geraten. Aber es passierte mir trotzdem. Nach sieben Monaten in einem stinkenden Loch konnte ich fliehen und wurde zu Hause als Kriegsheld empfangen." Den letzten Satz spie er ihr entgegen. „Die Jungs im Gefangenenlager wären über Leichen gegangen, um eine solche Mahlzeit zu bekommen, wie Sie sie gerade essen." Seine grauen Augen schleuderten

Dolche auf sie ab. „Sie müssen schon verzeihen, aber Ihr schillernder Beverly-Hills-Pomp beeindruckt mich nicht im Geringsten, Miss Carlson.“ Er stand abrupt auf. „Ich hole noch Wasser. Rühren Sie sich nicht vom Fleck.“

Rühren Sie sich nicht vom Fleck, äffte sie ihn in Gedanken nach. Na schön, er hatte sie also auf ihren Platz verwiesen, aber deshalb würde sie nicht ihr Leben lang in Sack und Asche gehen. Unzählige Männer waren aus Vietnam heimgekehrt und lebten jetzt ein glückliches und produktives Leben.

Cooper war selbst schuld, wenn er sich nicht mehr eingliedern konnte, er pflegte und hegte seine Verbitterung ja geradezu. Das war sein Antrieb, um weiterzuleben. Seine Abneigung gegen die Gesellschaft, weil er meinte, sie würde ihm etwas schulden.

Vielleicht war das ja auch so. Aber schließlich war es nicht ihre Schuld. Sie war nicht verantwortlich für das Unglück, welches auch immer er erlebt haben mochte. Nur weil er noch eine offene Rechnung mit der Gesellschaft zu haben glaubte, die sowieso nie jemand würde begleichen können, hieß das noch lange nicht, dass er als Mensch mehr wert war als sie.

Er kam zurück, aber sie schwiegen sich feindselig an. Als er ihr den Becher zum Trinken reichte. Als er sie stützte, damit sie für ein paar Minuten Privatsphäre an den Rand der Lichtung humpeln konnte. Erst als er ihr wieder auf das Felllager, den Mittelpunkt ihrer Welt, geholfen hatte, sprach er.

„Ich will mir Ihr Bein anschauen. Sie halten die Taschenlampe.“

Sie sah zu, wie er Verbandsstreifen um Verbandsstreifen abwickelte. Eine hässliche Zickzackreihe von Stichen kam darunter zum Vorschein. Entsetzt riss Rusty die Augen auf, aber Cooper schien zufrieden mit seiner Handarbeit. Eine Hand an ihrer Wade, hob er ihr Bein an.

„Keine Entzündung mehr. Die Schwellung ist auch abgeklungen."

„Die Narbe", murmelte sie rau.

Er sah zu ihr. „Es war nicht anders möglich. Seien Sie froh, dass Ihr Bein noch da ist."

„Das bin ich."

„Ich bin sicher, einer der vielen teuren Schönheitschirurgen in Beverly Hills wird sich freuen, die Narbe wieder zu richten", sagte er abfällig.

„Müssen Sie so gemein sein?"

„Müssen Sie so oberflächlich sein?" Er deutete zurück in die Richtung, wo das Flugzeug niedergegangen war. „Ich bin sicher, jeder der Männer würde für eine solche Narbe mit Ihnen tauschen."

Natürlich hatte er Recht, aber das machte es nicht leichter für sie, seine Anschuldigung zu schlucken. Sie schwieg und schmollte. Er kümmerte sich derweil um ihre Wunde, strich Jod darauf, legte einen neuen Verband an. Dann gab er ihr eine der Penizillintabletten und zwei Aspirin. Diesmal nahm sie sie mit Wasser ein. Vom Brandy hatte sie vorerst genug.

Denn sie hatte festgestellt, dass ein Rausch sie sowohl gefühlsmäßig als auch körperlich sehr viel empfänglicher machte. Und an Cooper Landry wollte sie nur als bärbeißigen Muffel denken. Er war ein aufbrausendes, griesgrämiges Ungeheuer, wütend auf die ganze Welt. Wäre sie nicht auf ihn angewiesen, um zu überleben, würde sie nie etwas mit ihm zu tun haben wollen.

Sie lag bereits unten den Fellen, als er sich zu ihr legte und die gleiche Stellung einnahm wie in der vorigen Nacht.

„Wie lange müssen wir noch hier bleiben?“ fragte Rusty verstimmt.

„Ich bin kein Hellseher.“

„Ich frage Sie nicht, wann wir gerettet werden, sondern meinte dieses Bett. Können Sie nicht irgendeinen Wetterschutz konstruieren, in dem mehr Platz ist?“

„Oh, die Unterbringung ist der Dame nicht genehm?“

Sie seufzte entnervt. „Vergessen Sie's einfach.“

Nach einer Weile setzte er an: „Da hinten am Fluss ist eine Gruppe Felsbrocken. In dem größten ist eine kleine Nische. Ich denke, mit etwas Einfallsreichtum und Ellbogenschmiere lässt sich daraus etwas machen. Nicht viel, aber besser als das hier. Außerdem sind wir dann näher am Wasser.“

„Ich helfe“, bot sie eifrig an.

Nicht, dass sie dieses Felllager nicht zu schätzen wusste. Es hatte ihr das Leben gerettet. Aber so eng mit ihm die Nacht zu verbringen rieb sie auf. Rusty war sich der breiten Brust an ihrem Rücken viel zu bewusst. Und sie ging davon aus, dass er sich ihres Körpers ebenso bewusst sein musste.

Als er seine Hand wieder auf ihren Bauch legte, konnte sie kaum noch an irgendetwas anderes denken. Und er schob auch wieder sein Knie zwischen ihre Beine, um ihr verletztes Bein anzuheben. Sie wollte fragen, ob das wirklich nötig sei, aber da es sich gut anfühlte, verkniff sie sich einen Kommentar und ließ es, wie es war.

„Rusty."

„Hm?" Coopers Atem strich warm über ihr Ohr und verursachte ihr eine Gänsehaut. Sie kuschelte sich enger an ihn.

„Wachen Sie auf. Wir müssen aufstehen."

„Aufstehen?" stöhnte sie. „Aber wieso? Ziehen Sie die Felle wieder über uns. Mir ist eiskalt."

„Genau. Wir sind pitschnass. Ihr Fieber ist zurück, Sie haben uns beide nass geschwitzt. Wenn wir nicht aufstehen und uns abtrocknen, wachen wir morgen mit Frostbeulen auf."

Jetzt war sie wach, sie rollte sich auf den Rücken. Er meinte es ernst und warf bereits die Felle beiseite. „Was meinen Sie mit 'abtrocknen'?"

„Ausziehen und trocken werden."

„Sind Sie verrückt? Es friert doch!" Trotzig zog sie ein Fell über sich, Cooper zog es mit einem Ruck wieder weg.

„Ziehen Sie sämtliche Sachen aus. Sofort!"

Er breitete bereits sein Flanellhemd über einem niedrigen Busch aus. Dann zog er sich den Thermorollkragenpullover über den Kopf. Die statische Elektrizität ließ seine Haare hochstehen, aber Rusty war nicht nach Lachen zu Mute. Um genau zu sein – jeder Laut, den sie hatte ausstoßen wollen, blieb ihr in der Kehle stecken. Der Anblick der makellosesten Brust, die sie je gesehen hatte, machte sie sprachlos.

Muskeln, hart wie Stahl, unter straffer Haut. Die Brustwarzen hatten sich in der Kälte zusammengezogen. Er war so schlank, dass sie jede einzelne Rippe zählen, jeden durchtrainierten Bauchmuskel erkennen konnte ...

„Wenn Sie sich nicht sofort in Bewegung setzen, Rusty, werde ich Sie ausziehen."

Immerhin holte seine Drohung sie aus ihrem Trancezustand heraus. Mechanisch zog sie ihren Pullover aus. Darunter trug sie einen ähnlichen Rollkragenpullover wie Cooper. Sie fingerte am Saum, sah aber regungslos zu, wie Cooper sich die Jeans herunterstreifte. Die langen Unterhosen waren nicht unbedingt ein verführerischer Anblick.

Aber ein fast unbekleideter Cooper Landry war es.

Sekunden später stand er da, im schwachen Schein des Feuers, splitterfasernackt. Eine wunderschöne Gestalt und von Mutter Natur großzügig bedacht – so perfekt, dass sie nicht anders konnte als starren. Er raubte ihr im wahrsten Sinne des Wortes den Atem.

Er hängte seine Sachen sorgfältig über den Busch, zog dann zwei Socken über seine Hände und begann damit seinen Körper abzureiben. Gründlich. Überall.

Dann nahm er die Socken von den Händen und kniete sich über einen der Rucksäcke, um nach Unterwäsche zu suchen. Und das alles mit einem bewundernswerten Mangel an Verlegenheit oder gar Schüchternheit.

Als er sich zu ihr umdrehte und feststellte, dass sie sich immer noch nicht bewegt hatte, runzelte er verärgert die Stirn. „Kommen Sie schon, Rusty, beeilen Sie sich. Es ist verdammt kalt hier draußen."

Er steckte die Hand nach ihrem Pullover aus, dem einzigen Teil, dessen sie sich bisher entledigt hatte. Sie reichte ihm den Pulli, und er hängte ihn zum Trocknen auf. Mit ausgestrecktem Arm wartete er auf weitere Kleidungsstücke, schnippte dann ungeduldig mit den Fingern. „Los, machen Sie schon." Sie sah ihn mit bangem Blick an, dann zog sie den Thermopullover über den Kopf.

Die kalte Luft versetzte ihr einen Schock. Sofort begann sie so stark zu zittern, dass es ihr nicht mehr gelang, den Knopf ihrer Hose zu öffnen.

„Verdammt, lassen Sie mich das machen, sonst muss ich noch die ganze Nacht hier draußen stehen." Cooper ging in die Knie und hielt sie bei den Oberschenkeln fest. Ungeduldig schob er ihre Hände beiseite, um Knopf und Reißverschluss zu öffnen. Völlig ungerührt zog er die Hose, die nur noch ein Hosenbein hatte, herunter und warf sie auf den nächststehenden Busch.

Doch dann brachte ihn etwas zum Stutzen, etwas, mit dem er offensichtlich nicht gerechnet hatte: ein unglaublich femininer, unglaublich knapper Seidenslip. Cooper hatte den Spitzenrand gesehen, als er die Hose abgeschnitten hatte, aber mehr eben nicht. Nach einer scheinbaren Ewigkeit knurrte er: „Ziehen Sie das aus."

Rusty schüttelte den Kopf. „Nein."

Seine Miene wurde grimmig. „Ausziehen." Wieder das Kopfschütteln. Plötzlich lag seine Hand direkt auf dem winzigen Dreieck aus Seide und Spitze. „Es ist nass. Ziehen Sie es aus."

Ihre Blicke trafen aufeinander, ein stummes Messen ihrer Willenskraft. Es war die Kälte in der Luft wie auch die

Kälte in seinen Augen, die Rusty schließlich dazu veranlassten, den Slip über ihre Beine zu streifen.

„Jetzt trocknen Sie sich ab."

Er reichte ihr eine Baumwollsocke. Wie sie es bei ihm gesehen hatte, rieb sie sich damit über Beine und Bauch. Mit gesenktem Kopf griff sie nach der Unterwäsche, die Cooper ihr hinhielt. Keine lange Unterhose, weil diese sonst an ihrer Wunde scheuern würde, sondern ein Höschen, das dem glich, das sie gerade ausgezogen hatte und das jetzt wie ein Triumphbanner im Wind flatterte.

„Nun den Oberkörper."

Ihr BH war ebenso frivol wie das dazu passende Höschen. Am Morgen ihrer Abreise hatte sie ihre Kleiderwahl mit der Aussicht auf ihre Rückkehr in die Zivilisation getroffen. Nach Tagen in Thermounterwäsche war sie derer mehr als überdrüssig gewesen.

Sie beugte sich vor und wollte den Rückenverschluss aufhaken, aber ihre Finger waren klamm und unbeweglich. Mit einem gemurmelten Fluch griff Cooper um sie herum und riss den Verschluss fast auf. Der BH gab ihre Brüste frei, Rusty schob sich die Träger von der Schulter, warf das Teil auf den Busch und blickte aufsässig zu Cooper.

Sein Mund war nur noch ein harter, dünner Strich. Er verharrte nur einen Sekundenbruchteil, bevor er mit der anderen Socke ihren Oberkörper, ihren Hals und ihre Brüste abzureiben begann. Dann schlang er wieder die Arme um sie und rubbelte über ihren schweißnassen Rücken. Sie standen einander so nah, dass ihre harten und durch die Kälte aufgerichteten Brustspitzen seine Haut streiften.

Entsprechend schnell wich er zurück und zog ihr ein Thermo-T-Shirt über den Kopf. Während sie noch die Arme hindurchsteckte, riss er das feuchte Fell, auf dem sie gelegen hatten, von dem Stapel herunter und ersetzte es durch ein anderes. „Es ist nicht so weich, aber es ist trocken."

„Es wird schon reichen", sagte Rusty rau.

Endlich lagen sie wieder in ihrem schützenden Kokon. Diesmal wehrte Rusty sich nicht, als Cooper sie an seinen Körper zog. Sie zitterte unkontrolliert, ihre Zähne klapperten vor Kälte. Es dauerte jedoch nicht lange, bis es unter den Fellen warm wurde. Ihre Körper waren erhitzt, ihre Gedanken waren von erotischen Bildern erfüllt.

Voll bekleidet in seinen Armen zu liegen war aufreibend genug gewesen, aber jetzt, nur in Unterwäsche an ihn gepresst, spielten Rustys Sinne verrückt. Ihr Fieber war gesunken, aber ihr Körper brannte lichterloh.

Es war ein wunderbares Gefühl, seine nackten Oberschenkel zu fühlen. Da sie keinen BH trug, war sie sich seiner Hand gerade knapp unterhalb ihres Busens umso bewusster.

Auch Cooper war nicht immun gegen die erzwungene Intimität. Er hatte schnell gearbeitet, um Felle und Kleidung zu wechseln, aber das war nicht der Grund, warum er so schwer atmete. Seine Brust hob und senkte sich an ihrem Rücken.

Und dann war da noch ein anderer, unwiderlegbarer Beweis seiner Erregung ...

Was sie dazu veranlasste zu flüstern: „Ich denke, äh ... es wird nicht nötig sein, dass ich mein Bein auf Ihrem Knie hochlege."

Ein unterdrücktes Stöhnen ließ seine Brust vibrieren. „Erwähnen Sie es nicht einmal. Und, um Gottes willen, bewegen Sie sich nicht." Es war offensichtlich, wie unwohl er sich fühlte.

„Es tut mir Leid."

„Was? Dass Sie schön sind? Dafür können Sie nichts. Und ich kann nichts dafür, dass ich ein Mann bin. Wahrscheinlich werden wir beide das einfach so akzeptieren müssen."

Sie erfüllte seine Bitte und verharrte absolut regungslos. Sie öffnete nicht einmal mehr die Augen, nachdem sie sie geschlossen hatte. Aber sie schlief mit einem kleinen Lächeln auf den Lippen ein. Wenn auch sicherlich unbeabsichtigt, so hatte er doch zugegeben, dass er sie schön fand.

# 4. KAPITEL

Ihre Beziehung hatte sich verändert.

Die erzwungene Intimität der Nacht hatte sie einander nicht näher gebracht, sondern im Gegenteil eher eine Kluft geschaffen. Ihre Unterhaltung am nächsten Morgen klang aufgesetzt, sie vermieden Blickkontakt, wo möglich. Ihre Bewegungen schienen abgehackt und hölzern, wie bei Schwerverletzten, die erst wieder lernen mussten, ihre Glieder zu benutzen.

Schweigend und in sich gekehrt, schnitzte Cooper aus zwei dicken Ästen ein Paar Krücken für Rusty. Ästhetisch gesehen sicher kein Grund für Begeisterungsausbrüche, aber Rusty war unendlich dankbar und hätte jubeln mögen. Die Krücken gaben ihr die Beweglichkeit zurück, sie war nicht mehr an das Felllager gefesselt.

Als sie Cooper dankte, brummte er nur etwas Unverständliches und marschierte dann durchs Unterholz zum Fluss, um Wasser zu holen. Als er zurückkam, humpelte sie bereits auf den Krücken umher.

„Wie geht es Ihrem Bein?“

„Ganz gut. Ich habe es selbst mit Jod gereinigt und noch eine Pille genommen. Ich glaube, das wird schon wieder.“ Sie hatte sich sogar schon ihre letzte Hose angezogen und trug ihre Schnürstiefel. Die Heilung war so weit fortgeschritten, dass das Reiben des Stoffs zu ertragen war.

Sie tranken abwechselnd Wasser aus der Thermoskanne – das war das Frühstück.

„Ich fange heute wohl besser mit dem Unterstand am Fluss an“, sagte Cooper.

Heute Morgen war ihr Felllager mit einer feinen Schneeschicht bedeckt gewesen, kein Graupel, sondern richtige Flocken. Eindeutige Vorboten des rasch einfallenden Winters. Sie beide wussten, wie hart der Winter in dieser Gegend war. Deshalb war es unbedingt nötig, Schutz vor dem Wetter zu finden, bis sie gerettet wurden. Sollte man sie nicht retten, würde ein Unterstand auch nicht viel nutzen, aber daran wollten sie beide nicht denken.

„Kann ich irgendwie helfen?“ fragte Rusty.

„Schneiden Sie dünne Streifen aus der Wildlederjacke.“ Mit dem Kopf deutete er auf eine Jacke, die einem der toten Männer gehört hatte, und reichte ihr ein Messer. „Ich brauche Bänder, um die Stäbe zusammenbinden zu können. Und während Sie das tun, sehe ich nach, wie es mit unserem Abendessen für heute aussieht.“ Auf ihren fragenden Blick hin erklärte er: „Ich habe gestern ein paar Schlingen ausgelegt.“

Sie sah sich unsicher um. „Sie entfernen sich doch nicht zu weit, oder?“

„Nein.“ Er hängte sich das Gewehr über die Schulter und fühlte in seiner Jackentasche, ob er genügend Munition bei sich hatte. „Ich werde zurück sein, um neues Holz aufs Feuer zu legen. Halten Sie Messer und Flinte in Ihrer Reichweite. Ich habe zwar noch keine Bärenspuren gesehen, aber man kann nie wissen.“

Damit drehte er sich um und verschwand zwischen den mächtigen Stämmen. Rusty blieb auf ihren Krücken gestützt zurück, ihr Herz hämmerte zum Zerspringen.

Bären?

Nach einem Moment schüttelte sie die lähmende Angst ab. „Das ist doch lächerlich“, murmelte sie vor sich hin. „Nichts und niemand wird mich kriegen.“

Sie wünschte, sie hätte ein Radio, einen Fernseher, irgendetwas, um die drückende Stille zu durchbrechen. Alles, was zu hören war, war das Knacken eines Zweiges ab und an, das Rascheln von Laub, wenn ein Tier auf seiner täglichen Nahrungssuche vorbeihuschte. Aber da diese Tiere unsichtbar blieben, waren sie umso unheimlicher. Und Coopers Bemerkung über Bären ging ihr einfach nicht mehr aus dem Kopf.

„Das hat er bestimmt absichtlich gesagt, nur um mir Angst einzujagen“, sagte sie laut und machte sich mit Eifer daran, die Lederjacke aufzuschneiden. Das Messer, das er ihr dagelassen hatte, war kleiner als jenes, das er ständig an seinem Gürtel bei sich trug.

Ihr Magen knurrte laut. Sie stellte sich frische, noch warme Butterhörnchen vor, getoastete Bagels mit Frischkäse, Krapfen mit Zuckerguss, Pfannkuchen, Eier mit Speck ... Das machte sie nur noch hungriger, und alles, was sie hatte, um ihren Magen zu füllen, war Wasser.

Als direkte Folge ihres übermäßigen Trinkens ergab sich allerdings bald ein anderes Problem. Sie zögerte es hinaus, solange sie konnte, aber irgendwann blieb ihr keine andere Wahl. Sie legte ihre Arbeit beiseite. Ohne jegliche Anmut rappelte sie sich mit Hilfe der Krücken auf und humpelte in die entgegengesetzte Richtung, die Cooper eingeschlagen hatte.

Während sie mit den Krücken und ihrer Hose kämpfte, wobei sie gleichzeitig den Boden nach möglichem

Kriechgetier absuchte, fragte sie sich, ob das wirklich Rusty Carlson war, die Immobilienprinzessin von Beverly Hills, die sich hier im Wald ein Fleckchen suchte, um sich zu erleichtern.

Ihre Freunde hätten es ihr nie zugetraut, so weit zu kommen, ohne in tiefsten Wahnsinn zu versinken. Ihr Vater würde es sowieso nicht glauben. Aber sie würde überleben, und dann konnte sie ihre Geschichte erzählen. Und er würde unendlich stolz auf sie sein.

Sie zog sich gerade wieder die Hose hoch, als sie ein Geräusch in ihrer Nähe vernahm. Abrupt drehte sie den Kopf in die Richtung, lauschte. Nichts.

„Sicher nur der Wind." Ihre Stimme klang übertrieben laut und fröhlich. „Oder ein Vogel. Oder Cooper auf dem Rückweg. Wenn er das für einen lustigen Streich hält, werde ich ihm nie verzeihen."

Sie ignorierte das nächste Rascheln, diesmal lauter, und humpelte, so schnell sie konnte, zurück zum Camp. Fest entschlossen, nie etwas so Feiges wie Schreien zu tun, biss sie sich auf die Lippen und stolperte über den unebenen Waldboden.

Doch ihr Mut verließ sie, als eine Gestalt zwischen zwei Bäumen hervortrat und sich ihr genau in den Weg stellte. Ihr Kopf ruckte hoch, sie sah in ein Paar lauernde Augen, die ihr aus einem bärtigen Gesicht entgegenfunkelten.

Sie stieß einen gellenden Schrei aus.

Cooper wollte so schnell wie möglich zurück, hatte jedoch beschlossen, die beiden Kaninchen vorher zu säubern. Er sagte sich, dass es kein Beweis von Stärke war, wenn er die Tiere vor ihren Augen ausnahm.

Doch tief in seinem Innern gestand er sich ein, dass es eigentlich genau das war, was er wollte. Er wollte, dass sie sich krümmte und wand, dass sie hysterisch werden würde und endlich weibliche Schwäche zeigte.

Denn bis jetzt hatte sie nichts dergleichen getan. Im Gegenteil, sie hatte sich verdammt gut gehalten. Viel besser, als er erwartet hatte.

Er schleuderte die Innereien fort und begann das Fell abzuschaben. Das könnte sich noch als nützlich erweisen. Kaninchenfell war warm, und er konnte es benutzen, um Rusty ...

Rusty. Immer wieder Rusty. Konnte er denn an gar nichts anderes mehr denken? Drehte sich alles nur um sie? Wann waren sie denn ein unzertrennliches Paar geworden, so wie Adam und Eva? Konnte er nicht den einen erwähnen, ohne den anderen im gleichen Atemzug zu nennen?

Er erinnerte sich an den ersten Gedanken, der ihm gekommen war, als er aus der Bewusstlosigkeit erwachte, ihr Gesicht über sich, verführerisch umrahmt von dieser Mähne rotbrauner Locken. Die obszönsten Flüche waren ihm eingefallen, die je ein Seemann gehört hatte, und er war knapp davor gewesen, sie auch auszustoßen.

Natürlich war er froh gewesen, überlebt zu haben, aber dann hatte er nur daran gedacht, dass der Tod eine angenehmere Alternative gewesen wäre, statt diese Rothaarige, eingehüllt in exquisites Parfüm und teuren Pelz, am Hals zu haben. In der Wildnis hätte sie die gleiche

Chance wie ein Marshmellow über dem Lagerfeuer. Er hatte auch mit dem Gedanken gespielt, dass es nötig werden könnte, sie umzubringen, um sie beide aus ihrem Elend zu erlösen.

Ein äußerst beunruhigender und unappetitlicher Gedanke, aber er hatte andere, schlimmere Dinge in Vietnam tun müssen, um zu überleben.

Es galt nur das Gesetz des Dschungels. Regel Nummer eins: Entweder töten oder getötet werden. Überleben war das Wichtigste, egal, um welchen Preis. Das Überlebenstraining in der Spezialeinheit der Armee erstickte bewusst jede Anwandlung von Gewissen. Man tat, was nötig war, um einen weiteren Tag zu überleben, eine Stunde, eine Minute länger. Er hatte diese Doktrin verinnerlicht und war ihr mehr als einmal bedingungslos gefolgt. Öfter, als er sich erinnern wollte, zu oft, um es vergessen zu können.

Aber diese Frau hatte ihn überrascht. Ihre Verletzung musste ihr höllische Schmerzen bereitet haben, aber sie hatte sich nicht einmal beschwert. Sie hatte auch nicht über Durst oder Hunger geklagt. Der Himmel wusste, wie durstig und hungrig sie gewesen sein musste. Ein kleiner harter Brocken, und bis jetzt war sie noch nicht zusammengebrochen. Und wenn ihre Lage sich nicht extrem verschlechtern würde, zweifelte er auch daran, dass es dazu kommen würde.

Eine Auffassung, die ihn wiederum vor eine ganze Reihe neuer Probleme stellte. Nur wenigen Menschen war es gelungen, seinen Respekt zu erlangen. Er wollte Rusty Carlson nicht bewundern, aber er tat es.

Noch etwas wurde immer klarer: Er war mitten im Niemandsland gestrandet, zusammen mit einem äußerst verführerischen Exemplar des weiblichen Geschlechts, und es war denkbar, dass sie sehr lange Zeit miteinander verbringen mussten. Nur zu zweit.

Die Dämonen, die sein Schicksal leiteten, hielten sich diesmal wahrscheinlich den Bauch vor Lachen. Sie hatten ihn früher schon oft zum Narren gehalten, aber das hier war der Gipfel. Das war die ultimative Pointe des Witzes, den er sein Leben nannte. Im Allgemeinen und im Besonderen verachtete er Frauen wie Rusty Carlson. Er hatte keine Verwendung für reiche, verwöhnte, oberflächliche Oberschichttussis, die schon mit dem silbernen Löffel im Mund geboren worden waren. Sie interessierten sich für nichts, was außerhalb ihres goldenen Käfigs vor sich ging. Musste ausgerechnet ihm eine solche Frau vor die Füße fallen und ihm auch noch Respekt abverlangen?

Das schien den Dämonen allerdings noch nicht zu reichen. Es hätte ja auch eine von den Tussis sein können, die in einer Schönheitskonkurrenz bestenfalls gegen ein Warzenschwein antreten könnten, mit einer Stimme, die Glas zum Bersten brachte.

Aber nein, die böswilligen Götter hatten ihm eine Traumfrau vor die Nase gesetzt. Der Teufel musste sie erschaffen haben. Die Fleisch gewordene Versuchung. Mit glänzendem Haar, in das ein Mann seine Finger vergraben wollte, und Brüsten wie Paradiesäpfel. Mit einer Stimme, die Butter zum Schmelzen brachte. An dieses Bild musste er denken, wann immer sie den Mund aufmachte.

Ein makabrer Witz, ein unbarmherziger Streich. Denn er würde sie nicht anfassen. Niemals. Diesen Weg war er schon einmal gegangen. Frauen wie sie folgten der Mode. Nicht nur, was Kleidung anbetraf, sondern in allem. Als Melody ihm begegnet war, war es gerade Mode gewesen, einen verdienten Veteranen zu lieben. Das hatte sie getan, bis es nicht mehr „in" gewesen war.

Kratzte man die seidene Oberfläche von Rusty Carlson ab, kam darunter eine weitere Melody zum Vorschein. Rusty passte sich ihm nur an, weil sie ihn zum Überleben brauchte. Sie sah wirklich zum Anbeißen aus, aber unter der süßen Schale war sie mit Sicherheit ebenso wurmstichig und verfault, wie Melody es gewesen war.

Er warf sich die Kaninchenfelle über die Schultern und wickelte die zerteilten Fleischstücke in ein Tuch, dann machte er sich auf den Rückweg zum Camp. Von ihr würde er sich nicht weich kochen lassen, das konnte er sich gar nicht erlauben. Gestern Abend hatte er ihr seine Schulter zum Ausheulen geboten, weil sie ein Recht auf dieses eine reinigende Mal hatte. Aber das war's dann auch. In der Nacht hatte er sie gehalten, weil es notwendig war, um warm zu bleiben. Aber von jetzt an würde er auf Abstand achten. Sobald der Unterstand gebaut war, gab es keinen Grund mehr, so eng zusammen zu schlafen. Dann brauchte er ihren Rücken nicht mehr an seiner Brust zu ertragen, und ihr Hintern an seinen Lenden würde auch keine unerwünschten Reaktionen mehr hervorrufen.

Hör endlich auf, ständig daran zu denken, ermahnte er sich entnervt. Vergiss, wie weich sich ihr Bauch unter deiner Hand angefühlt hat. Vergiss ihre festen Brüste und die Farbe des lockigen Dreiecks in ihrem Schoß ...

Knurrend stapfte er durch Wald, fest entschlossen, seine Gedanken im Zaum zu halten. In dem Unterschlupf würde diese Nähe nicht mehr vorkommen. Er würde Augen und Hände bei sich behalten ...

Der Schrei ließ ihn mitten im nächsten Schritt innehalten. Eine unsichtbare Mauer hätte ihn nicht abrupter aufhalten können. Als Rustys nächster Schrei die Stille durchschnitt, verfiel Cooper automatisch in die Rolle des Dschungelkämpfers.

Geräuschlos, mit gezogenem Messer, glitt er von Baum zu Baum, in die Richtung, aus der ihre Schreie gekommen waren.

„Wer ... wer sind Sie?“ Unwillkürlich hatte Rusty sich an die Kehle gegriffen. Ihr Puls raste.

Auf dem bärtigen Gesicht erschien ein breites Grinsen. Der Mann drehte den Kopf und rief: „He, Pa, sie will wissen, wer ich bin.“

Glucksend trat ein zweiter Mann hinzu, eine ältere Version des ersten. Beide starrten Rusty aus kleinen dunklen Augen an.

„Wir könnten die gleiche Frage stellen“, sagte der Ältere. „Wer bist du denn, Mädchen?“

„Ich ... ich habe den Flugzeugabsturz überlebt.“ Der Blick der beiden Männer drückte völlige Verständnislosigkeit aus. „Haben Sie denn nichts von dem Absturz gehört?“

„Könnte ich nicht behaupten.“

„Da hinten." Mit einem zitternden Finger wies sie die Richtung. „Vor zwei Tagen. Fünf Männer sind tot. Mein Bein ist verletzt."

„Noch andere Frauen?"

Bevor sie antworten konnte, sprang Cooper aus dem Busch hervor und drückte dem älteren Mann von hinten das Jagdmesser an die Kehle. Gleichzeitig drehte er ihm den Arm auf den Rücken, sodass dessen Jagdgewehr zu Boden fiel.

„Gehen Sie weg von ihr, oder ich bringe ihn um", befahl er dem völlig überraschten Jüngeren.

Der starrte Cooper an, als wäre er der Teufel persönlich, geradewegs aus der Hölle emporgekommen. Selbst Rusty wurde es unheimlich, als sie in Coopers Augen sah. Aber sie war auch unendlich erleichtert.

„Ich sagte, gehen Sie weg." Coopers Stimme klang so tödlich, wie sein Messer aussah. Eiskalt, stahlhart. Der junge Mann wich stolpernd zwei Schritte zurück. „Und jetzt ... Gewehr fallen lassen."

Da es so aussah, dass der Angreifer doch menschlicher Natur war, zeigten sich Anzeichen von Trotz auf dem Gesicht des Mannes. „Pa, muss ich ...?"

„Tu, was er sagt, Reuben."

Nur zögernd warf der junge Mann sein Jagdgewehr zu Boden. Cooper trat die beiden Flinten außer Reichweite und gab den Alten langsam frei. Er stellte sich neben Rusty, ohne die beiden Männer aus den Augen zu lassen. „Rusty?" Sie zuckte erschreckt zusammen. „Alles in Ordnung?"

„Ja."

„Haben sie Ihnen was getan?“

„Sie haben mich zu Tode erschreckt, mehr nicht. Ich glaube nicht, dass es ihre Absicht war.“

Trotzdem musterte Cooper die beiden misstrauisch. „Wer sind Sie?“

Sein rauer Ton besaß sehr viel mehr Autorität als Rustys verschüchterte Frage. Der Ältere antwortete sofort.

„Quinn Gawrylow. Und das ist mein Sohn Reuben. Wir leben hier.“ Cooper zuckte mit keiner Wimper. „Auf der anderen Seite der Schlucht“, fuhr der Alte fort und deutete mit dem Kinn in die Richtung.

Cooper hatte die Schlucht schon gestern gefunden. Der Fluss, an dem er Wasser holte, lief dort unten hindurch. Er war nicht auf die andere Seite gegangen, weil er Rusty nicht zu lange hatte allein lassen wollen. Jetzt dankte er seinem Schöpfer, dass er es nicht getan hatte. Diese Männer könnten völlig harmlos sein. Oder eben auch nicht. Sein misstrauisches Naturell hatte ihm mehr als einmal gute Dienste geleistet. Solange sie ihm nicht das Gegenteil bewiesen, sah er dieses Duo als potenzielle Feinde an. Bis jetzt hatten sie nichts getan, aber es gefiel ihm nicht, wie der Jüngere Rusty anstarrte – als sei sie eine himmlische Erscheinung.

„Was hat Sie auf die andere Seite der Schlucht gebracht?“ wollte Cooper wissen.

„Wir haben den Rauch gerochen, gestern Abend und heute Morgen. Deshalb wollten wir nachsehen. Normalerweise verirrt sich nie jemand in unsere Wälder.“

„Unser Flugzeug ist abgestürzt.“

„Das hat die junge Lady hier schon gesagt.“

Immerhin hatte man sie vom „Mädchen“ zur „jungen Lady“ befördert. Rusty dankte Cooper still dafür. Der Blick des jungen Mannes machte sie mittlerweile nervös, und sie rückte näher an Cooper heran und stellte sich Schutz suchend halb hinter ihn. „Wie weit ist es bis zur nächsten Stadt?“ fragte sie.

„Gute hundert Meilen.“ Ihre Hoffnungen erloschen. Was dem Mann nicht entging. „Aber der Fluss ist nicht weit.“

„Der Mackenzie?“

„Genau. Wenn Sie ihn erreichen, bevor er zufriert, erwischen Sie noch das Boot nach Yellowknife.“

„Wie weit ist es bis zum Fluss?“ wollte Cooper wissen.

Der Mann schob seine Wollmütze höher und kratzte sich am Kopf. „Zehn, fünfzehn Meilen vielleicht, oder, Reuben?“

Der Angesprochene nickte, ohne den lüsternen Blick von Rusty zu wenden. Cooper musterte ihn aus zusammengekniffenen Augen. „Könnten Sie uns den Weg beschreiben?“

„Sicher“, sagte der ältere Gawrylow. „Morgen. Heute werden wir Ihnen erst etwas zu essen geben. Und Sie können sich bei uns ausruhen.“ Er sah auf das frische Kaninchenfleisch, das Cooper hatte fallen lassen. „Wenn Sie mit zu unserer Hütte kommen wollen.“

Rusty sah hoffnungsvoll zu Cooper auf. Seine Miene war undurchdringlich, und noch immer studierte er die beiden Männer genau. Endlich sagte er: „Danke. Wir können eine anständige Mahlzeit und Schlaf gebrauchen, bevor wir uns auf den Weg machen. Gehen Sie voran.“

Mit seinem Gewehr bedeutete er ihnen, zum Camp zu gehen.

Die beiden Männer hoben ihre Flinten auf. Rusty fühlte, wie Coopers Muskeln sich anspannten. Aber Vater und Sohn hingen sich die Gewehre nur über die Schultern und schlugen die Richtung ein, die Cooper angezeigt hatte.

Cooper sah zu Rusty. „Wo ist das Messer, das ich Ihnen dagelassen hatte?“ fragte er leise.

„Ich habe es zurückgelassen, als ich ...“

„Tragen Sie es immer bei sich.“

„Was ist denn los mit Ihnen?“

„Nichts.“

„Sie scheinen nicht sehr froh zu sein, die beiden zu sehen. Ich bin hellauf begeistert. Die beiden werden uns hier herausführen.“

Sein einziger Kommentar war ein gepresstes: „Sicher.“

Die Gawrylows zeigten sich ehrlich beeindruckt von Coopers Improvisationen. Sie sammelten die Felle und die anderen Dinge zusammen, die Cooper und Rusty aus dem Wrack geborgen hatten. In der Wildnis konnte man es sich nicht leisten, etwas unnütz zu verschwenden. Reuben kickte Steine ins Feuer, um es zu ersticken.

Unter Quinns Führung machte die Gruppe sich auf zu der Hütte der Gawrylows. Cooper bildete das Schlusslicht, so konnte er alle besser im Auge behalten, vor allem Rusty, die sich erstaunlich geschickt auf ihren Krücken fortbewegte.

Die Männer schienen es gut zu meinen, aber Cooper hatte es auf die harte Tour lernen müssen, niemandem zu trauen. Er hatte zu viele Soldaten gesehen, die in Stücke gerissen wurden, von Handgranaten, die lächelnde Kinder ihnen gereicht hatten.

Am Fluss legten sie eine Pause ein. Rusty hatte das Gefühl, ihre Lungen würden jeden Moment den Dienst versagen, ihr Herz schlug doppelt so schnell wie normal, und die Krücken hatten ihre Achseln wund gescheuert, auch wenn Cooper das mit Polstern aus zusätzlichen Kleidungsstücken zu vermeiden versucht hatte.

„Wie läuft's?" erkundigte er sich und reichte ihr einen Becher Wasser aus der Thermoskanne.

„Gut." Sie zwang sich zu einem Lächeln.

„Schmerzen im Bein?"

„Nein, aber es fühlt sich an, als würde es mindestens eine Tonne wiegen."

„Es kann nicht mehr weit sein. Dann können Sie sich hinlegen."

Die Gawrylows warteten geduldig, bis Rusty wieder zu Atem gekommen und bereit war weiterzugehen. „Wir werden den Fluss an der flachsten Stelle überqueren", sagte der Ältere zu Cooper.

Sie liefen einige hundert Meter am Ufer entlang. Unter anderen Umständen wäre Rusty von der Landschaft begeistert gewesen. Das Wasser des Flusses war kristallklar, es floss über Steine und Kiesel, die über die Jahre glatt wie Spiegel geschliffen worden waren. Mächtige Bäume erhoben sich, die weiten Kronen spendeten Schatten. Der Efeu war von einem so tiefen Grün, wie sie es noch nie gesehen hatte. Die Blätter der Laubbäume leuchteten von intensivem Gelb über Rot bis hin zu hellem Braun. Ein erster dünner Laubteppich raschelte unter jedem Schritt.

Bis die Gawrylows schließlich stehen blieben, spürte Rusty vor Erschöpfung einen brennenden Schmerz in ihrer Brust. Sie ließ ihre Krücken fallen und setzte sich auf einen Felsblock am Ufer des Flusses, der hier an dieser Stelle sehr flach war. Auf der anderen Seite der Schlucht ragten hohe Berge in den Himmel.

„Hier ist es", sagte Quinn. „Ich gehe voran. Reuben kann die Frau tragen, Sie bringen die Ausrüstung."

„Reuben übernimmt die Ausrüstung, ich trage die Frau", korrigierte Cooper mit stahlharter Stimme.

Der ältere Mann zuckte nur mit den Achseln und orderte seinen Sohn an, Cooper die Bündel abzunehmen. Reuben tat, wie ihm geheißen, aber nicht ohne Cooper einen wütenden Blick zuzuwerfen. Cooper starrte ungerührt zurück. Ihm war es gleich, ob es Reuben gefiel oder nicht, er würde nicht zulassen, dass diese schmierigen Hände auch nur in die Nähe von Rusty kamen.

Sobald Vater und Sohn außer Hörweite waren, lehnte er sich zu ihr hinüber. „Trauen Sie sich ruhig, das Messer zu benutzen." Sie sah ihn alarmiert an. „Nur für den Fall, dass unsere guten Samariter doch nicht ganz so selbstlos sein sollten." Er legte ihr die Krücken auf den Schoß und hob sie auf die Arme.

Die Gawrylows waren schon fast am anderen Ufer. Cooper ging durch den Fluss, ein Auge auf die beiden gerichtet und gleichzeitig darauf bedacht, Untiefen und Stolpersteinen im Wasser auszuweichen. Wenn er stürzte, würde Rusty mit ihm zu Boden gehen. Bis jetzt hatte sie sich wacker geschlagen, aber er wusste, dass ihr Bein ihr großes Unbehagen bereiten musste.

„Glauben Sie wirklich, wir werden morgen gerettet, Cooper?“

„Im Moment haben wir gute Chancen. Wenn wir es bis zum Fluss schaffen und ein Boot erwischen.“ Er atmete schwer. Der Anstieg auf der anderen Seite war steil, Schweißperlen bildeten sich auf seiner Stirn. Verbissen stieg er den Abhang hoch.

„Sie müssten sich mal rasieren.“

Die Bemerkung war aus dem Nichts gekommen, aber sie zeigte beiden, wie genau sie sein Gesicht studiert hatte. Ohne den Kopf zu bewegen, richtete er den Blick auf sie. Verlegen sah sie zur Seite und murmelte: „Tut mir Leid, dass ich so schwer bin.“

„Wohl kaum. Die Kleider wiegen mehr als Sie selbst.“

Und diese Bemerkung wiederum sagte ihnen beiden, dass er sehr wohl wusste, was an ihr Kleidung und was Fleisch und Knochen war. Schließlich hatte er sie ohne Kleider gesehen. Rusty beschloss, dass es sicherer war zu schweigen, wenn jede Unterhaltung sowieso nur Verlegenheit heraufbeschwor.

Außerdem waren sie inzwischen oben angekommen. Quinn schob sich ein Stück Kautabak in den Mund, Reuben wedelte sich mit seiner Kappe Luft zu, sein fettiges Haar klebte verschwitzt am Kopf.

Cooper setzte Rusty ab. Wortlos bot Quinn ihm Kautabak an, und Rusty war froh, dass Cooper ablehnte.

„Wir warten, bis Sie sich ausgeruht haben“, sagte Quinn.

Cooper sah Rusty an. Sie war blass vor Erschöpfung. Das Bein musste ihr höllische Schmerzen bereiten. Ein leichter Wind war aufgekommen, es hatte sich merklich abgekühlt. Ja, sie brauchte eine Pause, aber je eher sie ein Dach über dem Kopf und warmes Essen bekam, desto besser.

„Wir brauchen nicht zu warten, lassen Sie uns weitergehen“, sagte er gepresst.

Er half Rusty auf die Füße und die Krücken. Ihm entging nicht, dass sie vor Schmerz das Gesicht verzerrte, aber er wappnete sich gegen das Mitleid und hieß ihre Gastgeber an voranzugehen.

Wenigstens ging der restliche Weg bis zu der Hütte eben weiter. Bis sie dort ankamen, war Rustys Kraft endgültig erschöpft. Auf der durchhängenden Veranda sackte sie wie eine Stoffpuppe zusammen.

„Lasst uns die Frau reinbringen.“ Quinn schob die Tür auf.

Die verzogene Brettertür war mit Lederbändern am Rahmen befestigt, das Innere der Hütte erinnerte mehr an einen Tierbau als an eine menschliche Behausung. Angewidert und mit einem Gefühl von Bedrohung schaute Rusty durch den Eingang. In diesem Augenblick entschied sie, dass es Schlimmeres gab, als draußen im Freien zu campieren.

Coopers Miene blieb ausdruckslos, als er sie auf seine Arme hob und in das düstere Innere trug. Die kleinen Fenster waren schwarz von Ruß und ließen kaum Licht ein. Ein niedriges Feuer erleuchtete schwach den Raum, aber das, was Rusty und Cooper sahen, wäre besser im Dunkeln verdeckt geblieben.

Die Hütte war unglaublich schmutzig. Es stank nach nasser Wolle, ranzigem Fett und ungewaschenen Männern. Der einzige Vorteil, den die Hütte bot, war die Wärme. Cooper trug Rusty direkt zu der Feuerstelle und setzte sie auf den einzelnen, wackeligen Stuhl. Er stülpte einen Aluminiumeimer um und legte ihr verletztes Bein darauf, dann schürte er das Feuer mit einem Haken und legte mehr Holz nach, das neben dem Kamin gestapelt lag.

Die Gawrylows marschierten herein. Als Reuben die Tür hinter sich schloss, wurde es noch dunkler in dem Raum. Trotz der Hitze, die das Feuer jetzt abgab, zitterte Rusty und zog die Jacke fester um sich.

„Sie haben bestimmt Hunger." Quinn ging zu dem Holzofen in der Ecke, nahm den Deckel von dem Topf, der darauf stand, und schnupperte. „Der Eintopf scheint fertig zu sein. Wollen Sie was davon?"

Rusty wollte schon ablehnen, aber Cooper antwortete für sie beide. „Ja, danke. Haben Sie auch Kaffee?"

„Sicher. Reuben, setz die Kaffeekanne auf."

Seit sie in der Hütte waren, hatte der jüngere Mann Rusty unablässig angestarrt. Cooper folgte seinem Blick. Er wünschte, das Feuer würde ihr Haar nicht so schimmern lassen. So blass und abgekämpft sie auch aussah, ihre Augen wirkten riesig, verletzlich, feminin. Für den jungen Mann, der mit seinem Vater hier in der Wildnis lebte, musste eine Frau wahrscheinlich nicht einmal hübsch sein, um eine Verlockung darzustellen. Rusty musste ihm wie die Verwirklichung seiner wildesten Fantasien erscheinen.

Mit der bloßen Hand griff Reuben in eine Blechdose und holte Kaffeepulver hervor, das er in eine Emaillekanne warf. Aus der Pumpe über dem Spülstein füllte er Wasser nach und stellte die Kanne dann auf den Herd. Ein paar Minuten später hielten Rusty und Cooper Teller in der Hand, bis zum Rand gefüllt mit einem undefinierbaren Eintopf. Rusty wollte lieber nicht wissen, was für Fleisch das da drinnen war, also fragte sie erst gar nicht. Sie kaute und schluckte es schnell herunter. Zumindest war es warm und füllte den Magen. Der Kaffee war so stark, dass sie beim ersten Schluck eine Grimasse zog, aber sie trank das meiste davon.

Während sie aßen, hatten Cooper und sie ein andächtiges Publikum. Der ältere Mann starrte weniger auffällig als sein Sohn, aber dafür entging seinem Blick keine einzige Bewegung.

Schließlich war er es auch, der das Schweigen brach. „Sind Sie verheiratet?"

„Ja", log Cooper lässig. „Schon fünf Jahre."

Rusty schluckte den letzten Bissen und hoffte inständig, dass den Gawrylows nicht aufgefallen war, wie schwer ihr das fiel. Sie war froh, dass Cooper diese Frage beantwortet hatte, sie hätte wahrscheinlich keinen Ton herausgebracht.

„Kinder?"

Dieses Mal schien Coopers Zunge am Gaumen zu kleben. „Nein", sagte sie und hoffte, dass ihr „Mann" die Antwort guthieß. Sie würde ihn später fragen, warum er gelogen hatte, aber im Moment musste sie einfach mitspielen. Sie hielt seine Vorsicht für übertrieben, aber sie verbündete sich lieber mit ihm als mit den Gawrylows.

Cooper schob sein leeres Geschirr beiseite und sah sich in der Hütte um. „Haben Sie hier ein Funkgerät?"

„Nein."

„Haben Sie vielleicht in den letzten Tagen Flugzeugmotoren gehört?"

„Ich nicht. Du, Reuben?" Quinn stieß seinen Sohn gegen das Knie, der daraufhin seinen Blick von Rusty riss.

„Flugzeuge?" wiederholte er stumpfsinnig.

„Wir sind vor zwei Tagen abgestürzt", erklärte Cooper. „Das müssen sie mittlerweile herausgefunden haben. Ich kann mir denken, dass man mit Flugzeugen nach Überlebenden sucht."

„Ich habe nichts gehört", sagte Reuben knapp und richtete seine volle Aufmerksamkeit wieder auf Rusty.

„Wie können Sie nur so weit ab von allem leben?" fragte sie jetzt. Diese selbst auferlegte Einsamkeit schockierte sie. Sie konnte sich ein Leben ohne die Annehmlichkeiten und verschiedenen Möglichkeiten der Stadt nicht vorstellen. Sicher, ein ländliches Leben war vorstellbar, wenn man ab und zu in die Stadt fahren konnte, aber das hier? Bewusst jeden Kontakt zur Zivilisation abbrechen?

„Zweimal im Jahr lassen wir uns vom Boot nach Yellowknife mitnehmen", erzählte Quinn ihnen. „Im April und im Oktober. Dann bleiben wir für ein paar Tage, verkaufen ein paar Felle, decken uns mit den Vorräten ein, die wir brauchen, und fahren wieder zurück. Mehr wollen wir mit dem Rest der Welt nicht zu tun haben."

„Aber wieso?" fragte Rusty.

„Ich habe die Nase voll von Städten und Menschen. Ich wohnte in Edmonton, arbeitete bei einer Frachtfirma. Eines Tages beschuldigte mich der Boss, gestohlen zu haben."

„Und? Haben Sie?“

Coopers Unverblümtheit überraschte Rusty, aber der alte Mann schien nicht beleidigt zu sein. Er lachte nur krächzend und spuckte Kautabak ins Feuer.

„Es war einfacher abzutauchen, als vor Gericht zu gehen und meine Unschuld zu beweisen“, sagte er ausweichend. „Reubens Mutter war tot, also sind wir beide zusammen weggegangen, haben nur unser Geld mitgenommen und die Sachen, die wir am Leib trugen.“

„Wie lange ist das her?“

„Zehn Jahre. Erst sind wir rumgezogen, dann haben wir uns hier niedergelassen. Es gefällt uns hier.“ Er zuckte die Schultern. „Wir haben nie das Bedürfnis gehabt zurückzukehren.“

Damit war seine Geschichte zu Ende. Rusty hatte aufgegessen, aber die Gawrylows starrten Cooper und sie immer noch unentwegt an.

„Wenn Sie uns entschuldigen wollen“, brach Cooper das unangenehme Schweigen. „Ich muss die Wunde meiner Frau versorgen.“

Diese beiden Worte, „meine Frau“, kamen ihm scheinbar so leicht über die Lippen, aber in Rustys Ohren hallten sie falsch und gekünstelt wider. Sie fragte sich, ob die Gawrylows ihnen wirklich abnahmen, dass sie ein Ehepaar waren.

Quinn trug die Teller zum Spülstein und pumpte Wasser darüber. „Reuben, erledige, was du zu tun hast.“

Der junge Mann schien widersprechen zu wollen, doch sein Vater warf ihm einen strengen Blick zu. Also zog Reuben Jacke und Kappe auf und trottete zur Tür.

Quinn ging auf die Veranda, um Feuerholz an der Hüttenwand zu stapeln.

Rusty beugte sich näher zu Cooper. „Was hältst du davon?“ Wenn sie schon verheiratet waren, konnten sie sich auch duzen.

„Wovon?“

„Von den beiden“, antwortete sie ungeduldig. Er hielt den Saum ihrer Hose straff und schnitt das Hosenbein mit seinem Messer bis zum Knie auf. Rusty wurde ärgerlich. „Was soll das? Das ist meine letzte Hose.“

Er hob den Kopf und blickte sie unerbittlich an. „Möchtest du sie lieber ausziehen und Reuben dein winziges Unterhöschen vorführen?“

Sie öffnete den Mund, stellte dann aber fest, dass sie darauf nichts zu erwidern wusste, also schloss sie ihn wieder. Schweigend sah sie zu, wie Cooper den Verband abwickelte und die genähte Wunde kontrollierte. Der anstrengende Fußmarsch schien keine größeren negativen Auswirkungen gehabt zu haben, aber das Bein war von der Anstrengung geschwollen und äußerst druckempfindlich. Es zu leugnen wäre unsinnig, denn sie zuckte zusammen, als er ihr einen frischen Verband anlegte.

„Tut’s weh?“

„Ja, etwas“, gab sie zu.

„Leg es für den Rest des Tages hoch und belaste es nicht mehr. Du kannst entweder hier sitzen bleiben oder dich auf das Felllager legen, das ich gleich machen werde.“

„Lager? Was ist mit den Betten?“ Sie sah hinüber zu den beiden Betten, die an einer Wand der Hütte standen. „Meinst du nicht, sie werden mir eines überlassen?“

Er lachte. „Ich bin sicher, Reuben würde nichts lieber tun, als sein Bett mit dir zu teilen. Aber wenn du dir keine Läuse einfangen willst, würde ich an deiner Stelle da rausbleiben."

Abrupt zog sie ihr Bein zurück. Cooper konnte einfach nicht nett sein, oder? Sie waren Kameraden, weil die Umstände sie dazu zwangen, aber sie waren keine – nein, ganz bestimmt nicht – Freunde.

## *5. KAPITEL*

Es schien eine Ewigkeit zu dauern, bis es Zeit war, schlafen zu gehen. Am frühen Abend gab es noch eine gemeinsame Mahlzeit mit den Gawrylows. Die Unterhaltung drehte sich um den Marsch zum Mackenzie River und ging auch noch weiter, als das Essen beendet war.

„Es gibt keinen Pfad, dem man folgen könnte. Es ist raues Terrain, dauert bestimmt einen vollen Tag“, teilte Quinn ihnen mit.

„Wir brechen beim ersten Tageslicht auf.“ Cooper ließ Rusty nicht aus den Augen. Schon den ganzen Nachmittag hatte er sie mit Adleraugen beobachtet. Während sie jetzt auf dem Stuhl saß, hockte er zu ihren Füßen auf dem Boden, den Arm besitzergreifend auf ihren Oberschenkel gelegt. „Wir nehmen nicht viel mit, nur, was absolut nötig ist.“

„Was ist mit der Frau?“ fragte Quinn.

Rusty spürte, wie Coopers Bizeps auf ihrem Bein sich zusammenzog. „Was soll mit ihr sein?“

„Sie wird uns aufhalten.“

„Ich bleibe mit ihr hier, Pa“, bot Reuben eilfertig an.

„Nein.“ Coopers Erwiderung kam scharf und schnell wie ein Peitschenhieb. „Sie kommt mit. Mir ist gleich, wie langsam wir vorankommen.“

„Mir soll's recht sein.“ Quinn zuckte mit den Schultern. „Aber ich dachte, Sie hätten es eilig, Ihre Leute zu verständigen. Die machen sich doch bestimmt Sorgen um Sie.“

Rusty sah auf Coopers Haarschopf. „Cooper?“ Er hob das Gesicht zu ihr. „Mir macht es nichts aus, hier zu bleiben. Und wenn du ohne mich schneller vorankommst, macht es doch nur Sinn, oder nicht? Sobald du an ein Telefon kommst, kannst du meinen Vater verständigen. Er wird sofort jemanden schicken, um mich abzuholen. Morgen Abend könnte dann endlich alles vorbei sein.“

Er betrachtete ihr hoffnungsvolles Gesicht. Sie würde mitkommen, wenn er darauf bestand, und alle Strapazen klaglos ertragen. Aber selbst mit zwei gesunden Beinen wäre es nicht einfach für sie, sich fünfzehn Meilen durch die Wildnis zu schlagen. Und mit der Verletzung würde es noch schwieriger werden. Vielleicht müssten sie sogar ein Camp für die Nacht aufschlagen.

Trotzdem behagte ihm die Vorstellung nicht, sie sich selbst zu überlassen. Wie zäh auch immer sie sein mochte, sie konnte sich nicht verteidigen. In dieser Umgebung war sie hilflos wie ein Schmetterling. Er versicherte sich, dass es nicht Sentimentalität war, die ihn so denken ließ. Er hasste einfach nur den Gedanken, dass ihr jetzt noch etwas passieren sollte, nachdem sie so lange durchgehalten hatte und die Rettung in greifbarer Nähe und nicht nur ein Hirngespinst war.

Er legte die Hand auf ihr Knie und drückte es. „Wir sehen mal, wie du dich morgen früh fühlst.“

Die nächsten Stunden zogen sich dahin. Rusty konnte nicht verstehen, dass die Gawrylows hier nicht verrückt wurden. Es gab nichts zu tun, nichts zu lesen, nichts zu hören oder anzusehen – außer einander. Und als auch das langweilig wurde, starrten alle auf die flackernde Flamme der Öllampe, die mehr schwarzen stinkenden Rauch abgab, als dass sie Licht spendete.

Man sollte meinen, diese Einsiedler würden sie mit Fragen über die Außenwelt bombardieren, aber die Gawrylows zeigten ein bemerkenswertes Desinteresse an allem, was jenseits der Grenzen ihrer eigenen öden Welt lag.

Da sie sich schmutzig und verschwitzt fühlte, bat Rusty um eine Schüssel Wasser. Reuben stolperte über die eigenen Füße, als er ihr das Gewünschte holte, und verschüttete kaltes Wasser über ihren Schoß, bevor er die Schüssel vor ihr abstellte. Rusty schob die Ärmel ihres Pullovers hoch und wusch sich Gesicht und Hände mit dem Seifenstück, das Cooper ihr erlaubt hatte mitzunehmen. Zu gern hätte sie sich dem Luxus hingegeben, immer wieder ihr Gesicht mit dem kühlen Wasser zu benetzen, aber drei Augenpaare waren auf sie gerichtet. Als Cooper ihr eines seiner T-Shirts zuwarf, nahm sie es dankbar an und trocknete sich damit das Gesicht.

Sie nahm ihre Bürste aus der Kosmetiktasche und fuhr durch ihr Haar, das niemals zuvor so dreckig, verfilzt und stumpf gewesen war. Sie wollte gerade einen Knoten auflösen, als Cooper ihr unwirsch die Bürste aus der Hand riss.

„Das reicht."

Sie reckte die Schultern, bereit, laut zu protestieren, doch seine versteinerte Miene hielt sie zurück. Überhaupt benahm er sich schon den ganzen Tag so seltsam – noch seltsamer als sonst. Sie wollte ihn fragen, was, zum Teufel, mit ihm los sei, aber es schien ihr weiser, einen Streit zum jetzigen Zeitpunkt zu vermeiden.

Allerdings drückte sie ihren Ärger dadurch aus, indem sie sich die Haarbürste abrupt wieder zurückholte und sie sorgfältig in ihre kostbare Kulturtasche legte. Diese Tasche und ihr spärlicher Inhalt waren die einzigen Beweise, dass irgendwo auf der Welt fließend heißes Wasser, Kurpackungen, Körperlotionen, Schaumbad und Parfüm existierten.

Endlich legten sie sich zur Nachtruhe. Rusty schlief mit Cooper zusammen, so wie die letzten beiden Nächte zuvor. Sie lag auf der Seite, ihr Bein auf seinem Schenkel, das Gesicht dem Feuer zugewandt. Als Bettstatt benutzten sie die Felle, die Cooper aufeinander gestapelt hatte. Taktvoll hatte er Quinns Angebot von Bettwäsche ausgeschlagen.

Aber dieses Mal rückte Cooper nicht an sie heran, hielt sie auch nicht fest. Stattdessen lag er auf dem Rücken, so angespannt und wachsam, dass sie es spüren konnte.

„Was ist dein Problem?" flüsterte sie schließlich nach einer guten halben Stunde.

„Halt den Mund und schlaf."

„Und warum schläfst du nicht?"

„Weil ich nicht kann."

„Warum nicht?"

„Sobald wir hier raus sind, erkläre ich es dir."

„Erkläre es mir jetzt."

„Das brauche ich doch wohl nicht, oder? Mach selbst die Augen auf."

„Hat es etwas damit zu tun, warum du ihnen gesagt hast, wir wären angeblich verheiratet?"

„Du hast es erfasst."

Sie dachte einen Moment darüber nach. „Ich muss zugeben, die beiden sind etwas unheimlich, so wie sie uns ständig anstarren. Aber ich bin sicher, das ist nur Neugier. Außerdem schlafen sie ja jetzt." Das laute Schnarchkonzert der beiden Gawrylows sollte doch eigentlich überzeugen.

„Stimmt", sagte er trocken. „Und du solltest auch schlafen. Gute Nacht."

Entnervt rollte sie sich wieder auf die Seite, und irgendwann schlief sie tatsächlich ein.

Doch dann schien es ihr, als hätte sie erst vor Minuten die Augen geschlossen, als Cooper sie auch schon wieder an der Schulter wachrüttelte. Sie murrte verschlafen, doch als ihr wieder einfiel, dass heute der Tag war, an dem der Albtraum endlich vorüber sein würde, setzte sie sich rasch auf.

Die Hütte lag in völliger Dunkelheit. Rusty konnte allerdings Coopers Umrisse und die der Gawrylows im Raum erkennen. Quinn stand am Herd, brühte Kaffee und rührte in dem Eintopf. Dieser Topf schien nie leer zu werden, offensichtlich wurde immer wieder etwas hinzugegeben. Rusty konnte nur hoffen, dass sie nicht mit einer Salmonellenvergiftung nach Hause kam.

Cooper kniete sich neben sie. „Wie fühlst du dich?"

„Mir ist kalt", antwortete sie und rieb sich über die Oberarme. Auch wenn sie heute Nacht nicht in seinen Armen geschlafen hatte, so hatte seine Körperwärme sie doch warm gehalten. Er war besser als jede Heizdecke, die sie je besessen hatte.

„Ich meinte dein Bein. Wie fühlt es sich an?"

„Steif, aber nicht so wund wie gestern."

„Sicher?"

„Ganz sicher."

„Steh auf und lass uns ein bisschen herumlaufen. Als Test, sozusagen."

Er half ihr auf die Füße. Sobald Rusty ihre Jacke übergezogen und die Krücken unter die Achseln genommen hatte, gingen sie nach draußen. Die Hütte der Gawrylows verfügte über keine sanitären Einrichtungen.

Als Rusty aus dem primitiven Toilettenhäuschen trat, hatte die Sonne den bedeckten Himmel in ein milchiges Grau verwandelt. Dieses trübe Licht verstärkte nur ihr Schwindelgefühl. Cooper konnte sehen, dass der kurze Weg von der Hütte bis hierher sie bereits erschöpft hatte. Ihr Atem ging schnell und bildete weiße Nebelschwaden vor ihrem Mund.

Er fluchte unterdrückt. „Was ist?" fragte Rusty besorgt.

„Das schaffst du nie, Rusty. Nicht einmal in mehreren Tagen." Er stemmte die Hände in die Hüften und stieß frustriert den Atem aus. „Was, zum Teufel, soll ich jetzt mit dir anfangen?"

Diese Frage war keineswegs durch eine Andeutung von Mitgefühl abgemildert worden. Im Gegenteil, sein Ton zeigte deutlich, dass es ihm wesentlich lieber gewesen wäre, sich nicht um sie kümmern zu müssen.

„Nun, es tut mir Leid, dass ich Ihnen weiterhin zur Last fallen muss, Mr. Landry. Warum benutzen Sie mich nicht als Köder für eine Bärenfalle? Dann können Sie den ganzen verdammten Weg bis zum Fluss rennen."

Er trat vor und brachte sein Gesicht ganz nah an ihres heran. „Du bist offensichtlich zu naiv, um es zu kapieren, was? Hier steht sehr viel mehr auf dem Spiel, als nur schnell zum Fluss zu kommen."

„Nicht für mich", fauchte sie zurück. „Und wenn dir plötzlich Flügel wachsen würden und du hinfliegen könntest, wäre es immer noch nicht schnell genug für mich. Ich will hier endlich weg, weg von dir. Ich will nach Hause, wo ich hingehöre."

Seine Augen wurden schmal. „Na schön." Er wirbelte herum und marschierte zur Hütte zurück. „Wenn ich dich nicht am Hals habe, komme ich viel schneller voran. Du bleibst hier."

„Gut", rief sie hinter ihm her.

Und dann streckte sie ihr Kinn genauso stur vor wie er seines und machte sich auf den Rückweg zur Hütte. Als sie an der Tür ankam, die Cooper in der Hast oder vor Wut wohl offen gelassen hatte, argumentierten die Männer hitzig.

„Seien Sie vernünftig, Gawrylow", sagte Cooper gerade. „Reuben ist zwanzig oder mehr Jahre jünger als Sie. Ich will schnell vorwärts kommen. Er geht mit mir zusammen. Sie bleiben bei ... meiner Frau. Ich will sie hier nicht allein lassen."

„Aber Pa ...", begann Reuben zu jammern.

„Er hat Recht, Reuben. Du bist schneller als ich. Mit etwas Glück erreicht ihr den Fluss schon am Nachmittag."

Reuben gefiel der Plan überhaupt nicht. Er warf Rusty einen letzten gierigen Blick zu und schob sich dann verärgert vor sich hin murmelnd an ihr vorbei nach draußen. Cooper schien nicht wesentlich besser aufgelegt zu sein. Er zog Rusty beiseite, drückte ihr die Leuchtpistole in die Hand und zeigte ihr kurz, wie man damit umging.

„Meinst du, du schaffst das?“

„Ich bin doch nicht blöd.“

Er schien versucht, ihr zu widersprechen, doch dann überlegte er es sich wohl anders. „Wenn du Flugzeugmotoren hörst, bewege dich so schnell du kannst nach draußen und feure sie in den Himmel ab.“

„Warum nimmst du sie nicht mit?“

Seit dem Absturz hatte Cooper die Leuchtpistole immer in Reichweite gehabt. „Weil das Dach einer Hütte von einem Flugzeug aus einfacher zu erkennen ist als zwei Männer zu Fuß im Busch. Hier, nimm das auch.“ Bevor sie ahnte, was er meinte, zog er den Bund ihrer Hose vor und ließ das in einem ledernen Schaft steckende zweite Messer hineingleiten. Als sie überrascht nach Luft schnappte, grinste er. „Dann kannst du wenigstens nicht vergessen, wo es ist.“

„Und wozu sollte ich das brauchen?“

Für einen langen Moment sah er ihr durchdringend in die Augen. „Hoffen wir, dass du den Grund dafür nicht herausfinden musst.“

Sie wich seinem Blick nicht aus, hielt sich eher daran fest. Bis zu diesem Moment hatte sie nicht gewusst, wie sehr sie die Vorstellung verabscheute, dass er sie hier zurückließ. Natürlich hatte sie sich nichts anmerken lassen, aber die Aussicht, Meilen auf Krücken durch die Wildnis zu humpeln, war schrecklich gewesen. Deshalb war sie eigentlich ganz froh gewesen, dass er ihr die Entscheidung abgenommen hatte. Aber jetzt, da er sich tatsächlich auf den Weg machte, wollte sie sich an ihn klammern und ihn anflehen, nicht zu gehen.

Sie tat es natürlich nicht. Seine Achtung für sie war auch so schon gering genug. Er hielt sie für ein verwöhntes und verhätscheltes Stadtpflänzchen. Wahrscheinlich hatte er sogar Recht damit, weil ihr jetzt vor den Stunden ohne ihn so grauste.

Cooper brach als Erster den viel sagenden Blickkontakt und wandte sich mit einem gemurmelten Fluch ab.

„Cooper!"

Er drehte sich wieder zu ihr. „Was?"

„Sei ... sei vorsichtig."

Es dauerte nicht länger als einen Sekundenbruchteil, und sie fand sich an seine breite Brust gepresst wieder. Sein Mund lag hart auf ihren Lippen, brannte sich bis in ihre Seele. Sie war so überrumpelt, dass sie sich gegen ihn fallen ließ. Er schlang die Arme um ihre Taille und zog sie noch enger an sich, so eng, dass ihre Füße den Boden nicht mehr berührten. Sie verkrallte die Finger in seinen Mantel, um sich festzuhalten.

Seine Lippen waren fest und besitzergreifend, aber seine Zunge weich und sanft. Diese Zunge erforschte ihren Mund, streichelte. Die Leidenschaft, die sich seit achtundvierzig Stunden in Cooper aufgebaut hatte, hatte seine eiserne Kontrolle besiegt. Das hier war ein richtiger Kuss, hatte nichts mit Romantik zu tun. Ein Kuss voller Leidenschaft. Roh, wollüstig, gierig. Egoistisch.

Rusty schwindelte. Sie legte Cooper einen Arm um den Hals und bog den Kopf nach hinten, damit er sich mehr nehmen konnte. Was er auch tat. Sein stoppeliges Kinn kratzte an ihrer Haut, aber das war ihr gleich.

Viel zu schnell war alles vorbei. Cooper hob abrupt den Kopf und ließ sie mit offenen und feuchten Lippen zurück, die nach mehr verlangten. „Ich komme so schnell wie möglich zurück. Bis dann, Schatz."

Schatz? Schatz!

Er gab sie frei und wandte sich zur Tür. Erst jetzt bemerkte sie Quinn Gawrylow, der am Tisch saß und träge seinen obligatorischen Tabak kaute. Er beobachtete sie mit der regungslosen Konzentration eines Bergpumas.

Rusty sank das Herz. Cooper hatte sie nur wegen des alten Mannes geküsst, nicht etwa für sich selbst. Und ganz bestimmt nicht wegen ihr.

Sie warf ihm einen giftigen Blick hinterher, als er zur Tür hinausging. Du liebe Güte, dachte sie erbost. Wie kann er es wagen ...!

Als ihr bewusst wurde, dass der hinterlistige Blick des alten Mannes immer noch auf ihr lag, drehte sie sich mit dem – wie sie hoffte – typischen Lächeln einer lieben kleinen Ehefrau zu ihm um. „Glauben Sie, er wird es schaffen?"

„Reuben weiß, was er tut. Er wird sich um Mr. Landry kümmern." Er deutete auf das Felllager. „Es ist noch früh. Warum schlafen Sie nicht noch ein bisschen?"

„Nein, ich ...", sie räusperte sich laut, „... ich bin zu aufgedreht, um schlafen zu können. Ich denke, ich setze mich einfach hierhin."

„Kaffee?“ Quinn ging auf den Herd zu.

„Ja, gern.“

Sie wollte keinen Kaffee, aber das würde ihr wenigstens dabei helfen, die Zeit herumzubringen. Sie stellte die Krücken an die Feuerstelle und legte die Leuchtpistole neben sich auf den Boden, dann setzte sie sich vorsichtig auf den Stuhl. Die Messerspitze drückte sich leicht in ihren Schoß. Ein Wunder, dass das Messer sie nicht aufgespießt hatte, als Cooper sie an sich gezogen hatte ...

Bei der Erinnerung schlug ihr Herz schneller. Es war nicht nur die harte Klinge gewesen, die sie an ihrem Becken gespürt hatte. Wahrscheinlich hatte es ihm ein immenses Vergnügen bereitet, sie so zu erniedrigen.

Trotz wallte in ihr auf, und sie zog das Messer aus dem Bund und legte es auf den Kaminsims. Sie nahm den Becher mit dampfendem Kaffee an, den Quinn ihr reichte, und stellte sich auf den längsten Tag ihres Lebens ein.

Cooper schätzte, dass sie ungefähr eine Meile unterwegs waren, als Reuben anfing zu reden. Er hätte die fünfzehn Meilen gut ohne Unterhaltung hinter sich bringen können, aber vielleicht half es ja dabei, die Zeit schneller vergehen zu lassen. Und vielleicht musste er dann auch nicht ständig an Rusty denken.

„Wieso haben Sie keine Kinder?“

Coopers Wachsamkeit wurde geweckt. Jeder seiner Sinne war in Alarmbereitschaft. Dieses feine Kribbeln im Nacken, auf das er sich immer hatte verlassen können, wenn irgendwas nicht stimmte, war nicht verschwunden. Seit dem Moment, als er Rustys Schrei gehört und sie mit den Gawrylows vorgefunden hatte, war er den beiden Männern gegenüber misstrauisch gewesen. Vielleicht tat er ihnen damit Unrecht, vielleicht waren sie ja wirklich völlig okay. Aber „vielleicht" war keinen Deut wert. Bis er Rusty sicher an die Behörden übergeben hatte, würde er diesen komischen Käuzen nicht über den Weg trauen. Sollten sie sich als zuverlässig erweisen, würde er ihnen ewig dankbar sein. Aber bis dahin ...

„He?" bohrte Reuben. „Wieso haben Sie keine ..."

„Ich habe Sie gehört." Cooper lief hinter Reuben her, ohne dem Mann zu viel Vorsprung zu geben, aber auch ohne ihm direkt im Nacken zu sitzen. „Rusty hat einen Beruf. Wir sind beide sehr beschäftigt. Irgendwann werden wir schon Kinder haben."

Er hoffte, dass das Thema damit beendet war. Generell vermied er es, über Kinder und Familie zu reden. Jetzt wollte er überhaupt nicht reden, sondern jedes Quäntchen Energie darauf verwenden, so schnell wie möglich zum Fluss zu kommen.

„Wenn ich fünf Jahre mit ihr verheiratet wäre, hätten wir auch schon fünf Kinder", prahlte Reuben.

„Sie sind aber nicht mit ihr verheiratet."

„Vielleicht machen Sie es ja nicht richtig."

„Was?"

Reuben warf Cooper einen anzüglichen Blick über die Schulter zu. „Sie wissen schon, das mit dem Nageln."

Das Wort kroch kalt über Coopers Rücken wie ein ekeliges Insekt. Es war nicht so, als hätte das Wort selbst ihn beleidigt. Er benutzte wesentlich schlimmere Ausdrücke, Tag für Tag. Aber im Zusammenhang mit Rusty beleidigte es ihn. Er konnte nur hoffen, dass er Reuben nicht das Gesicht zerschmettern musste, bevor der Tag vorbei war. Sollte der allerdings noch eine solche Bemerkung in Bezug auf Rusty fallen lassen, könnte es durchaus nötig werden.

„Wenn sie meine Frau wäre ..."

„Ist sie aber nicht." Coopers Stimme schnitt wie ein Peitschenhieb durch die Luft.

„Wird sie aber schon bald sein." Damit drehte Reuben sich mit einem irren Grinsen zu Cooper um, das Gewehr im Anschlag.

Den ganzen Morgen hatte Cooper sich auf einen derartigen Angriff vorbereitet. Er riss sein Gewehr eine Sekunde nach Reuben hoch, aber es war Reuben, den die erste Kugel traf.

„Was war das?"

Rusty schreckte hoch. Sie war auf dem Stuhl eingedöst.

Quinn saß immer noch da, wo sie ihn zuletzt gesehen hatte, am Tisch. „Hm?"

„Ich dachte, ich hätte etwas gehört."

„Ich hab nichts gehört."

„Ich könnte schwören ..."

„Die Holzscheite im Feuer sind zusammengesunken, das ist alles."

„Oh." Sie war viel zu nervös, sie musste sich entspannen. „Ich muss eingeschlafen sein. Wie lange sind sie schon weg?"

„Nicht lange."

Quinn stand auf und kam zur Feuerstelle, um Holz nachzulegen. Die Wärme kroch über Rustys Haut, ihre Augen schlossen sich langsam wieder. So traurig und schmutzig die Hütte auch war, zumindest bot sie Schutz vor dem kalten Westwind und ein Dach über dem Kopf. Dafür war Rusty dankbar. Nach den Tagen draußen ...

Sie riss die Augen wieder auf, als sie die Berührung spürte. Quinn kniete vor ihr, seine Hand lag an ihrer Wade.

„Ich dachte mir, Sie wollen vielleicht Ihr Bein hochlegen", sagte er.

Seine Stimme klang sanft wie die eines Heiligen, aber seine Augen funkelten teuflisch, als er zu ihr hochblickte. Panische Angst überkam sie, aber ihr Verstand sagte ihr, dass sie sich unter keinen Umständen etwas anmerken lassen durfte.

„Nein, danke. Eigentlich", sagte sie mit dünner Stimme, „sollte ich eher ein bisschen umhergehen, um es zu trainieren."

Sie griff nach ihren Krücken, aber Quinn war schneller. „Ich werde Ihnen helfen."

Bevor sie protestieren konnte, packte er sie am Arm und zog sie aus dem Stuhl hoch. Er hatte sie überrumpelt, sie war nicht darauf vorbereitet gewesen und prallte gegen ihn. Sofort wich sie zurück, kam aber nicht weit, weil seine Hand an ihrem Rücken sie nicht nur festhielt, sondern sie noch enger heranzog.

„Nein!"

„Ich will Ihnen doch nur helfen", sagte er übertrieben liebenswürdig. Er schien ihre zunehmende Angst zu genießen.

„Dann lassen Sie mich bitte los, Mr. Gawrylow. Ich komme allein zurecht."

„Nicht ohne Hilfe. Ich übernehme für Ihren Mann. Er hat mir doch aufgetragen, mich um Sie zu kümmern, nicht wahr?" Er strich mit der Hand über ihre Hüfte. Rusty erstarrte vor Angst.

„Fassen Sie mich nicht an." Sie wollte sich losmachen, aber seine Hände schienen überall zu sein. „Nehmen Sie gefälligst Ihre Finger weg!"

„Was ist denn verkehrt mit meinen Fingern?" Sein Gesicht verzog sich zu einer bedrohlichen Fratze. „Sind sie Ihnen nicht sauber genug?"

„Ja ... nein ... Ich meinte nur, Cooper wird ..."

„Cooper wird gar nichts mehr", sagte er mit einem bösartigen Grinsen. „Und von jetzt an fasse ich dich an, wo und so oft ich will."

Er riss sie an sich. Dieses Mal bestand kein Zweifel daran, was er vorhatte. Rusty wehrte sich mit aller Kraft. Sie drückte mit beiden Händen gegen seine Schultern und bog sich zurück, versuchte sich unter seinem Kuss wegzuducken.

Die Krücken fielen zu Boden. Ungewollt belastete sie das verletzte Bein, ein stechender Schmerz durchzuckte sie, sie schrie auf.

„Ja, schrei ruhig. Das gefällt mir." Sein fauliger Atem strich ihr heiß über die Wange. Rusty ruckte den Kopf zur Seite, aber seine Finger griffen eisern um ihr Kinn und zogen ihren Kopf wieder herum. Kurz bevor er seine Lippen auf ihren Mund pressen konnte, ertönten Schritte auf der Veranda.

„Helfen Sie mir!“ schrie Rusty.

„Reuben?“ rief der alte Mann. „Komm endlich rein.“ Quinn drehte den Kopf zur Tür.

Aber es war nicht Reuben, der durch die Tür hereingestürmt kam.

Coopers Gesicht war schweißüberströmt, eine grimmige Maske aus Wut und Hass. In seinem Haar steckten Zweige und Blätter, im Gesicht und an den Händen hatte er blutige Kratzer. Sein Hemd war voller Blutspritzer. Für Rusty hatte noch nie jemand so gut ausgesehen.

Breitbeinig stand er da und brüllte: „Lass sie los, du dreckiges Vieh.“

Rusty fiel zu Boden, als Gawrylow sie freigab. Er wirbelte herum. Mit der gleichen Bewegung griff er sich an den Rücken. Bevor Rusty klar wurde, was passiert war, hörte sie ein dumpfes Zischen. Dann erkannte sie Coopers Messer, das bis zum Heft in Quinn Gawrylows Brust steckte.

Der alte Mann starrte mit verwundertem Gesichtsausdruck darauf, legte die Hand um den Griff, dann sackte er in die Knie und fiel mit dem Gesicht vornüber um.

Rusty schlang die Arme um ihre angezogenen Knie und rollte sich zusammen. Sie schlug eine Hand vor den Mund und starrte mit leerem Blick auf die reglose Gestalt vor sich. Sie hatte das Gefühl, nicht atmen zu können.

Cooper stieß die Möbel aus dem Weg und war in Sekundenbruchteilen bei ihr. „Bist du in Ordnung?“ Er legte eine Hand auf ihre Schulter. Sie zuckte ängstlich zurück und hielt die Arme über den Kopf. Er erstarrte, seine Augen wurden hart. „Du brauchst mir nicht zu danken.“

Unendlich langsam nahm sie die Arme herunter und ließ den Atem aus ihren Lungen entweichen. Sie sah Cooper mit riesengroßen Augen an, ihre Lippen waren blutleer und weiß. „Du hast ihn getötet.“ Die Worte waren kaum hörbar, sie formte sie nur mit den Lippen.

„Bevor er mich tötete, du kleine Närrin. Sieh hin!“ Er zeigte auf die Pistole, die im Hosenbund des toten Mannes steckte. „Hast du es immer noch nicht kapiert?“ Er brüllte jetzt. „Sie wollten mich aus dem Weg schaffen und dich behalten. Offensichtlich hatten sie vor, dich zu teilen.“

Sie erschauerte vor Abscheu. „Nein.“

„O doch.“ Seine Geduld mit ihr war augenscheinlich verbraucht. Er stand auf und rollte den Leichnam auf den Rücken.

Rusty presste die Augenlider zusammen und drehte den Kopf weg. Sie hörte nur, wie der Körper über den Boden und nach draußen geschleift wurde. Quinns Stiefel polterten über die Verandastufen.

Sie hatte keine Ahnung, wie lange sie schon in Fötusstellung auf dem Boden lag, aber als Cooper zurückkam, hatte sie sich noch immer nicht bewegt. Er stand über ihr. „Hat er dir etwas angetan?“

Sie schüttelte nur stumm den Kopf.

„Antworte, verflucht. Hat er dir was angetan?“

Sie hob den Kopf und funkelte ihn an. „Nein!“

„Er wollte dich vergewaltigen. Das ist dir doch klar, oder? Oder bist du so naiv, dass du den Wald vor lauter Bäumen nicht erkennen kannst?“

Tränen schossen ihr in die Augen. Der Schock kam mit Verspätung. „Was tust du hier? Wieso bist du zurückgekommen? Wo ist Reuben? Was willst du ihm sagen, wenn er zurückkommt?"

„Reuben kommt nicht zurück."

Sie biss sich auf die zitternden Lippen und schloss die Augen. Die Tränen rollten ihr über die Wangen. „Ihn hast du auch umgebracht, nicht wahr? Das ist sein Blut auf deinem Hemd."

„Ja, verflucht", zischelte er und beugte sich über sie. „Ich habe ihn in Notwehr erschossen. Er ist mit mir in den Busch gegangen, in der vollen Absicht, mich umzubringen. Gerade weit genug, um dich und mich zu trennen. Dann richtete er sein Gewehr auf mich, um abzudrücken und dich zu seiner 'Frau' zu machen." Als sie nur hilflos den Kopf schüttelte, wurde er nur noch wütender. „Und wage es jetzt ja nicht, so überrascht zu tun. Du hast die beiden doch noch angeheizt und weißt es auch."

„Ich? Was habe ich denn getan?"

„Du hast dein Haar gebürstet, Herrgott nochmal!"

„Mein Haar gebürst...?"

„Du hast sie angemacht, indem du einfach du selbst bist. Mit deinem Aussehen."

„Hör auf, mich so anzubrüllen", schluchzte sie laut. „Ich habe überhaupt nichts getan."

„Nur mich dazu gezwungen, zwei Männer zu töten!" schrie er. „Denk mal darüber nach, solange ich draußen bin und die beiden begrabe."

Er marschierte hinaus. Das Feuer im Kamin erlosch, in der Hütte wurde es kalt. Rusty kümmerte es nicht.

Sie saß immer noch auf dem Boden und weinte lautlose Tränen, als Cooper zurückkam. Sie war müde. Es gab keinen Flecken an ihrem Körper, der nicht schmerzte, entweder vom Schlafen auf hartem Boden oder Gehen auf Krücken oder den Druckstellen von Quinn Gawrylows gierigen Händen.

Sie war ausgehungert nach einer anständigen Mahlzeit. Mit Kusshand hätte sie ihren Maserati gegen ein Glas frische Milch eingetauscht. Ihre Kleider waren entweder von Dornen und Ästen zerrissen oder von diesem groben Klotz, mit dem es sie in die Wildnis verschlagen hatte, zerschnitten worden. Ihr geliebter Pelzmantel war als Überwurf benutzt und ruiniert worden.

Und sie hatte Menschen sterben sehen.

Fünf im Flugzeug. Zwei von der Hand des Barbaren, der sich jetzt neben ihr niederließ. Der mit seinen rauen Fingern ihr Kinn umfasste und unsanft ihren Kopf hochzog.

„Steh auf“, befahl er. „Wasch dir das Gesicht. Du wirst nicht noch länger hier herumsitzen und wie ein Baby heulen.“

„Fahr zur Hölle“, stieß sie aus und riss sich los.

Er schäumte vor Wut, seine Lippen bewegten sich kaum, als er sprach. „Weißt du, wenn du die Sache mit Reuben und seinem Pa lieber durchgezogen hättest, hättest du es mir sagen müssen. Tut mir Leid, dass ich es dir vermiest habe.“

„Du Bastard.“

„Ich hätte überhaupt kein Problem damit gehabt, dich hier im Paradies zurückzulassen und mich allein bis zum Fluss durchzuschlagen. Aber ich sollte dir wohl noch sagen, dass Reuben sich eine Menge Kinder von dir gewünscht hat. Wobei du natürlich nie hättest sicher sein können, ob die Kinder jetzt von ihm oder von seinem Pa gewesen wären."

„Sei still!" Sie hob die Hand und holte zu einer Ohrfeige aus.

Er fing ihre Hand in der Luft ab, für Sekunden starrten sie einander feindselig an. Endlich lockerte Cooper seinen Griff. Mit einem wütenden Knurren trat er gegen den Stuhl und schickte ihn durch die Luft ans andere Ende der Hütte.

„Entweder sie oder ich." Seine Stimme bebte vor Wut. „Reuben hat zuerst geschossen. Ich hatte Glück und habe sein Gewehr rechtzeitig gesehen. Mir blieb keine andere Wahl."

„Du hättest sie nicht töten müssen."

„Sondern?"

Eine Alternative fiel ihr im Moment nicht ein, aber sie war sicher, dass sie, wenn sie darüber nachdachte, eine finden würde. Vorerst würde sie es also dabei belassen. Sie senkte den Blick. „Warum bist du nicht einfach weitergegangen?"

Aus schmalen Augenschlitzen schaute er sie an. „Glaub nicht, mir wäre der Gedanke nicht gekommen."

„Oh!" stieß sie aus. „Ich kann es gar nicht mehr erwarten, dich endlich los zu sein."

„Sei versichert, das Gefühl beruht auf Gegenseitigkeit. Aber bis dahin müssen wir einander wohl oder übel ertragen. Als Erstes werden wir hier aufräumen und putzen. Ich verbringe nicht noch eine Nacht in diesem Saustall."

Vor Erstaunen stand ihr der Mund offen. „Sagtest du gerade putzen und aufräumen?"

„Ja. Und wir sollten besser sofort anfangen. Das Tageslicht hält nicht mehr lange vor.“ Er stellte den umgekippten Stuhl wieder auf und marschierte auf das Bett zu, in dem Reuben geschlafen hatte.

„Das meinst du nicht ernst!“

„Und ob.“

„Wir bleiben heute Nacht hier?“

„Und jede weitere Nacht, bis wir gerettet werden.“

Sie erhob sich, stützte sich auf eine Krücke und sah zu, wie er die beiden Betten abzog und die Laken auf einen Haufen auf den Boden warf. „Und was ist mit dem Fluss?“

„Das könnte eine Lüge gewesen sein.“

„Der Mackenzie ist real, Cooper.“

„Aber wo liegt er von hier aus gesehen?“

„Du könntest in die Richtung gehen, die sie dir genannt haben.“

„Könnte ich. Ich könnte mich aber auch völlig verirren. Oder mich verletzen. Wenn du mit mir kommst, schaffen wir es nicht, bevor die ersten heftigen Schneefälle einsetzen, in dem Fall würden wir erfrieren. Wenn du hier bleibst und mir etwas zustößt, verhungerst du allein in der Hütte, noch bevor der Winter vorbei ist. Ich bin nicht einmal sicher, ob die Richtung, in die Reuben mich geführt hat, wirklich die zum Fluss ist. Diese Hütte als Anfangspunkt genommen, habe ich von hier aus dreihundertneunundfünfzig Möglichkeiten. Alle auszuprobieren würde mehr als ein Jahr dauern.“ Die Hände in die Hüften gestützt, wandte er sich zu ihr um. „Keine dieser Alternativen, die ich gerade aufgezählt habe, sagt mir unbedingt zu. Wenn wir hier sauber machen, können wir überleben. Es ist vielleicht nicht das Beverly Hills Hotel, aber ein guter Schutz. Es gibt sogar fließend Wasser."

Sie hielt nicht viel von seinem Sarkasmus, ihre aufrührerische Miene ließ es ihn wissen. Sein herablassendes Gehabe zeigte deutlich, dass er sie für so dumm hielt, dass sie nicht selbst darauf kam und seine Erklärungen nötig waren. Es war eine offene Herausforderung, und sie würde sie annehmen. Heute Morgen hatte sie Schwäche gezeigt. Das würde sie nie wieder tun.

Sie krempelte sich die Hemdsärmel hoch. „Was soll ich tun?"

„Fang beim Herd an." Ohne ein weiteres Wort klaubte er die schmutzige Bettwäsche zusammen und trug sie nach draußen.

Rusty attackierte den Herd mit Inbrunst. Da ihr mehr Ellbogenschmiere als Kernseife zur Verfügung stand, benutzte sie diese. Es war harte Arbeit, vor allem, da sie sich auf eine Krücke stützen musste. Vom Herd wechselte sie zum Spülstein, dann nahm sie die Fenster in Angriff, zu guter Letzt wurde jedes einzelne Möbelstück abgewaschen.

Draußen hatte Cooper inzwischen die Bettwäsche in einem großen Waschkessel ausgekocht und zum Trocknen – oder zum Frieren, sollte es noch kälter werden – aufgehängt. Danach kam er herein und säuberte den Kamin. Unter dem Holzstapel hatte er eine Kolonie toter Insekten gefunden. Zweifellos waren sie an Altersschwäche gestorben, hier war nicht ein einziges Mal gefegt worden. Tür und Fenster standen weit offen, um die Hütte gründlich zu lüften. Cooper reparierte die durchhängende Veranda mit Stützen und stapelte dann Feuerholz an der Südseite der Hütte, um es vor dem Wetter zu schützen.

Rusty konnte den Boden nicht fegen, also übernahm er das. Aber danach ging sie auf Hände und Knie, um zu schrubben. Ihre manikürten Nägel brachen einer nach dem anderen ab. Vor nicht allzu langer Zeit hätte sie einen hysterischen Anfall bekommen, wenn ein Nagel auch nur eingerissen wäre, jetzt zuckte sie nur die Schultern und machte weiter. Das Ergebnis ihrer Arbeit entschädigte sie völlig.

Cooper brachte zwei bereits geköpfte und gerupfte Vögel – sie konnte nicht mehr sagen, was für Vögel es mal gewesen waren – zum Abendessen. Rusty hatte inzwischen in der Vorratskammer der Gawrylows Inventur gemacht. Erfreut stellte sie fest, dass die beiden wohl ihren Oktobertrip nach Yellowknife absolviert hatten, es gab reichlich Vorrat an Konserven für den Winter.

Sie war vielleicht kein Meisterkoch, aber es brauchte auch nicht viel Talent, um die beiden Vögel zusammen mit zwei Dosen Gemüse und einer Prise Salz zu kochen. Das Aroma des Eintopfs ließ ihr das Wasser im Mund zusammenlaufen. Die Dunkelheit war hereingebrochen, bevor Cooper das Bettzeug von draußen hereinholte.

„Ist es entlaust?“ fragte sie vom Herd her.

„Ich denke schon. Ich habe es zu Tode gekocht. Es ist noch nicht ganz trocken, aber wenn es länger draußen hängt, frieren die Laken zu Brettern. Wir hängen sie beim Feuer auf.“

Er wusch sich die Hände in dem Spülstein, der im Vergleich zu vorher geradezu blitzte.

Sie setzten sich an den Tisch, den Rusty mit Sand gescheuert hatte. Cooper lächelte leicht, als er ein Stück Stoff auseinander faltete, das sich als Socke entpuppte und zur Serviette umfunktioniert worden war. Er legte sie sich auf den Schoß, sagte aber kein Wort. Sollte ihm der Becher mit Zweigen und Herbstblättern aufgefallen sein, der in der Mitte des Tischs stand, so bemerkte er auch hierzu nichts. Er aß zwei große Portionen des Geflügeleintopfs, ohne ein Wort darüber zu verlieren.

Rusty war am Boden zerstört. Er hätte doch wenigstens etwas Nettes sagen können, ein einziges Wort des Dankes, irgendeine Aufmunterung. Selbst einen Hund streichelte man ab und zu.

Mutlos und enttäuscht trug sie die Blechteller zum Spülstein und pumpte Wasser darüber. Und plötzlich stand er hinter ihr.

„Du hast heute wirklich hart gearbeitet."

Seine Stimme klang weich und tief und war direkt über ihrem Kopf. Seine Nähe überwältigte sie. Sie fühlte sich schwach und zittrig. „Du auch."

„Ich denke, wir haben uns eine Belohnung verdient, meinst du nicht auch?"

Ihr Magen schlug Kapriolen. Erinnerungen an den Kuss, den er ihr heute Morgen gegeben hatte, flammten auf und ließen heiße Sehnsucht durch ihre Adern fließen. Langsam drehte sie sich zu ihm um.

„An was hattest du denn gedacht, Cooper?" fragte sie atemlos.

„Ein Bad."

6. KAPITEL

„Ein Bad?“ Verwunderter oder ehrfurchtsvoller hatte noch nie jemand eine Frage gestellt. „Ein richtiges, mit allem Drum und Dran. Heißes Wasser und Seife.“ Er ging zur Tür, öffnete sie und kam mit einem großen Metallzuber zurück. „Den habe ich hinter der Hütte gefunden und gründlich ausgeschrubbt.“

Nicht einmal, als ihr Vater ihr den Rotfuchs geschenkt hatte, war sie so dankbar gewesen. Sie schlug die Hände an die Wangen. „O Cooper. Danke!“

„Werd jetzt bloß nicht sentimental“, brummte er. „Wenn wir uns nicht waschen, sehen wir bald so aus wie diese widerwärtigen Gawrylows. Aber es wird nicht jeden Tag gebadet.“

Rusty ließ sich die gute Laune von ihm nicht verderben. Wenn er Menschen nicht an sich heranlassen wollte, damit sie ihm dankten – bitte, das war sein Problem. Er hatte etwas Wundervolles für sie getan. Sie hatte ihm gedankt. Was sonst sollte sie tun? Er musste wissen, was es ihr bedeutete, selbst wenn er sich jetzt so desinteressiert gab.

Sie füllte mehrere Töpfe und Kessel mit Wasser, er trug sie zum Herd und schürte das Feuer, damit das Wasser schneller warm wurde. Dann zog er den Zuber über den Boden bis hin zum Kaminfeuer. Das Metall war eiskalt, aber das Feuer würde es bald erwärmen.

Rusty sah ihm erwartungsvoll zu, dann jedoch wuchs ihre Anspannung. „Was mache ich denn, um ... äh ...“

Ohne ein Wort nahm Cooper eines der ausgekochten Laken. Durch die Decke der Hütte zogen sich rohe Holzbalken. Die Gawrylows mussten hier wohl ihr erlegtes Wild aufgehangen haben, denn in das dunkle Holz waren überall Haken eingelassen. Cooper zog sich einen Stuhl heran und begann das Laken an die Haken zu hängen, wie einen Vorhang.

„Danke“, sagte Rusty. Sie war wirklich dankbar für das Laken, aber der Feuerschein aus dem Kamin würde es durchsichtig machen. Schon jetzt sah man deutlich die Umrisse des Zubers. Und man würde auch die Umrisse eines jeden in der Wanne sehen.

Cooper musste es ebenfalls bemerkt haben, denn er wandte den Blick ab und rieb sich mit den Handflächen nervös über die Hose. „Tja, das Wasser müsste wohl fertig sein.“

Rusty legte sich ihre wertvolle Sammlung von Kosmetikartikeln auf den Stuhl bereit – parfümierte Seife, Shampoo, ihren Rasierer. Irgendwann heute beim Aufräumen hatte sie die spärlichen Reste ihrer Kleidung sortiert und gefaltet und in getrennte Regale gelegt, eines für Cooper, eines für sich. Jetzt nahm sie ein Paar frische lange Unterhosen und ein Sportunterhemd von ihrem Stapel und breitete sie über der Stuhllehne aus.

Als alles so weit fertig war, stand sie verlegen da, während Cooper vorsichtig die Töpfe mit heißem Wasser durch den Raum trug und das Wasser in die Wanne goss. Dampf stieg auf, aber für Rusty konnte es gar nicht heiß genug sein. Vier Tage Schmutz und Müdigkeit mussten aufgeweicht werden.

„Womit trockne ich mich ab?“ fragte sie kleinlaut.

Cooper warf ihr ein steinhartes, abgenutztes Handtuch zu. „Ich habe davon ein paar draußen an der Hüttenwand gefunden. Ich habe sie mit ausgekocht. Weichspüler haben die noch nie gesehen, aber es ist besser als nichts.“

Das Handtuch fühlte sich eher wie Sandpapier an, aber Rusty akzeptierte es kommentarlos.

„So, das müsste reichen.“ Cooper leerte den Inhalt des letzten Kessels in den Zuber. „Geh es langsam an. Verbrüh dich nicht.“

„Okay.“

Sie standen auf gegenüberliegenden Seiten der Wanne. Ihre Blicke begegneten sich durch den Dampf. Durch die aufsteigende Feuchtigkeit ringelten sich Rustys Locken bereits, und ihre Wangen schimmerten rosig.

Cooper drehte sich abrupt um und schob das Laken ungeduldig zur Seite. Der Vorhang fiel wieder zurück. Dann hörte Rusty, wie er mit seinen schweren Stiefeln nach draußen stampfte. Die Tür fiel krachend ins Schloss.

Rusty seufzte resigniert. Er war ein ungenießbarer Zeitgenosse, mehr gab es dazu nicht zu sagen. Und während sie in dem Luxus eines ersten heißen Bades seit vier Tagen schwelgte, würde sie nicht über seine charakterlichen Mängel nachdenken. Sie würde es sich nicht vermiesen lassen, ganz gleich, wie unerträglich er auch war.

Da sie ihr Bein immer noch nicht belasten konnte, war es mühsam, sich auszuziehen. Als sie es schließlich geschafft hatte, war es eine noch größere Herausforderung, in die Wanne zu steigen. Als sie auch das unter Anstrengung vollbracht hatte, fühlte sie sich wie im Paradies.

Cooper hatte Recht mit seiner Warnung gehabt, das Wasser war heiß, aber es war ein himmlisches Gefühl. Der rostige Boden der Wanne kratzte an ihrem Po, sie musste sich erst daran gewöhnen, aber der Luxus, in heißem Wasser zu baden, ließ sie diese winzige Unannehmlichkeit leicht vergessen.

Sie tauchte so tief wie möglich ein, lehnte den Kopf an den Rand und schloss die Augen. Sie war so entspannt, dass sie noch nicht einmal zuckte, als sie Cooper wieder hereinkommen hörte. Sie runzelte nur leicht die Stirn, als ein kalter Lufthauch von draußen sie erreichte, bevor Cooper die Tür hinter sich schloss.

Irgendwann nahm sie einen Arm aus dem Wasser und griff nach der Seife auf dem Stuhl. Zu gern hätte sie eine dicke Schicht Seifenschaum auf ihrem Körper verteilt, aber sie hielt sich zurück. Dieses Seifenstück musste vielleicht noch lange Zeit reichen, sie verschwendete besser nichts davon. Also seifte sie sich nur gründlich ein und wusch sich.

Sie legte die Füße auf den Rand des Zubers und rasierte sich die Beine, eines nach dem anderen, zog den Rasierer vorsichtig um Coopers Stiche herum. Mit Entsetzen dachte sie daran, was für eine hässliche Narbe ihr bleiben würde, doch dann schämte sie sich ihrer Eitelkeit. Sie konnte von Glück sagen, dass sie noch lebte. Sobald sie zurück in Beverly Hills war, würde sie Coopers gut gemeinte, aber unschöne Handarbeit von einem plastischen Chirurgen richten lassen.

Erst jetzt fiel ihr auf, wie viel Lärm er veranstaltete. „Cooper, was machst du denn da?“

„Die Betten." Er schnaufte vor Anstrengung. „Diese Rahmen sind aus solider Eiche und wiegen eine Tonne."

„Ich kann es gar nicht erwarten, endlich in einem Bett zu liegen."

„Erwarte nicht, dass es viel besser sein wird als der Boden. Es gibt keine Matratzen. Nur Segeltuch, wie Feldbetten. Ist wohl auch besser so, die Läuse hätten sich auch in den Matratzen eingenistet."

Rusty legte den Rasierer beiseite und nahm die Shampooflasche. Sie tauchte den Kopf unter Wasser und gab dann ein wenig Shampoo in die hohle Hand. Es würde noch sparsamer rationiert werden müssen als die Seife. Sie rubbelte gründlich, tauchte wieder unter und spülte den Schaum aus. Dann legte sie den Kopf zurück an den Wannenrand und das Haar darüber, damit es schon trocknen konnte. Wasser würde auf den Boden tropfen, aber das war mit Sicherheit die harmloseste Flüssigkeit, die je darauf getropft war.

Wieder schloss sie die Augen und gab sich ganz dem Genuss des warmen Wassers und des Duftes von Shampoo und Seife hin.

Irgendwann wurde es kühl, es war Zeit, aus der Wanne zu steigen. Cooper würde sowieso nicht vor ihr zu Bett gehen, auch wenn er völlig ausgelaugt sein musste, schließlich war er bei Morgengrauen aufgestanden. Rusty hatte keine Ahnung, wie spät es sein mochte. Seit dem Absturz standen ihrer beider Armbanduhren still. Die Zeit richtete sich nach Sonnenauf- und -untergang. Die Tage waren kurz, aber heute war es ein langer Tag gewesen, in jeder Hinsicht kräftezehrend.

Rusty stützte die Arme auf den Wannenrand und versuchte sich hochzustemmen. Zu ihrer Bestürzung gaben ihre Arme kraftlos nach. Sie war zu lange im Wasser geblieben, ihre Muskeln gehorchten nicht mehr. Sie versuchte es mehrere Male, aber vergebens. Ihre Arme wollten sie einfach nicht tragen. Sie suchte nach anderen Möglichkeiten, die sich aber alle wegen ihres Beines als nutzlos erwiesen.

Schließlich wurde es unangenehm kühl im Wasser. Das Unvermeidliche ließ sich nicht länger hinausschieben. Kleinlaut rief sie Coopers Namen.

„Was?“

Seine verärgerte Reaktion war nicht sehr ermutigend, aber ihr blieb keine Wahl. „Ich kann nicht raus.“

Nach einem unendlich langen Schweigen: „Wie?“

Rusty schloss ergeben die Augen. „Ich kann nicht aus der Wanne aussteigen.“

„Komm so raus, wie du eingestiegen bist.“

„Das warme Wasser hat mich geschwächt. Meine Arme halten mich nicht lange genug, damit ich aufstehen kann.“

Sein Fluchen war so hitzig, dass es sie wunderte, warum das Laken nicht in Flammen aufging. Als sie ihn näher kommen hörte, bedeckte sie ihre Brust mit den Armen. Kalte Luft strich über ihren feuchten Rücken, als er den Vorhang beiseite schob. Rusty starrte geflissentlich auf den flackernden Kamin, aber sie fühlte seinen Blick auf ihrem Rücken, als er hinter sie trat.

Lange Zeit stand er einfach nur schweigend da. Rusty hielt den Atem an, bis sie meinte, ihre Lungen müssten platzen, dann endlich sagte er: „Ich werde dich unter den Armen packen. Du stehst mit deinem linken Bein auf. Ich halte dich so lange, bis du es auf den Boden gestellt hast. Klar?“

Seine Stimme war tief und hatte die gleiche Qualität wie das Handtuch, das er ihr gegeben hatte – rau wie Sandpapier. „Klar.“ Sie hob leicht die Arme an. Obwohl sie vorbereitet gewesen war, kam die erste Berührung seiner Finger auf ihrer feuchten Haut wie ein Schock. Aber nicht etwa, weil es so schrecklich war, sondern eher das Gegenteil.

Und es sollte noch schlimmer werden. Stark und zuverlässig griffen seine Hände unter ihre Achseln und hielten sie. Mit gespreizten Beinen stand er hinter ihr und hob sie hoch. Sie sog scharf die Luft ein.

„Was ist?“

„Meine ... Achseln sind wund“, sagte sie atemlos. „Von den Krücken.“ Er murmelte einen Fluch, der so wüst war, dass sie hoffte, ihn missverstanden zu haben.

Seine Hände glitten über ihre nasse Haut und legten sich um ihren Brustkorb. „Versuchen wir es so. Fertig?“

Rusty befolgte seine Instruktionen und stand mit dem linken Bein auf, wobei sie das verletzte rechte leicht angezogen baumeln ließ, während er sie aus dem Wasser hob.

„Bis jetzt alles in Ordnung?“ Sie nickte. „Fertig?“ Wieder nickte sie nur. „Dann los.“ Er hielt ihr Gewicht, während sie ihr Bein anhob und den Fuß auf den Hüttenboden setzte.

„Oh!“

„Was ist jetzt?“

Er hatte sie gerade loslassen wollen, als sie einen Ausruf ausstieß und leicht nach vorn schwankte. Reflexartig griff er wieder fester zu, hielt sie knapp unterhalb ihres Busens.

„Der Boden ist so kalt."

„Herrgott, erschreck mich nie wieder so."

„Tut mir Leid. Es kam nur so unerwartet."

Und jeder von ihnen beiden dachte: „Das kannst du laut sagen."

Rusty nutzte die Stuhllehne, um das Gleichgewicht zu halten, und griff hastig nach dem Handtuch, um es sich an den Leib zu pressen. Was natürlich immer noch ihre bloße Rückseite seinem Blick überließ, aber sie verließ sich darauf, dass Cooper Gentleman genug war, um den Vorteil nicht auszunutzen.

„Alles in Ordnung?"

„Ja."

Er glitt mit den Händen tiefer an ihren Seiten hinab, hielt sie aber immer noch leicht. „Ganz sicher?"

„Ja", wiederholte sie rau. „Ich komme zurecht."

Endlich nahm er seine Hände weg. Rusty seufzte erleichtert – wie sich herausstellte, zu früh.

„Was, zum Teufel, ist das?" Sie schnappte nach Luft, als seine Hand über ihre Hüfte fuhr und sein Daumen über ihre Pobacke glitt. Dann wurde auch ihre andere Pobacke auf die gleiche Weise untersucht. „Du hattest doch gesagt, er hat dir nichts getan."

„Ich weiß nicht, was du meinst." Atemlos und schwindlig drehte sie den Kopf und sah ihn über die Schulter hinweg an. Auf seiner Stirn stand eine tiefe Falte.

„Du bist voller blauer Flecke.“

Rusty sah an ihrer Rückseite hinab. Das Erste, was ihr auffiel, war, welch erotischen Kontrast Coopers gebräunte Hand zu ihrer hellen Haut darstellte. Erst danach fielen ihr die dunklen Stellen auf.

„Ach so, die. Das ist von dem Marsch auf der Trage.“

Er richtete den Blick durchdringend auf sie, ohne die Hände von ihr zu nehmen. Seine Stimme war so sanft wie seine Berührung. „Du hättest etwas sagen sollen.“

Sie konnte nur flüstern. „Hätte das einen Unterschied gemacht?“

Einige ihrer Haare verfingen sich in seinen Bartstoppeln, bildeten ein schimmerndes Lichtband zwischen ihnen. Nicht, dass diese Verbindung nötig gewesen wäre, allein ihrer beider Blicke waren so intensiv, dass sie geradezu fühlbar waren. Erst als ein Holzscheit im Kamin knackte, zuckten beide schuldbewusst zusammen.

Cooper setzte wieder seine mürrische Miene auf. „Nein, es hätte nichts geändert“, knurrte er.

Keine Sekunde später fiel der Vorhang hinter ihm wieder an seinen Platz. Rusty zitterte. Das ist die Kälte, sagte sie sich. Schließlich hatte er sie hier lange genug stehen lassen, dass ihr kalt geworden war. Also beeilte sie sich, sich abzutrocknen.

Das Handtuch war so hart, dass es an ihrer Haut kratzte, vor allem an den empfindlichen Brustwarzen. Die zarten Knospen richteten sich auf und waren unnatürlich rosig. Und heiß. Und schmerzten.

„Das liegt nur am Handtuch“, murmelte sie in sich hinein, als sie die lange Seidenunterhose anzog.

„Was ist jetzt schon wieder?“ erklang prompt die entnervte Frage auf der anderen Seite des Vorhangs.

„Was?“

„Du hast etwas gesagt.“

„Ich sagte, das Handtuch könnte gut als Schmirgelpapier durchgehen.“

„Etwas Besseres ließ sich hier leider nicht auftreiben.“

„Das war nicht als Kritik gemeint.“

„Wäre das erste Mal.“

Sie murmelte noch etwas, aber diesmal achtete sie darauf, dass es leise genug war, damit er es nicht hören konnte. Es handelte sich um eine äußerst unschmeichelhafte Bemerkung hinsichtlich seines Naturells.

Verärgert zog sie sich das seidene Top über den Kopf. Ihre Brustwarzen stachen dunkel aus dem eng anliegenden Stoff hervor. Die Seide hätte ihre Haut nach dem rauen Handtuch beruhigen sollen, stattdessen irritierte sie sie nur noch mehr.

Sie verstaute ihre Toilettenartikel wieder in der Kulturtasche und beugte sich dann vor, um ihr Haar trockenzurubbeln, dann zu bürsten. Fünf Minuten später richtete sie sich auf und warf den Kopf zurück, das schon halbwegs trockene Haar fiel ihr in rotbraunen Locken über die Schultern. Sicherlich keine elegante Frisur, aber zumindest sauber. Und das war eine erhebliche Verbesserung.

Als sie die Bürste in die Kulturtasche zurücklegte, fiel ihr der Zustand ihrer Fingernägel auf. Sie stöhnte laut.

Einen Sekundenbruchteil später wurde der Vorhang zurückgerissen und Cooper stand da. „Was ist? Etwa dein Bein? Soll ich ...“

Er brach ab, als ihm klar wurde, dass Rusty sich nicht vor Schmerzen krümmte. Selbst wenn diese Erkenntnis ihn nicht zum Schweigen gebracht hätte, dann ihr Anblick. Ihre Silhouette gegen das goldene Licht des Feuers, eine Aureole von rotem Haar um den Kopf. Ihr Oberteil verlockte mehr, als dass es verdeckte. Die dunklen Kreise ihrer Brustwarzen zogen seinen Blick wie ein Magnet auf sich. Selbst jetzt noch, Minuten später, meinte er das Gefühl ihrer Brüste an seinen Armen zu spüren.

Sein Blut verwandelte sich in geschmolzene Lava, heiß und dickflüssig. Es floss in seine Lenden, sammelte sich dort und erzeugte die übliche, aber unerwünschte Reaktion, die schmerzhaft war in ihrer Intensität.

Und da es kein Ventil gab, suchte er den einzigen anderen Ausweg: Wut. Dunkle Sturmwolken zogen auf sein Gesicht. Seine Brauen, im Feuerschein eher goldfarben als braun, zogen sich finster zusammen. Weil er seine Zunge nicht dazu benutzen konnte, um Rusty zu schmecken, nutzte er sie, um mit Worten gegen sie auszuholen.

„Du machst einen solchen Aufstand wegen deiner verdammten Fingernägel?“ schrie er sie an.

„Sie sind alle eingerissen oder abgebrochen“, schrie sie zurück.

„Besser gebrochene Fingernägel als ein gebrochener Hals, du Närrin.“

„Nenn mich nicht so, Cooper. Ich bin keine Närrin.“

„Du konntest doch noch nicht einmal erraten, dass diese beiden Hinterwäldler dich vergewaltigen wollten.“

Sie verzog den Mund zu einem beleidigten Schmollen, was seine Wut nur noch schürte. Weil er sie so unbedingt küssen wollte. Und dieses ungestillte Verlangen ließ ihn hässliche, verletzende Dinge sagen.

„Du musstest sie ja unbedingt noch anmachen, nicht wahr? Neben dem Feuer zu sitzen, wohl wissend, wie deine Augen und deine Haut schimmern würden. Dir das Haar bürsten, damit es auch schön glänzt, nicht wahr? Du weißt genau, was das mit einem Mann anstellt, oder? Du weißt genau, dass es ihn rasend vor Lust macht." Da ihm in diesem Moment bewusst wurde, dass seine wütende Tirade einem Geständnis gleichkam, fuhr er höhnisch fort: „Es wundert mich, dass du dich Reuben nicht direkt an den Hals geworfen hast. Der einfältige Trottel."

Tränen schossen Rusty in die Augen. Seine Meinung über sie war also noch schlimmer, als sie gedacht hatte. Er hielt sie nicht nur einfach für unnütz, für ihn war sie nicht besser als eine Hure.

„Ich habe nichts mit Absicht getan. Du weißt das auch, ganz gleich, was du jetzt sagst." Instinktiv, wie zum Schutz, schlang sie die Arme um sich.

Abrupt ließ Cooper sich vor ihr auf die Knie nieder und riss ihre Arme fort. Mit einer schnellen Bewegung zog er das riesige Jagdmesser aus seinem Schaft. Rusty stieß einen angstvollen Schrei aus, als er die blitzende Klinge hob. Dann griff er sich ihre Hand und schnitt die Nägel an dieser Hand bis auf die Fingerspitzen herunter. Als er ihre Hand wieder freigab, sah sie entsetzt auf ihre Finger.

„Das sieht ja grässlich aus!"

„Ich bin der Einzige, der es sieht, und mir ist es völlig egal. Gib mir die andere Hand."

Sie gehorchte, ihr blieb ja nichts anderes übrig. Sonst wäre es zu einem Wettkampf im Armdrücken ausgeartet, und gegen Cooper hätte sie sowieso keine Chance gehabt. Ihre Brüste waren also wieder seinem Blick freigegeben. Aber als er seine Augen von der bizarren Maniküre zu ihrem Gesicht hob, lag in ihnen keine kalte Verachtung mehr. Im Gegenteil, sie drückten Interesse aus. Männliches Interesse. So viel davon, dass Rustys Magen Achterbahn fuhr.

Das Schneiden ihrer Nägel schien auf einmal viel mehr Zeit in Anspruch zu nehmen, so als benötigten die Nägel ihrer linken Hand mehr Arbeitsaufwand als die ihrer rechten. Coopers Kopf war auf gleicher Höhe mit ihrer Brust. Und trotz der schrecklichen Dinge, die er ihr gerade entgegengeschleudert hatte, wäre Rusty zu gern mit der Hand durch sein langes wirres Haar gefahren.

Während sie seine Lippen betrachtete, jetzt fest zusammengepresst, erinnerte sie sich daran, wie weich und warm diese Lippen bei einem Kuss wurden. Wie gut würden sie sich erst an anderen Körperstellen anfühlen? An ihrem Hals? Ihrem Ohr? Ihrer Brust ...?

Er war mit dem Nägelschneiden fertig und schob das Messer in den Schaft zurück. Aber er ließ ihre Hand nicht los. Hielt sie weiter fest, starrte darauf, legte sie dann auf ihren Schenkel, seine darüber. Rusty hatte das Gefühl, ihr Herz müsse explodieren.

Cooper hielt den Kopf gesenkt, schaute unentwegt auf die Stelle, wo seine Hand auf ihrem Schenkel lag. Von Rustys Position aus schien es, dass er die Augen geschlossen hatte, sie konnte nur die dichten Wimpern sehen. Ihr fiel auf, dass die Enden golden waren, wie seine Augenbrauen. Im Sommer würde die Sonne sein Haar ausbleichen und mit goldenen Strähnchen versetzen.

„Rusty."

Er sprach ihren Namen aus. Ein leichtes Krächzen war in seiner Stimme zu hören, ein Protest gegen die Gefühle, die ihn dazu gebracht hatten, den Namen auszusprechen. Rusty rührte sich nicht, aber ihr Herz schlug hart und wild.

Er nahm seine Hand von ihrer und umfasste den Stuhl zu beiden Seiten ihrer Hüfte, so fest, dass seine Knöchel weiß hervortraten. Den Blick hielt er immer noch auf ihre Hand auf dem Oberschenkel gerichtet. Er wirkte, als würde er jeden Moment den Kopf beugen und seine Wange daran schmiegen wollen. Oder diese Hand küssen oder an den Fingern knabbern, deren Nägel er gerade so kurz geschnitten hatte.

Sollte er es tun, würde Rusty ihn nicht davon abhalten. Das wusste sie ganz sicher. Ihr Körper war warm und empfänglich. Sie war bereit für alles, was passieren mochte.

Nein, war sie nicht.

Denn was jetzt passierte, hatte sie nicht erwartet. Cooper richtete sich hastig auf.

„Du solltest zu Bett gehen."

Seine Gleichgültigkeit überrumpelte Rusty. Der Bann war gebrochen, als hätte die intime Stimmung nie existiert. Sie hatte das Bedürfnis zu streiten, aber sie tat es nicht. Was hätte sie auch sagen sollen? „Küss mich noch einmal, Cooper. Berühre mich."? Das würde ihn nur in seiner Meinung über sie bestätigen.

Mit dem Gefühl, zurückgestoßen worden zu sein, sammelte sie ihre Sachen ein und ging um den Vorhang herum. Beide Betten waren mit Laken und Decken bezogen. An jedem Kopfende lag ein Fell. Zu Hause hatte sie Designerbettwäsche und eine Menge weicher Kissen, aber noch nie hatte ein Bett so einladend ausgesehen wie dieses hier.

Sie räumte ihre Sachen auf und ließ sich auf die Bettkante nieder. Cooper leerte das Badewasser mit Eimern, die er draußen von der Veranda hinuntergoss. Als der Zuber leer genug war, dass er ihn bewegen konnte, zog er ihn hinaus und stürzte ihn um. Dann brachte er die Metallwanne wieder hinein, stellte sie hinter den Vorhang und begann Töpfe und Kessel unter der Wasserpumpe zu füllen.

„Nimmst du auch ein Bad?"

„Irgendwelche Einwände?"

„Nein."

„Es ist schon lange her, dass ich Holz gehackt habe, mein Rücken schmerzt. Außerdem fange ich langsam an zu stinken."

„Ist mir nicht aufgefallen."

Er warf ihr einen scharfen Blick zu, aber als er sah, dass sie es ernst meinte, brachte er fast ein Lächeln zu Stande. „Es wird dir auffallen, jetzt, da du sauber bist."

Das Wasser in den Töpfen und Kesseln begann zu kochen. Er nahm zwei vom Herd und ging damit zur Wanne.

„Soll ich dich ein bisschen durchkneten?" fragte Rusty völlig arglos.

Er stolperte und schüttete sich heißes Wasser aufs Hosenbein. „Wie bitte?"

„Massieren." Er starrte sie an, als hätte sie ihm einen Hammerschlag versetzt. „Deinen Rücken."

„Oh ... äh ..." Sein Blick glitt über sie. Das Unterhemd ließ ihre Schultern und ihren Hals frei, nur umgeben von einer rotbraunen Lockenmähne. „Nein", lehnte er schließlich knapp ab. „Ich sagte dir doch, du sollst schlafen. Morgen steht uns noch eine Menge Arbeit bevor." Abrupt drehte er ihr den Rücken zu.

Nicht nur, dass ihm die grundlegendste zwischenmenschliche Höflichkeit unmöglich war, nein, er konnte auch nicht die kleinste Nettigkeit annehmen. Sollte er doch von ihr aus verrecken!

Grimmig schlüpfte Rusty unter die kalten Laken, aber sie schloss die Augen nicht. Stattdessen sah sie zu, wie Cooper sich auf sein Bett setzte und sich die Schnürstiefel von den Füßen zog, während er darauf wartete, dass die anderen Töpfe mit Wasser heiß wurden. Er zog seine Socken aus und warf sie auf den Haufen schmutziger Wäsche, den Rusty in einer Ecke begonnen hatte, und knöpfte dann sein Hemd auf. Heute trug er nur eines, da er draußen so hart gearbeitet hatte. Er zog es aus seiner Jeans und über seine Schultern.

Rusty setzte sich abrupt auf. „Was ist dir denn passiert?"

Er warf das Hemd auf den Wäschehaufen. Er brauchte nicht zu fragen, was sie meinte. Wenn es so schlimm aussah, wie es sich anfühlte, musste der Bluterguss selbst im schwachen Dämmerlicht zu sehen sein.

„Meine Schulter kam in Kontakt mit Reubens Gewehr. Das war der einzige Weg, den Lauf von mir abzulenken, damit ich die Hände frei hatte, um mein Gewehr zu ziehen."

Rusty zuckte zusammen. Das faustgroße Hämatom war fast schwarz und sah aus, als würde es grässliche Schmerzen bereiten. „Tut es sehr weh?"

„Allerdings."

„Hast du ein Aspirin genommen?"

„Nein, wir müssen sparsam damit umgehen."

„Aber wenn du Schmerzen hast ..."

„Du nimmst ja auch keins gegen die blauen Flecke an deinem Hintern."

Die Bemerkung ließ sie verstummen, aber nicht lange. „Ich finde trotzdem, dass du zwei Aspirin nehmen solltest", sagte sie Augenblicke später.

„Ich will sie aufbewahren. Du könntest wieder Fieber bekommen."

„Oh, ich verstehe. Du kannst kein Aspirin für deine Schulter nehmen, weil ich sie mit meinem Fieber verschwende."

„Ich habe nichts von Verschwenden gesagt. Ich sagte ... oh ..." Dann folgte ein Wort, das in gesitteter Gesellschaft wahrscheinlich nicht einmal bekannt war. „Schlaf endlich, ja?!"

Nur in Jeans, ging er zum Herd. Offensichtlich hatte er beschlossen, dass das Wasser heiß genug war, denn er leerte alle Töpfe in die Wanne. Rusty legte sich wieder hin, aber sie beobachtete seinen Schatten, wie er hinter dem Vorhang aus seiner Jeans stieg und sich dann nackt in die Wanne setzte. Ihre Fantasie musste sie nicht bemühen, denn der Schatten seiner Gestalt im Profil ließ nichts unerkannt.

Sie hörte ihn fluchen, als er sich in die Wanne zwängte. Bei seiner Größe war das nicht so einfach wie bei ihr. Wie konnte er erwarten, dass sie einschlief, wenn er da hinten so lautstark rumplanschte?

Rustys Mund wurde trocken, als sie seinen Schatten weiter beobachtete. Er war aufgestanden und beugte sich vornüber, um sich die Seife vom Körper zu waschen. Als er aus der Wanne stieg, trocknete er sich mit männlicher Gleichgültigkeit ab. Seinem Haar ließ er nicht mehr Aufmerksamkeit zukommen, als es trockenzurubbeln und dann kurz mit den Fingern durchzufahren. Danach wickelte er sich das Handtuch um die Hüften.

Er wiederholte den gleichen arbeitsreichen Vorgang, um die Wanne zu leeren. Nach dem letzten Gang auf die Veranda ließ er die Wanne draußen. Rusty sah, dass er vor Kälte zitterte, als er zum Kamin zurückkam und Holz nachlegte. Er stieg auf den Stuhl und hakte das Laken aus, faltete es zusammen und legte es auf eines der in die Wand eingelassenen Regale. Als Letztes blies er die Öllampe aus, riss sich dann das Handtuch von den Hüften und legte sich in sein Bett.

Während der ganzen Zeit hatte er Rusty nicht ein einziges Mal angesehen. Sie war verletzt, dass er noch nicht einmal gute Nacht gesagt hatte. Aber andererseits ... sie wäre wahrscheinlich gar nicht in der Lage gewesen, etwas zu erwidern.

Ihr Mund war immer noch staubtrocken.

Es hatte keinen Sinn. Schäfchen zählen half nicht.

Gedichte in Gedanken herunterzuleiern half auch nicht, vor allem, da die einzigen Gedichte, die er kannte, Limericks von zweifelhaftem Inhalt waren.

Also lag Cooper auf dem Rücken, die Hände hinter dem Kopf verschränkt, und starrte im Dunkeln an die Decke. Wobei er sich fragte, wie lange es wohl dauern mochte, bis seine Erektion endlich aufhören würde, aus der Decke ein Zelt zu machen, und ihn einschlafen ließ. Er war ausgelaugt, jeder Muskel in ihm schrie nach Erholung. Nur schien seine Männlichkeit das nicht zu hören.

Im Gegensatz zum Rest seines Körpers war dieser Teil an ihm hellwach, bereit und einsatzfähig.

Verzweifelt schob er eine Hand unter die Decke. Vielleicht, wenn er ... Hoppla, besser nicht. Der Versuch, es mit Gewalt niederzudrücken, machte alles nur noch schlimmer und tat zudem höllisch weh.

Wütend auf Rusty, weil sie ihm das antat, drehte er sich auf die Seite. Selbst das war zu viel. Das Stöhnen, das ihm unwillkürlich entfuhr, wandelte er hastig in ein Husten ab.

Was konnte er tun? Nichts, was nicht erniedrigend wäre. Also würde er eben an etwas anderes denken müssen.

Aber verflucht, das hatte er doch schon versucht. Seit Stunden. Doch irgendwann wanderten seine Gedanken unweigerlich zu ihr zurück.

Ihre Lippen – so weich.

Ihr Mund – verletzlich, aber neugierig. Dann fordernd und hungrig. Offen für ihn.

Cooper biss die Zähne zusammen. Himmel, sie hatte so gut geschmeckt. Er hätte ewig weitermachen können, dieses Spiel der Zungen, mit jeder Bewegung ein bisschen tiefer, bis er herausgefunden hätte, wonach genau sie schmeckte. Was eine unmögliche Aufgabe war und somit endlos. Denn ihr Geschmack war einzigartig.

Er hätte es besser wissen müssen. Er hätte sie nicht küssen dürfen, nicht einmal, um den alten Mann zu narren. Aber wer narrte hier wen? fragte er sich. Er hatte sie geküsst, weil er es gewollt hatte. Wider besseres Wissen. Er hatte vorausgesehen, dass ein Kuss ihm nicht reichen würde. Jetzt wusste er es mit Bestimmtheit.

Ach, zum Teufel! Warum ging er so hart mit sich ins Gericht? Er verspürte diese Schlaf raubende Lust nach ihr, weil sie die einzige Frau weit und breit war. So einfach war das. Mehr nicht.

Wahrscheinlich. Möglich. Vielleicht.

Tatsache blieb allerdings, dass sie ein umwerfendes Gesicht hatte. Teuflisch sexy Haare. Ein Körper, der für die körperliche Liebe geschaffen war. Brüste, die jedem Mann reines Vergnügen bereiteten. Ein süßes knackiges Hinterteil. Beine, die sofortige Erregung hervorriefen. Und was zwischen ihnen lag ...

Stopp! warnte sein Verstand. Denk nicht einmal daran, oder du wirst das tun müssen, was du heute Abend erstaunlicherweise und mit bewundernswerter Selbstdisziplin unterlassen konntest.

Also gut, es reicht. Aus. Schluss. Basta. Hör auf, wie ein hormongesteuerter Teenager – im besten Falle – zu denken. Oder wie ein sexbesessener Hinterwäldler – im schlimmsten Falle.

Er schloss die Augen und konzentrierte sich so fest darauf, sie auch geschlossen zu halten, dass er zuerst dachte, das Wimmern aus dem Bett neben ihm sei nur Einbildung. Aber dann setzte Rusty sich ruckartig wie ein Stehaufmännchen auf. Das war keine Einbildung mehr. Und er konnte auch nicht so tun, als hätte er es nicht bemerkt.

„Rusty?“

„Was war das?“

Selbst im schwachen Licht des heruntergebrannten Feuers konnte er erkennen, dass sie die Augen entsetzt aufgerissen hatte. Wahrscheinlich hatte sie einen Albtraum gehabt. „Leg dich wieder hin. Alles ist in Ordnung.“

Sie atmete schwer und hielt verkrampft die Decke vor die Brust. „Was ist das für ein Geräusch?“

Hatte er etwa Laute von sich gegeben? War es ihm nicht gelungen, sein Stöhnen zu unterdrücken? „Was ...“

Genau in diesem Augenblick ertönte das Heulen erneut. Rusty hielt sich die Ohren zu und kauerte sich zusammen. „Ich ertrage das nicht“, schrie sie.

Cooper warf seine Decken zurück und war in Sekunden bei ihr. „Wölfe, Rusty. Das sind nur Wölfe. Sie sind lange nicht so nah, wie das Geheul sich anhört. Sie können uns nichts tun.“

Sanft richtete er sie auf und drückte sie zurück, bis sie wieder lag. Aber ihre Miene zeigte, dass sie nicht beruhigt war. Ihre Augen schweiften hektisch durch den dunklen Raum, als suche sie nach Dämonen. „Wölfe?“

„Sie haben ...“

„Die Leichen gerochen.“

„Ja“, antwortete er leise.

„O Gott.“ Sie schlug die Hände vors Gesicht.

„Schsch. Sie kommen nicht heran, ich habe die Gräber mit Steinen beschwert. Irgendwann ziehen sie wieder ab. Beruhige dich wieder und schlaf.“

Er war so mit seinem eigenen Problem beschäftigt gewesen, dass er das Heulen des Wolfsrudels überhaupt nicht wahrgenommen hatte. Aber er erkannte jetzt, dass Rusty echte Angst hatte. Sie griff nach seiner Hand und zog sie sich an die Brust, so wie ein verängstigtes Kind seinen Teddybären an sich drücken würde. „Ich hasse diesen Ort“, flüsterte sie.

„Ich weiß.“

„Ich hab wirklich versucht, tapfer zu sein.“

„Das ist dir auch gelungen.“

Jetzt schüttelte sie wild den Kopf. „Nein, ich bin ein Feigling. Mein Vater hat das erkannt. Deshalb hat er auch vorgeschlagen, dass ich früher nach Hause zurückkehren sollte.“

„Viele Menschen können nicht dabei zusehen, wie Tiere erschossen werden.“

„Ich bin zusammengebrochen und habe vor dir geheult. Du hast die ganze Zeit gewusst, dass ich nutzlos bin. Ich kann so was eben nicht. Und ich will es auch gar nicht können.“ Trotz mischte sich in ihre Stimme, auch wenn die Tränen ihr über die Wangen rollten. „Du hältst mich für eine grässliche Person.“

„Nein, tue ich nicht.“

„Doch, tust du.“

„Nein, ehrlich nicht.“

„Warum hast du mir dann vorgeworfen, ich hätte diese Männer verführt?“

„Weil ich wütend war."

„Wieso?"

Weil du mich verführst, und ich will nicht verführt werden. Aber das sagte er nicht laut. Stattdessen murmelte er: „Lass gut sein."

„Ich will nach Hause. Zu Hause ist es warm und sicher und sauber."

Er hätte anmerken können, dass die Straßen von Los Angeles nicht unbedingt als sicher bezeichnet werden konnten, aber er wusste auch, dass jetzt nicht der richtige Zeitpunkt für Scherze war. Nicht einmal für harmlose.

Es ging ihm gegen die Natur, ihr ein Kompliment zu machen, aber sie hatte eines verdient. „Du hast dich ausgesprochen gut gehalten."

„Nein, hab ich nicht." Sie blickte ihn mit tränennassen Augen an.

„Viel besser, als ich erwartet hätte."

„Wirklich?" fragte sie hoffnungsvoll.

Diese atemlos gestellte, typisch weibliche Frage war fast zu viel für ihn. „Wirklich. Und jetzt ignorier die Wölfe und schlaf weiter." Er zog seine Hand aus ihrem Griff und wandte sich ab. Bevor er allerdings aufstehen konnte, ertönte neues Geheul. Rusty schrie auf und griff nach ihm, warf sich an seine Brust, als er sich wieder zu ihr drehte.

„Ist mir egal, ob ich feige bin. Halte mich, Cooper. Bitte, halte mich ganz fest."

Automatisch schlang er die Arme um sie. Und wie beim letzten Mal, als er sie gehalten hatte, fühlte er die Hilflosigkeit, die ihn erfüllte. Es war verrückt, sie zu halten, ganz gleich, aus welchem Grund auch immer, aber es wäre verabscheuungswürdig und grausam, es nicht zu tun. Und auch wenn es für ihn sowohl Qual als auch Entzücken war, zog er sie an sich und presste seine Lippen auf ihr Haar.

Als er sprach, waren seine Worte ernst gemeint. Es tue ihm unendlich Leid, dass ihr das alles zugestoßen war. Er wünschte, sie würden endlich gerettet werden. Er wollte, dass sie sicher nach Hause kam. Es tue ihm Leid, dass sie solche Angst hatte. Wenn er etwas unternehmen könnte, um sie aus dieser Situation zu befreien, würde er es tun.

„Du hast getan, was möglich war. Aber bitte, halte mich nur noch eine Minute“, flehte sie.

„Das werde ich.“

Also hielt er sie weiter fest. Er hatte die Arme um sie gelegt, aber seine Hände hielt er ruhig. Er wagte es nicht, ihren Rücken zu streicheln, weil er sonst nicht würde aufhören können. Er wollte sie berühren, überall. Er wollte ihre Brüste umfassen und den Ort zwischen ihren Schenkeln erforschen. Vor Verlangen erschauerte er.

„Du frierst.“ Mit einer Hand strich Rusty über die Gänsehaut auf seinem Arm.

„Mir geht’s gut.“

„Komm unter die Decke.“

„Nein.“

„Sei nicht albern. Du erkältest dich noch. Warum stellst du dich so an? Wir haben drei Nächte zusammen geschlafen. Komm schon.“ Sie lüpfte ihre Decke.

„Ich ... äh ... ich gehe in mein eigenes Bett.“

„Du hast gesagt, du würdest mich festhalten. Bitte. Nur bis ich eingeschlafen bin.“

„Aber ich …“

„Bitte, Cooper.“

Er fluchte, dann glitt er zu ihr unter die Decke. Sie schmiegte sich an ihn, barg ihr Gesicht an seiner Brust. Sie rückte noch näher an ihn heran. Er biss die Zähne zusammen.

Nur Sekunden, nachdem sie sich entspannt an ihn gekuschelt hatte, stieß sie sich wieder von ihm ab. „Oh!“ rief sie leise. „Ich hatte ganz vergessen, dass du …“

„Dass ich nackt bin. Stimmt. Aber jetzt ist es zu spät.“

## 7. KAPITEL

Cooper wurde jetzt nur noch von männlichen Trieben beherrscht. Er küsste Rusty lang und innig, während er sich auf sie schob. Seine gierige Zunge stieß tiefer und tiefer vor, nahm Besitz von ihrem warmen Mund.

Rustys erste Reaktion war Schock. Seinen wunderbaren nackten Körper an sich zu fühlen war eine überwältigende Überraschung. Doch noch bevor sie sich von diesem Schock erholt hatte, ließ sie sich von dem verlockenden Kuss mitreißen.

Die nächste Reaktion war unendliches Verlangen. Es schoss aus ihrem Schoß empor, überwältigte Herz und Verstand, schloss alles aus, außer dem Mann, der solch wundervolle Dinge mit ihrem Mund anstellte. Sie schlang die Arme um seinen Nacken und zog ihn noch näher an sich heran. Er stöhnte und vergrub sein Gesicht in ihrer Halsmulde.

„Was willst du, Cooper?"

Er lachte hart auf. „Ist das nicht offensichtlich?"

„Doch, aber ich meinte, was möchtest du, dass ich tue?"

„Entweder berühre mich überall oder berühre mich gar nicht." Sein Atem strich heiß und keuchend über ihre Wange. „Aber wie immer du dich entscheidest, entscheide dich schnell."

Rusty zögerte nur einen halben Herzschlag lang, bevor sie die Finger einer Hand in sein Haar schob, während sie mit der anderen seine muskulöse Brust streichelte.

Ihre Lippen trafen sich zu einem neuen fiebrigen Kuss. Cooper leckte ihr flüchtig über die Unterlippe und zog diese dann zwischen seine Zähne. Die sinnliche Geste elektrisierte Rusty. Ihr lustvolles Wimmern fasste Cooper als Aufforderung auf, und er begann ihren Hals zu küssen, arbeitete sich weiter nach unten bis zu ihrer Brust. Er war kein Mann, der um Erlaubnis fragte, er umfasste ihre Brust und massierte sie.

„Ich habe vor Verlangen nach dir fast den Verstand verloren", keuchte er. „Ich habe geglaubt, verrückt zu werden, wenn ich dich nicht berühren, dich nicht schmecken kann."

Mit seinen Lippen liebkoste er die zarte Haut. Mit dem Daumen reizte er die rosige Knospe, bis Rusty meinte vergehen zu müssen.

„Cooper, hör auf, ich kann nicht mehr atmen."

„Du sollst auch nicht mehr atmen können." Er schloss die Lippen um die harte Knospe unter dem Hemd. Rusty bäumte sich ihm entgegen. Aber das reichte ihm nicht.

„Sag mir, dass du mich willst", verlangte er mit tiefer, vibrierender Stimme.

„Ja, ich will dich. Ja."

Von heißer, unkontrollierbarer Lust getrieben, schob sie ihn zurück. Jetzt war sie es, die die Initiative ergriff. Ihre Lippen wanderten fiebrig über seinen Hals, hinunter zu seinem Bauch, setzten kleine heiße Küsse auf seine Haut, wie Regentropfen, die auf einen ausgetrockneten Boden fielen. Jedes Mal, wenn ihr Mund seine Haut berührte, flüsterte sie seinen Namen. Mit einem Seufzer rieb sie ihre Wange an seiner Brust.

Die Leidenschaft, die sie in ihm entfachte, machte ihn wehrlos. Er hob den Kopf und sah sie an. Ihr Haar lag auf seinem Bauch, ihr Atem bewegte die feinen Härchen auf seinem Körper. In ihren gemurmelten Liebesworten lag ein erotischer Rhythmus, wie er ihn nie zuvor gehört hatte. Ihre Lippen – Himmel, ihre Lippen – hinterließen kleine feuchte Stellen auf seiner Haut.

Das war der erotischste Anblick, den er je gesehen hatte. Und unermessliche Angst stieg in ihm auf.

Er schob sie von sich und rollte sich vom Bett. Zitternd stand er da, fluchte mit angehaltenem Atem.

Wilder, leidenschaftlicher, purer Sex – damit konnte er umgehen. Aber nicht hiermit. Er wollte keine echte Sehnsucht, keine Gefühle, die ins Spiel kamen. Danke, aber nein danke.

Er hatte schon alles erlebt, was es mit einer Frau körperlich zu erleben gab, aber keine Frau hatte bisher solch echte Sehnsucht ausgedrückt. Was Rusty hier begonnen hatte, ließ auf eine Nähe schließen, die weit über das Körperliche hinausging.

Und das brauchte er nicht. Keine Romantik, keine Liebe. Nein, vielen Dank.

Er war für eine gewisse Zeit für Rusty Carlson verantwortlich. Für ihr Überleben. Aber er würde den Teufel tun, auch die Verantwortung für ihr seelisches Gleichgewicht zu übernehmen. Wenn sie mit ihm schlafen wollte, gut, aber sie sollte sich nur nicht einreden, dass es mehr als die Befriedigung eines körperlichen Bedürfnisses war. Mit seinem Körper konnte sie machen, was sie wollte. Er würde es ihr erlauben, es sogar begrüßen. Aber damit hörte es auch auf. Er würde niemandem gestatten, an seine Gefühle heranzukommen.

Rusty starrte ihn an, verwirrt und verletzt. „Was stimmt denn nicht?" Plötzlich verlegen, zog sie die Decke über ihre Brust.

„Nichts."

Er durchquerte den Raum und legte ein Holzscheit aufs Feuer. Funken stoben auf, erhellten den Raum, wenn auch nur kurz. In diesem Licht konnte Rusty erkennen, dass Cooper immer noch erregt war.

Er sah den fragenden, enttäuschten Ausdruck in ihren Augen. „Schlaf jetzt", sagte er brüsk. „Die Wölfe sind weg. Außerdem sagte ich dir doch, dass sie uns nichts tun können. Und jetzt hör auf, dich wie eine Heulsuse zu benehmen, und lass mich in Ruhe."

Er stieg in sein eigenes Bett und zog die Decken über sich. Innerhalb von Minuten war er schweißgebadet. Das war alles nur Rustys Schuld, verflucht. Sein Körper stand immer noch in Flammen.

Verflucht, warum hatte sie so reagieren müssen? So ... so ehrlich. Keine List, keine Schliche. Ihr Mund war so bereit gewesen, sie war so bereit gewesen.

Er biss die Zähne zusammen, um die Bilder zu verdrängen. War er ein Narr? Ein Narr, weil er nicht genommen hatte, was sie ihm so bedingungslos anbot?

Aber genau das war ja der Haken, nicht wahr? Es war eben nicht bedingungslos. Wäre es das, läge er jetzt zwischen ihren seidigen Schenkeln und nicht in seinem eigenen Schweiß. Dieser entrückte Ausdruck auf ihrem Gesicht hatte ihm deutlich gezeigt, dass es ihr viel mehr bedeutete als nur ein kleines entspannendes Schäferstündchen. Sie gab der Sache eine Bedeutung, sie hatte Erwartungen, die er einfach nie erfüllen konnte.

Oh, natürlich, er würde diesem wunderbaren weiblichen Körper Freuden bereiten und sie beide zufrieden stellen. Aber er konnte nicht fühlen, und das war es, was sie wollte. Vielleicht sogar verdiente. Er aber hatte nichts, was er ihr geben konnte. Sein Herz war eine Wüste. Ödland.

Nein, besser sie jetzt verletzen, dann hatte er es hinter sich. Besser jetzt als Mistkerl dastehen, als die Situation ausnutzen. Er ließ sich grundsätzlich nicht auf langfristige Beziehungen ein. Und ganz bestimmt nicht auf noch mehr. Wenn sie erst einmal gerettet worden wären, würde ihre Beziehung sowieso zu nichts führen.

Und bis dahin würde er weiterleben. Entgegen der landläufigen Meinung starb ein Mann nicht an Priapismus. Es würde unbequem werden, aber er würde es überleben.

Am folgenden Morgen waren Rustys Augen vom Weinen völlig verquollen. Nur mit Mühe hatte sie sie öffnen können, als ihr auffiel, dass das andere Bett leer und bereits sorgfältig gemacht war.

Umso besser. Dann würde er wenigstens ihre geschwollenen Lider nicht sehen, bis sie die Chance hatte, sie mit kaltem Wasser zu kühlen. Die Schwäche, die sie gestern Abend gezeigt hatte, machte sie unendlich wütend auf sich selbst. Sie hatte völlig übertriebene Angst vor dem Geheul der Wölfe gehabt. Aber diese Tiere verkörperten irgendwie alle Bedrohungen, die sie umgaben, und hatten ihr ihre missliche Lage so richtig bewusst gemacht.

Aus einem unerfindlichen Grund hatte sich ihre Panik in Verlangen geäußert. Cooper hatte darauf reagiert, darauf hatte wiederum sie reagiert. Dem Himmel sei Dank, dass er noch rechtzeitig wieder zur Besinnung gekommen war, bevor Schlimmeres passiert war.

Rusty wünschte sich nur, sie wäre diejenige gewesen, die zuerst wieder zu Verstand gekommen war. Jetzt dachte er vielleicht irrtümlicherweise, dass sie ihn gewollt hätte – dabei hatte sie nur jemanden gewollt. Und er war nun mal eben der Einzige, der hier war. Sollte er irgendetwas anderes denken, so irrte er sich gewaltig.

Sie machte es ihm nach und glättete ihr Bettzeug ordentlich – niemand sollte ihr nachsagen, sie wäre kein genauso guter Überlebenskünstler wie er –, dann ging sie zum Spülbecken, um sich das Gesicht zu waschen und die Zähne zu putzen. Sie stieg in die Hose von gestern, zog aber ein frisches Flanellhemd über. Dann kämmte sie ihr Haar und band es mit einem Schnürsenkel zusammen. Erst als sie ihre Socken anzog, fiel ihr auf, dass sie sich ohne Krücken bewegte. Ihr linkes Bein mochte noch nicht komplett belastbar sein, aber Coopers Stiche hatten die Wunde heilen lassen.

Sie wollte keine Dankbarkeit ihm gegenüber fühlen, und so ging sie zum Herd und schob dünne Holzscheite nach, dann füllte sie die Blechkanne mit Wasser und gab Kaffeepulver hinzu. Sie musste an die hypermoderne Kaffeemaschine mit dem Timer denken, die bei ihr zu Hause in der Küche stand.

Um das Heimweh niederzukämpfen, machte sie sich daran, Haferbrei zum Frühstück zuzubereiten. Beim Lesen der Zubereitungsanleitung stellte sie zufrieden fest, dass außer Wasserkochen und dem Abmessen der Haferflockenmenge keinerlei Kochkünste vonnöten waren.

Leider lag sie damit nicht ganz richtig.

Cooper polterte von draußen herein und knurrte ohne jeglichen Gruß: „Ist das Frühstück fertig?“

Auch nicht gerade freundlich gab sie zurück: „Ja. Setz dich.“

Sie wollte ihm eine Schüssel dampfenden cremigen Haferbreis vorsetzen, so wie in der Werbung im Fernsehen. Dann allerdings, als sie den Topfdeckel anhob, sah sie auf eine undefinierbare Masse, die die Farbe und Beschaffenheit von trocknendem Zement hatte, nur klumpiger.

Entmutigt, aber fest entschlossen, es nicht zu zeigen, reckte sie die Schultern und begann die Masse in die Blechschüsseln zu schöpfen. Die Klumpen fielen schwer wie Blei vom Löffel. Trotzdem trug sie die Schüsseln zum Tisch und setzte sich Cooper hoheitsvoll gegenüber.

„Kaffee?“ fragte er knapp.

Sie biss sich auf die Lippen, stand aber auf und kam mit zwei Bechern an den Tisch zurück, ohne ein Wort zu sagen. Sie verließ sich auf ihre Körpersprache, um ihm zu zeigen, was sie von seinem Herr-im-Hause-Gehabe hielt.

Er nahm einen Bissen Haferbrei auf seinen Löffel und schätzte wohl das Gewicht, so skeptisch, wie er sie anschaute. Stumm forderte sie ihn heraus, eine abfällige Bemerkung über ihren Haferbrei fallen zu lassen. Also schob er sich den Löffel in den Mund.

Als wolle sie ihm zeigen, was er damit zu tun hatte, wenn der Bissen erst einmal in seinem Mund war, nahm sie ebenfalls einen Löffel voll. Fast hätte sie es sofort wieder ausgespuckt. Aber da sie wusste, dass er sie mit Adleraugen beobachtete, begann sie zu kauen. Anstatt zerkleinert zu werden, schien die Masse in ihrem Mund zu quellen. Also blieb ihr nichts anderes übrig, als zu schlucken. Ihr Magen musste annehmen, sie würde Golfbälle essen. Sie spülte den Bissen mit einem kräftigen Schluck Kaffee nach.

Coopers Löffel fiel klappernd in die Schüssel. „Ist das alles, was du zu Stande bringst?"

Rusty lag die entsprechende Erwiderung auf der Zunge: War das von gestern Abend alles, was du zu Stande bringst? Aber sie war weise genug, es nicht auszusprechen.

Wenn ein Mann eine solche Beleidigung hinsichtlich seiner Liebeskünste entgegengeschleudert bekam, würde das sicherlich als mildernder Umstand für einen Mord angesehen werden. „Ich koche zu Hause nicht besonders oft."

„Zu beschäftigt damit, von einem Luxusrestaurant zum anderen zu flattern, was?"

„Genau."

Mit verzerrter Miene würgte er den nächsten Bissen herunter. „Das hier ist nicht dieses Fertigzeug, das man in den hübschen kleinen Packungen mit Teddybären und Schmetterlingen kaufen kann. Das nächste Mal gib Salz ins Wasser. Die Hälfte Haferflocken reicht völlig aus. Dann streu Zucker darüber, aber nicht zu viel. Wir müssen unsere Vorräte rationieren."

„Wenn du so viel vom Kochen verstehst, Pfadfinderführer, warum übernimmst du es dann nicht?“ flötete sie zuckersüß.

Er schob seine Schüssel weg und stützte die Arme auf den Tisch. „Weil ich das Jagen und Fischen und Holzhacken übernehme. Aber wenn ich es mir recht überlege, Kochen ist eigentlich wesentlich einfacher. Sollen wir tauschen? Oder sollte ich deiner Meinung nach alle Arbeiten erledigen, damit du in Ruhe zusehen kannst, wie deine Fingernägel nachwachsen?“

Rustys Stuhl schabte laut über den Boden, als sie aufsprang und sich über den Tisch lehnte. „Es macht mir nichts aus, meinen Teil der Arbeit zu übernehmen, und das weißt du auch. Aber es macht mir sogar viel aus, ständig von dir kritisiert zu werden, wenn ich mein Bestes gebe.“

„Wenn das hier dein Bestes ist, werden wir innerhalb einer Woche verhungert sein.“

„Ich werde es lernen“, schrie sie ihn an.

„Je früher, desto besser.“

„Oh!“

Wütend wirbelte sie herum. Dabei flog ihr Flanellhemd, das sie nicht zugeknöpft hatte, auf. Coopers Arm schoss vor, seine Hand griff nach ihrem Handgelenk.

„Was ist das?“ Er schob das Hemd auf und zog den Träger ihres Unterhemds zur Seite.

Rusty folgte seinem Blick auf die dunkel gefärbte Stelle an ihrem Brustansatz, dann hob sie die Augen zu seinem Gesicht. „Das ist von gestern ... wo du ... dein Kuss ...“ Vor Verlegenheit brach sie mit einer hilflosen Geste ab.

Cooper zog seine Hand zurück, so schuldig wie Adam, der von der verbotenen Frucht gekostet hatte. Rusty spürte, wie ihr das Blut in die Wangen stieg, während er sie gründlich musterte. Ihm fiel die leichte Rötung um ihre Lippen auf, wo seine Bartstoppeln die Haut aufgeraut hatten, auch an ihrem Hals und ihren Wangen. Er verzog schuldbewusst das Gesicht und rieb sich über sein Kinn.

„Tut mir Leid."

„Ist schon in Ordnung."

„Tut es weh?"

„Nicht wirklich."

„Hat es wehgetan, du weißt schon, als ..."

Sie schüttelte den Kopf. „Ich hab's nicht bemerkt."

Hastig wandten beide den Blick ab. Cooper ging zum Fenster. Draußen nieselte es. Hin und wieder schlug ein Graupelkorn gegen die Scheibe.

„Ich sollte wohl eine Erklärung für gestern Nacht liefern", sagte er mit tiefer Stimme.

„Nein. Das ist nicht nötig."

„Ich will nicht, dass du denkst, ich wäre impotent oder so was."

„Ich weiß, dass du nicht impotent bist."

Abrupt drehte er den Kopf zu ihr. „Tja, es ließ sich wohl nicht verheimlichen, dass ich einsatzbereit war."

Rusty schluckte schwer und senkte den Kopf. „Nein."

„Bleibt nur noch das Wollen übrig." Rusty hielt den Kopf weiter gesenkt und schwieg. „Bist du nicht einmal neugierig, warum ich nicht bis zum Ende weitergemacht habe?" fragte er schließlich.

„Ich habe nicht gesagt, dass ich nicht neugierig bin, ich habe gesagt, dass keine Erklärungen nötig sind. Immerhin sind wir Fremde füreinander. Wir schulden einander keine Erklärungen."

„Aber du hast dich gefragt." Anschuldigend richtete er den Finger auf sie. „Leugne nicht, dass du dich gefragt hast, warum ich nicht weitergemacht habe."

„Ich bin davon ausgegangen, dass zu Hause jemand auf dich wartet. Eine Frau."

„Keine Frau", knurrte er. Als er ihre verdutzte Miene sah, grinste er schief. „Und auch kein Mann."

Sie lachte nervös. „Das hätte ich auch nie vermutet."

Der Anflug von Humor hielt nicht lange. Sein Lächeln machte einem Stirnrunzeln Platz. „Ich gehe keine Bindungen ein."

Ihr Kinn ruckte ein bisschen hoch. „Ich kann mich nicht entsinnen, darum gebeten zu haben."

„Das war gar nicht nötig. Wenn wir ... wenn ich ... Wir beide sind hier allein, Gott weiß, wie lange noch. Wir sind schon in allem anderen voneinander anhängig. Wir müssen die Situation nicht noch komplizierter machen, als sie schon ist."

„Ich stimme dir voll und ganz zu", sagte sie nüchtern. Es war ihr immer schwer gefallen, Zurückweisungen zu akzeptieren, aber sie hatte sich auch noch nie ihre verletzten Gefühle anmerken lassen. „Ich habe gestern Abend den Kopf verloren. Ich hatte Angst und war wahrscheinlich erschöpfter, als mir selbst klar war. Du warst da und so nett, mir Trost zu spenden. Als Folge davon sind die Dinge ein wenig aus dem Lot gelaufen. Völlig logisch also, mehr nicht."

Die Linien um seinen Mund wurden tiefer. „Genau. Hätten wir uns unter anderen Umständen getroffen, wären wir einander nicht einmal aufgefallen."

„Wohl kaum." Sie zwang sich zu einem Lachen. „Du passt nicht unbedingt in meine kosmopolitischen Kreise."

„Und dich mit deinen eleganten Klamotten würde man mit Hohngelächter von meinem Berg hinunterscheuchen."

„Also. Fein", sagte sie pikiert.

„Fein."

„Das wäre dann wohl geklärt."

„Genau."

„Es gibt also kein Problem."

Einem unbeteiligten Beobachter allerdings hätte sich unweigerlich die Frage aufgedrängt, warum die beiden sich dann wie Preisboxer gegenüberstanden und warum die Luft vor Feindseligkeit knisterte. Angeblich hatten sie sich doch auf einen Waffenstillstand geeinigt, doch es war offensichtlich, dass sie sich immer noch im Krieg befanden.

Cooper war der Erste, der sich umdrehte. Mit einem verärgerten Schulterzucken zog er seine Jacke über und nahm sein Gewehr. „Ich werde sehen, was der Fluss an Fischen zu bieten hat."

„Willst du sie etwa erschießen?" Sie deutete auf seine Flinte.

Ihr Sarkasmus gefiel ihm überhaupt nicht. „Ich habe eine Angelschnur gebastelt, während du dich im warmen Bett gerekelt hast." Er ließ ihr keine Zeit für eine Erwiderung. „Des Weiteren habe ich Feuer unter dem Kessel draußen gemacht. Also kümmer dich um die Wäsche."

Rusty folgte seinem Blick zu dem Stapel schmutziger Wäsche. Als sie sich wieder zu ihm drehen wollte, war die Stelle, wo er gestanden hatte, leer. Sie eilte zur Tür, so schnell es ihr mit ihrem Bein möglich war.

„Ich hätte die Wäsche erledigt, auch ohne dass du es mir sagen musst“, schrie sie hinter ihm her. Falls er sie gehört hatte, zeigte er es mit keiner Regung.

Fluchend schlug Rusty die Tür zu.

Sie räumte den Tisch ab. Es kostete sie fast eine halbe Stunde, um den Topf sauber zu bekommen, in dem sie den Haferbrei gekocht hatte. Dann machte sie sich an den Stapel Wäsche. Wenn Cooper zurückkam, wollte sie damit fertig sein. Es war absolut unerlässlich, ihm zu beweisen, dass dieser Schwächeanfall von gestern Nacht eine absolute Ausnahme war.

Sie zog ihre Jacke über, trug die erste Ladung nach draußen und tauchte sie in den Kessel. Bis jetzt hatte sie immer geglaubt, solche schwarzen Emaillekessel über einem offenen Feuer existierten nur in Filmen. Sie benutzte einen glatten Stock, um die Wäsche in dem heißen Wasser herumzurühren. Als die Kleidungsstücke ihrer Meinung nach so sauber waren, wie sie werden würden, holte Rusty sie mit dem Stock aus dem Wasser und ließ sie in den Korb fallen, den Cooper tags zuvor gefunden und gesäubert hatte.

Als sie endlich alles auf diese vorsintflutliche Weise gewaschen hatte, zitterten ihre Arme. Und nachdem sie alles ausgewrungen und auf die Wäscheleine gehängt hatte, meinte sie, die Arme müssten ihr abfallen. Ihre Finger waren eingefroren, wie auch ihre Nase, die ohne Unterlass lief. Und die Schmerzen in ihrem Bein meldeten sich zurück.

Das Gefühl, ihre Aufgabe erfüllt zu haben, milderte die Unannehmlichkeiten ein wenig. Der Gedanke, ihren Job gut erledigt zu haben, machte sie stolz. Wieder in der Hütte, wärmte sie sich die Hände über dem Feuer. Dann zog sie ihre Stiefel aus und kletterte müde ins Bett. Sie hatte sich ein Nickerchen vor dem Abendessen redlich verdient.

Offensichtlich musste sie tiefer geschlafen haben als beabsichtigt. Als Cooper in die Hütte gestürmt kam und ihren Namen rief, schoss sie so abrupt hoch, dass ihr schwindlig wurde und Sterne vor den Augen tanzten.

„Rusty! Rusty, hast du ... Verdammt, was tust du da in dem Bett?" Seine Jacke stand offen, sein Haar war wirr, seine Wangen voller roter Flecken. Er atmete schwer, so als wäre er gerannt.

„Was ich im Bett tue?" fragte sie gähnend. „Schlafen."

„Schlafen? Schlafen! Hast du denn das Flugzeug nicht gehört?"

„Flugzeug?"

„Hör auf, mir jedes verdammte Wort nachzuplappern! Wo ist die Leuchtpistole?"

„Leuchtpistole?"

Es fehlte nicht viel, und er würde aus dem Mund schäumen. „Wo ist die Leuchtpistole? Da oben am Himmel kurvt ein Flugzeug herum."

Endlich stellte sie die Füße mit einem Ruck auf den Boden. „Suchen sie nach uns?"

„Woher soll ich das wissen?“ Er rannte durch die Hütte, kehrte auf der hektischen Suche nach der Leuchtpistole alles von unten nach oben. „Wo, zum Teufel ...? Ah, da!“ Die Pistole in der Hand, rannte er nach draußen und suchte den Himmel ab. Auf Strümpfen kam Rusty hinterhergehumpelt.

„Kannst du es sehen?“

„Sei still!“ Er neigte den Kopf und lauschte konzentriert. Das Brummen der Motoren erreichte sie in genau diesem Moment. Beide wandten sich in die Richtung und mussten einen schrecklichen Anblick verarbeiten.

Ja, da war ein Flugzeug. Ganz offensichtlich ein Suchflugzeug, denn es flog tief über den Baumkronen. Aber es flog in die entgegengesetzte Richtung. Jetzt eine Leuchtkugel abzufeuern wäre völlig zwecklos und reine Verschwendung.

Ihrer beider Blick haftete auf dem dunklen Fleck am Himmel, der sich immer weiter entfernte, bis das Motorengebrumm nicht mehr zu hören war. Die nachfolgende Stille war ohrenbetäubend. Mit dem Geräusch waren auch ihre Hoffnungen auf eine Rettung gestorben.

Cooper kam langsam wieder zu sich. Seine Augen waren kalt und leer und blickten so mordlustig, dass Rusty unwillkürlich einen Schritt zurückwich.

„Was, zum Teufel, hast du dir dabei gedacht, einfach einzuschlafen?“

Rusty hätte es vorgezogen, wenn er sie angebrüllt hätte. Mit Wüten und Toben konnte sie umgehen, dagegen wusste sie sich zu wehren. Aber diese leise, gleich einer Schlange zischelnde Stimme erschreckte sie zu Tode.

„Ich ... ich habe die Wäsche erledigt", begann sie zu stottern. „Ich war so müde, weil ich die nassen Kleidungsstücke ..."

Plötzlich schoss ihr der Gedanke durch den Kopf, dass sie ihm keine Rechtfertigung schuldig war. Von Anfang an hatte er die Verantwortung für die Leuchtpistole übernommen.

Empört stemmte sie die Hände in die Hüften. „Wie kannst du es wagen, mir die Schuld zu geben! Wieso bist du überhaupt ohne Leuchtpistole losmarschiert?"

„Weil ich heute Morgen so stinkwütend war, dass ich sie vergessen habe."

„Also ist es deine Schuld, dass sie nicht abgefeuert wurde. Nicht meine!"

„Es ist deine Schuld, dass ich so wütend war."

„Wenn du dein aufbrausendes Temperament nicht beherrschen kannst, wieso erwartest du es dann eigentlich von mir?"

Seine Augen verdunkelten sich. „Selbst wenn ich die Pistole bei mir gehabt hätte, wäre es immer noch nicht sicher gewesen, dass sie die Leuchtkugel auch gesehen hätten. Aber Rauch aus dem Kamin hätten sie mit Sicherheit bemerkt. Aber nein, du musst ja deinen Schönheitsschlaf halten und das Feuer ausbrennen lassen."

„Warum hast du kein Signalfeuer gemacht? Ein großes, das mögliche Rettungsmannschaften nicht übersehen können?"

„Ich hatte es nicht für nötig gehalten, da wir ja einen rauchenden Kamin haben. Allerdings wusste ich da noch nicht, dass du nachmittags gern ein Nickerchen machst."

Sie wankte, dann sagte sie verteidigend: „Kaminrauch hätte ihre Aufmerksamkeit sowieso nicht erregt. Das ist nichts Außergewöhnliches."

„So weit draußen in der Wildnis schon. Sie hätten zumindest ein paar Schleifen gezogen, um es sich genauer anzusehen."

Rusty suchte verzweifelt nach der nächsten Begründung. „Der Wind ist zu stark, da hätte sich nie eine sichtbare Rauchsäule bilden können, selbst wenn das Feuer gebrannt hätte."

„Aber es wäre eine Chance gewesen."

„Keine so gute wie eine Leuchtkugel. Wenn du denn die Pistole bei dir gehabt hättest."

Es war unklug, ihn in diesem Moment an die Vernachlässigung seiner Pflicht zu erinnern.

Er machte einen bedrohlichen Schritt nach vorn. „Ich hätte große Lust, dir den Hals umzudrehen, weil du das Flugzeug hast vorbeifliegen lassen."

„Warum tust du es dann nicht endlich?" Sie warf den Kopf zurück. „Das wäre mir lieber, als mir deine ständigen Bemerkungen über meine Unfähigkeit anhören zu müssen."

„Dabei lieferst du mir so viele Beweise für deine Unfähigkeit, dass ich ausreichend Material für die nächsten Jahre habe, die wir hier vielleicht festsitzen, und immer noch nicht alle aufgezählt hätte."

Ihre Wangen liefen vor Empörung rot an. „Ich gebe es zu! Ich bin nicht dafür geschaffen, in einer primitiven Hütte im Busch zu leben. Das ist nicht der Lebensstil, den ich gewählt habe."

Er reckte sein Kinn vor. „Du kannst nicht einmal kochen.“

„Weder wollte ich es je lernen, noch bestand die Notwendigkeit dazu. Ich bin eine Karrierefrau“, sagte sie mit wildem Stolz.

„Deine so genannte Karriere nützt mir hier überhaupt nichts!“

„Ich, ich, ich“, schrie Rusty ihn an. „Während dieser ganzen schrecklichen Plackerei denkst du nur an dich.“

„Ha! Könnte ich das mal nur. Stattdessen muss ich ständig auf dich Rücksicht nehmen. Du bist wie ein Mühlstein um meinen Hals.“

„Es ist nicht meine Schuld, dass ich diese Verletzung am Bein abbekommen habe.“

„Und wahrscheinlich behauptest du jetzt auch wieder, es sei nicht deine Schuld, dass diese beiden Kerle wegen dir übergeschnappt sind.“

„Nein, war es auch nicht.“

„So?“ meinte er abfällig. „Nun, sagen wir es mal so: Du hörst nicht auf damit, mir Signale zu senden, wie gern du mich zwischen deinen Schenkeln spüren würdest.“

Später konnte Rusty nicht glauben, dass sie es wirklich getan hatte. Nie hätte sie bei sich eine gewalttätige Regung für möglich gehalten. Schon als Kind war sie immer jedem Streit mit anderen Kindern ausgewichen. Sie war von Natur aus friedliebend, hatte noch nie unkontrollierte Aggression verspürt.

Aber bei Coopers beleidigenden Worten warf sie sich auf ihn, die Finger wie Krallen ausgestreckt, um ihm das abfällige Grinsen aus dem Gesicht zu kratzen. Sie kam gar nicht bis zu ihm. Sie trat auf ihr verletztes Bein, das unter ihr nachgab. Mit einem Schmerzensschrei fiel sie auf den gefrorenen Boden.

Cooper war sofort bei ihr und wollte sie aufheben, doch sie wehrte sich mit aller Kraft gegen ihn, bis er sie schließlich in den Schwitzkasten nahm.

„Hör auf damit, oder ich muss dich bewusstlos schlagen."

„Ja, das würdest du, nicht wahr?" keuchte sie atemlos.

„Allerdings. Und es würde mir sogar Spaß machen."

Sie wehrte sich nicht mehr, weil sie keine Kraft mehr hatte und der Schmerz überwältigend war – weniger, weil sie kapitulierte. Cooper trug sie hinein und setzte sie auf den Stuhl beim Kamin ab. Er warf ihr einen vorwurfsvollen Blick zu, als er sich niederkniete und das Feuer wieder anfachte.

„Noch Schmerzen im Bein?"

Sie schüttelte den Kopf. Es tat höllisch weh, aber eher würde sie sich die Zunge herausschneiden lassen, bevor sie es zugab. Sie würde nicht mehr mit ihm reden. Nicht nach dem, was er zu ihr gesagt hatte. Ihre Verweigerung war zwar kindisch, aber sie hielt daran fest, selbst als er ihre zerschnittene Hose beiseite schob und den Socken herunterrollte, um sich die Zickzacknaht auf ihrem Schienbein anzusehen.

„Belaste es heute nicht mehr. Ansonsten benutze die Krücken, wenn du laufen musst." Er zog Socke und Hose wieder an ihren Platz, dann stand er auf. „Ich gehe zurück, um den Fisch zu holen. Bei meinem Spurt habe ich den Fang fallen lassen. Hoffentlich hat sie sich noch kein

Bär zu seinem Abendessen auserkoren." An der Tür drehte er sich noch einmal um. „Ich werde sie zubereiten. Die Fische sahen recht gut aus, du würdest sie wahrscheinlich nur verderben."

Damit schlug er die Tür hinter sich zu.

Ja, die Fische waren gut. Köstlich, um genau zu sein. Cooper hatte sie in einer Pfanne gebraten, die Haut war knusprig, das Fleisch so zart, dass es im Mund zerging. Rusty bereute es, den zweiten abgelehnt zu haben, aber sie wollte ihn nicht so gierig verschlingen wie den ersten. Cooper machte das nichts aus, im Gegenteil, er aß den Fisch ohne jegliche Gewissensbisse. Rusty wünschte sich im Stillen, er möge an einer Gräte ersticken. Doch Cooper leckte sich nach dem Essen nur die Finger und klopfte sich auf den Bauch.

„Ich bin voll."

Ach, zu gern hätte sie ihm mitgeteilt, wovon er voll war, es war das perfekte Stichwort. Aber sie schwieg eisern.

„Räum auf", sagte er nur knapp und überließ ihr genüsslich das schmutzige Geschirr und den Herd voller Fettspritzer.

Sie tat, wie ihr geheißen, aber nicht, ohne fürchterlichen Lärm zu machen. Als sie fertig war, warf sie sich auf ihr Bett und starrte an die Decke. Sie konnte nicht sagen, ob sie eher verletzt oder wütend war. Cooper Landry hatte mehr Gefühle in ihr hervorgerufen als je ein anderer Mann vor ihm. Die Spannbreite dieser Emotionen reichte von Dankbarkeit bis Ekel.

Er war der gemeinste, verabscheuungswürdigste Mensch, den sie je das Unglück gehabt hatte zu treffen, und sie hasste ihn mit einer Inbrunst, die sie erschreckte.

Schön, gestern Abend hatte sie ihn gebeten, in ihr Bett zu kommen. Aber nur, um Trost zu spenden, nicht für Sex! Sie hatte nicht darum gebeten, es war einfach passiert. Das musste ihm doch klar sein. Es lag nur an seinem aufgeblasenen, überdimensionalen Ego, dass er es nicht zugeben wollte.

Aber eins war sicher: Von jetzt an würde sie züchtig wie eine Nonne sein. Cooper würde ihr Gesicht zu sehen bekommen, wahrscheinlich auch ihren Hals, und natürlich ihre Hände, aber das war's dann auch. Es würde nicht einfach werden. Nicht, wenn sie hier in diesem einen Raum ...

Ihre Gedanken brachen ab, als sie da oben an der Decke etwas erkannte, das ihr Problem lösen würde. Haken. Die gleichen Haken, die Cooper benutzt hatte, um das Laken vor die Badewanne zu hängen.

Von jähem Unternehmungsgeist erfüllt, stand sie von ihrem Bett auf und holte eine der zusätzlichen Decken aus dem Regal. Cooper völlig ignorierend, zog sie den Stuhl heran und stellte ihn unter die Haken.

Sie musste sich ganz schön recken, um an die Haken zu kommen, mehr als in ihrer Aerobicstunde, aber schließlich war es geschafft. Die Decke hing als Vorhang an der Hakenreihe. Damit hatte Rusty die Privatsphäre, die sie brauchte.

Sie warf ihrem Mitbewohner einen triumphierenden Blick zu und verschwand hinter dem Vorhang, der wieder an seinen Platz fiel. So! Jetzt sollte er ihr noch einmal sagen, dass sie es „darauf“ angelegt hätte!

Sie schauderte, als sie sich seine verletzenden Worte in Erinnerung rief. Man konnte noch „abstoßend“ und „ungebührlich“ zu Coopers miesen Charaktereigenschaften hinzufügen.

Sie zog sich aus und schlüpfte ins Bett, konnte aber nicht einschlafen. Selbst als sie schon lange Coopers tiefe, ruhige Atemzüge hörte, die andeuteten, dass er schlief, starrte sie immer noch auf die Schatten an der Decke.

Als die Wölfe zu heulen begannen, rollte sie sich auf die Seite und zog sich die Decke über den Kopf. Sie biss sich auf die Finger und unterdrückte die Tränen, die strömen wollten, weil sie sich so allein und einsam fühlte.

Und um sich davon abzuhalten, Cooper zu bitten, sie zu halten, bis sie eingeschlafen war.

## *8. KAPITEL*

Cooper saß regungslos wie ein Jäger auf dem Hochstand. Die Füße gespreizt auf dem Boden, die Ellbogen auf den Knien, das Kinn in die Hände gestützt. Sein Blick war starr auf Rusty gerichtet.

Das war das Erste, was Rusty sah, als sie am nächsten Morgen aufwachte. Sie war überrascht, schaffte es aber, ihr Erstaunen zu verbergen. Außerdem fiel ihr auf, dass der Vorhang, den sie gestern so sorgfältig aufgehängt hatte, nicht mehr da war. Die Decke war heruntergerissen worden und lag jetzt am Fußende ihres Bettes.

Sie stützte sich auf einen Ellbogen und schob sich das Haar aus dem Gesicht. „Was soll das?"

„Ich muss mit dir reden."

„Worüber?"

„Es hat in der Nacht geschneit, ziemlich viel sogar."

Sie musterte sein ausdrucksloses Gesicht, dann sagte sie spitz: „Wenn du vorhast, einen Schneemann zu bauen – ich bin nicht in Stimmung."

Er zuckte mit keiner Wimper, auch wenn sie wusste, wie sehr er versucht war, ihr an die Kehle zu gehen.

„Das mit dem Schnee ist wichtig", sagte er ruhig. „Mit dem Winter schwinden unsere Chancen, gerettet zu werden."

„Das ist mir klar", erwiderte sie in dem der Situation angemessenen ernsten Ton. „Was ich nicht verstehe, ist, warum es gerade in dieser Minute so wichtig ist."

„Weil wir einige Dinge klären müssen, bevor wir einen weiteren Tag zusammen verbringen, deshalb. Wir werden ein paar grundlegende Regeln aufstellen müssen. Wenn wir hier den ganzen Winter zusammenhocken müssen – was durchaus möglich ist –, müssen wir in verschiedenen Punkten zu einer Einigung kommen."

Sie setzte sich auf, hielt sich aber die Decke unters Kinn. „Als da wären?"

„Zum Beispiel, kein Schmollen mehr." Seine Augenbrauen waren tadelnd zusammengezogen. „Ich werde dieses verwöhnte Gehabe nicht dulden."

„Oh, du duldest es also nicht?" fragte sie gespielt interessiert.

„Nein, werde ich nicht. Du bist kein Kind, also benimm dich nicht wie eins."

„Oh, aber es ist völlig in Ordnung, wenn du mich beleidigst, ja?"

Jetzt erst wandte er den Blick ab, offensichtlich bedrückt. „Ich hätte das gestern nicht sagen sollen."

„Nein, das hättest du wirklich nicht. Ich weiß nicht, welche widerlichen Vorstellungen dir in deinem schmutzigen kleinen Hirn umherschwirren, aber gib nicht mir die Schuld dafür."

„Ich war stinkwütend auf dich."

„Wieso?"

„Hauptsächlich, weil ich ... ich mag dich nicht sonderlich. Aber ich will trotzdem mit dir schlafen. Und mit 'schlafen' meine ich nicht 'Augen zu und ruhen'." Hätte er sie geohrfeigt, sie könnte nicht überraschter sein. Sie schnappte leise nach Luft, aber er ließ sie nicht zu Wort kommen. „Es ist wohl kaum noch angebracht, um den heißen Brei herumzureden, oder?"

„Nein“, stimmte sie heiser zu.

„Ich hoffe, du weißt meine Ehrlichkeit zu schätzen.“

„Ja.“

„Okay, nehmen wir also diesen Punkt. Wir fühlen uns körperlich voneinander angezogen. Um es mal ohne Schnörkel auszudrücken, wir wollen uns Erleichterung verschaffen. Es macht zwar keinen Sinn, aber es ist nun mal so.“ Rusty senkte den Blick auf ihren Schoß. Cooper wartete, bis ihm die Geduld ausging. „Also?“

„Also was?“

„Sag doch irgendwas dazu.“

„Ich stimme dir zu.“

Er stieß den Atem aus. „Na schön. Jetzt, da das klar ist, und da auch klar ist, wie unsinnig es wäre, etwas in dieser Hinsicht zu unternehmen, müssen eine Menge Dinge ausgebügelt werden, denn es wird ein verdammt langer Winter werden. Einverstanden?“

„Einverstanden.“

„Erstens, keine verbalen Schlammschlachten mehr zwischen uns.“ Der Blick aus ihren braunen Augen war mehr als frostig. Knurrend fügte er an: „Ich gebe zu, dass ich den größeren Teil davon geliefert habe. Lass uns einfach übereinkommen, dass wir den anderen nicht mehr mit Worten attackieren werden.“

„Versprochen.“

Er nickte. „Das Wetter ist unser Feind. Ein gefährlicher Feind. Er wird unsere ganze Aufmerksamkeit und Energie benötigen. Wir können uns den Luxus nicht leisten, auch noch gegeneinander zu kämpfen. Unser Überleben hängt davon ab, wie wir zusammen leben können.“

„Ich höre.“

Er machte eine Pause, um sich zu sammeln. „So wie ich das sehe, werden wir traditionelle Rollen annehmen müssen.“

„Du Tarzan, ich Jane.“

„So ungefähr. Ich besorge das Essen, du kochst es.“

„Wie dir bereits aufgefallen ist, bin ich keine besonders gute Köchin.“

„Mit der Zeit wirst du es lernen.“

„Ich werd’s zumindest versuchen.“

„Geh aber nicht sofort in Abwehrstellung, wenn ich dir einen Ratschlag gebe.“

„Dann verkneif dir die abfälligen Bemerkungen über meinen Mangel an Talent. Dafür bin ich gut in anderen Dingen.“

Sein Blick blieb auf ihren Lippen haften. „Das kann ich bestätigen.“ Nach einem langen Augenblick erhob er sich. „Ich erwarte nicht von dir, dass du mich bedienst.“

„Ich von dir auch nicht. Ich werde meinen Teil erledigen.“

„Ich helfe dir dabei, die Hütte und die Wäsche sauber zu halten.“

„Danke.“

„Ich bringe dir bei, wie du besser zielen kannst. Damit du dich nötigenfalls mit dem Gewehr verteidigen kannst, wenn ich weg bin.“

„Weg?“ wiederholte sie matt. Sie fühlte sich, als hätte er ihr gerade den Boden unter den Füßen fortgezogen. Er wollte weg!

Er zuckte nur die Schultern. „Wenn das Wild rar wird und der Fluss einfriert, werde ich länger auf der Suche nach Essen unterwegs sein."

Sie sah diesen Zeiten, in denen sie vielleicht tagelang allein in der Hütte sein würde, schon jetzt mit Grausen entgegen. Selbst ein grober, vulgärer Cooper ohne Manieren war immer noch besser als gar kein Cooper.

„Und jetzt kommt der wichtigste Punkt." Er wartete, bis er ihre ungeteilte Aufmerksamkeit hatte. „Ich bin der Boss", sagte er und tippte sich dabei auf die Brust. „Wir brauchen uns nichts vorzumachen. Wir befinden uns hier in einer Situation auf Leben und Tod. Du weißt vielleicht alles über Immobilien, kalifornischen Schick und das Leben der Reichen und Schönen, aber hier ist dieses Wissen keinen Pfifferling wert. Wenn du auf deinem Territorium bist, kannst du tun und lassen, was du willst, ich werde dir sogar noch applaudieren. Aber hier oben hörst du auf mich."

Es versetzte ihr einen Stich, dass ihr Wissen seiner Meinung nach außerhalb von Beverly Hills nicht viel wert war. „Wenn ich mich recht entsinne, habe ich deine Stellung als Machoversorger nie infrage gestellt."

„Gut, dann sieh zu, dass du es auch in Zukunft nicht tun wirst. In der Wildnis gibt es so etwas wie Gleichberechtigung der Geschlechter nicht."

Als er aufstand, fiel sein Blick auf die Decke auf ihrem Bett. „Und noch eines: Keine albernen Vorhänge mehr. Die Hütte ist zu klein und wir leben zu eng zusammen, um solche Versteckspiele zu spielen. Wir wissen, wie der andere nackt aussieht, es ist kein Geheimnis mehr. Außerdem", sein Blick glitt über sie, „wenn ich dich wirklich wollte, würde mich auch keine Decke aufhalten. Und wenn ich mit dem Gedanken spielen würde, dich zu vergewaltigen, hätte ich es schon längst getan."

Ihre Blicke hielten einander endlos gefangen, dann drehte er sich um. „Zeit zum Aufstehen. Ich habe schon Kaffee gemacht."

An diesem Morgen war der Haferbrei erheblich besser als gestern. Er klebte nicht mehr wie Sägespäne am Gaumen und war mit einer Prise Salz und Zucker abgeschmeckt. Cooper aß alles bis auf den letzten Krümel auf, sagte aber keinen Ton.

Rusty war auch nicht eingeschnappt, wie sie es vor kurzem noch gewesen wäre. Seine fehlende Kritik kam einem Kompliment gleich. Sie hatten einander versprochen, sich nicht mehr gegenseitig zu beschimpfen, aber sie hatten nicht gesagt, dass sie sich deswegen jetzt ständig mit Schmeicheleien überschütten würden.

Cooper ging nach dem Frühstück nach draußen. Als er zum Mittagessen, bestehend aus heißer Dosensuppe und Zwieback, hereinkam, brachte er ein Paar aus Ästen und Schlingpflanzen gemachte Schneeschuhe mit. Er band sie sich unter die Stiefel und stapfte damit in der Hütte umher.

„Die werden es leichter machen, den Abhang zwischen der Hütte und dem Fluss zu überwinden."

Den Nachmittag verbrachte er außerhalb der Hütte. Rusty räumte auf, aber da es nicht viel zu tun gab, war sie schon bald fertig. Damit blieb ihr nicht anderes, als auf seine Rückkehr zu warten. Bis zur Dämmerung saß sie am

Fenster, als sie endlich seine Gestalt erkannte, die wegen der Schneeschuhe mit seltsam ungelenken Schritten auf die Hütte zukam.

Sie eilte mit einer heißen Tasse Kaffee und dem Anflug eines Lächelns zur Tür, um ihn zu begrüßen, und kam sich schrecklich dumm vor, weil sie sich so freute, ihn sicher und heil wieder zurück zu wissen.

Cooper band die Schneeschuhe ab, lehnte sie auf der Veranda an die Hüttenwand und warf Rusty einen seltsamen Blick zu, nahm dann aber den Becher Kaffee an. „Danke." Durch den aufsteigenden Dampf starrte er sie an.

Als er den Becher an die Lippen hielt, fiel ihr auf, dass diese aufgesprungen waren. Auch seine Hände waren rau und gerötet, trotz der Wollhandschuhe, die er immer trug, wenn er nach draußen ging. Sie wollte eine mitfühlende Bemerkung machen, entschloss sich dann aber dagegen. Seine Rede von heute Morgen hatte jede andere Regung als gegenseitiges Tolerieren für nichtig und unnötig erklärt.

„Glück am Fluss gehabt?" fragte sie also nur.

Er deutete mit dem Kopf auf die Reuse, die den Gawrylows gehört hatte. „Sie ist voll. Die meisten von den Fischen lassen wir draußen gefrieren und bewahren sie für die Tage auf, an denen ich nicht den Abhang hinuntergehen kann. Und wir sollten Container mit Wasser füllen, für den Fall, dass die Pumpe einfriert."

Sie nickte, trug die Reuse in die Hütte und fühlte Stolz in sich aufwallen, als ihr das Aroma des Eintopfs entgegenschlug. Sie hatte gedörrtes Rindfleisch in der Vorratskammer gefunden.

Cooper aß zwei Teller von dem Eintopf, und als er dann noch sagte: „Ganz gut“, war es ein perfekter Tag für sie.

Die Tage verliefen alle nach dem gleichen Muster. Cooper übernahm seine Pflichten, Rusty ihre. Er half ihr, sie half ihm. Ihr Umgangston war so höflich, dass es schon distanziert wirkte.

Doch während sie die kurzen Tage mit Erledigungen füllen konnten, zogen sich die Abende endlos hin. Und die Nacht fiel hier früh ein. Sobald die Sonne hinter den Bäumen versank, wurden Aufgaben, die es draußen zu erledigen gab, unmöglich. Also zogen sie sich in die Hütte zurück.

Und sobald die Sonne endgültig untergegangen war, war es stockduster. Nachdem sie zu Abend gegessen und das Geschirr gespült hatten, gab es nichts mehr zu tun, mit dem sie sich hätten beschäftigen können. Nichts außer ins Feuer zu sehen, um zu vermeiden, dass sie sich gegenseitig anstarrten – was beiden erhebliche Konzentration abverlangte.

Der erste Schnee war am nächsten Morgen geschmolzen, doch in der Nacht schneite es erneut, dann auch am Tag. Wegen des Schneefalls und weil es rasch kälter geworden war, kam Cooper am Nachmittag früher zur Hütte zurück. Was den Abend noch länger machte.

Rusty folgte ihm mit dem Blick, während er in der Hütte auf und ab marschierte wie ein Tiger im Käfig. Die kleine Hütte verursachte ihr so schon Platzangst, aber sein Verhalten irritierte sie noch mehr. Als er sich wieder einmal das Kinn kratzte – was er jetzt immer häufiger tat, wie ihr aufgefallen war –, fragte sie gereizt: „Was ist denn?"

Er wirbelte herum, als sei er bereit für einen Streit und entzückt, endlich jemanden dafür gefunden zu haben. „Was meinst du?"

„Mit dir. Warum kratzt du dir ständig übers Kinn?"

„Weil es juckt."

„Juckt?"

„Der Bart. Er ist jetzt in der Phase, wo es juckt."

„Dieses Kratzen macht mich nervös."

„Tja ... das lässt sich nicht ändern."

„Warum rasierst du ihn nicht ab, wenn er juckt?"

„Weil ich keinen Rasierer habe, deshalb."

„Ich ..." Sie brach ab, als ihr klar wurde, dass sie gerade ein Geständnis hatte ablegen wollen. Und als sie seine argwöhnisch zusammengekniffenen Augen bemerkte, sagte sie hochmütig: „Ich habe einen. Ich habe ihn mitgenommen. Ich wette, jetzt bist du froh darüber."

Sie erhob sich von ihrem Stuhl beim Feuer und ging zu dem Regal, wo sie ihre Schätze aufbewahrte. Ihre Kulturtasche war für sie jetzt wertvoller als ein Sack mit Goldstücken.

Sie brachte den Einwegrasierer aus Plastik mit und reichte ihn Cooper. Und noch etwas gab sie ihm: den kleinen Stift Lippenbalsam. „Mir ist aufgefallen, dass deine Lippen aufgeplatzt sind."

Er schien etwas sagen zu wollen, tat es aber nicht. Stattdessen nahm er ihr die beiden Teile ab und öffnete den Stift. Rusty lächelte über seine ungelenken Versuche, das Balsam aufzutragen. Dann reichte er ihr den Stift wieder zurück.

„Danke.“ Er betrachtete den Rasierer von allen Seiten. „Du hast nicht auch noch zufällig Handlotion mitgeschmuggelt, oder?“

Sie hielt beide Hände in die Höhe. Sie waren ebenso rau und gerötet wie seine. „Sehen die so aus, als wären sie in letzter Zeit eingecremt worden?“

Er lächelte so selten, dass ihr das Herz schmolz, als er es jetzt tat. Dann, es schien mehr ein Reflex zu sein, griff er ihre Hand und drückte einen leichten Kuss darauf, der einen glänzenden Fleck von dem Lipgloss auf ihrer Haut hinterließ.

Plötzlich schien ihm klar geworden zu sein, was er da tat. Abrupt ließ er ihre Hand los. „Ich werde mich morgen früh rasieren.“

Rusty wollte nicht, dass er ihre Hand losließ. Um genau zu sein, sie war versucht gewesen, ihre Hand umzudrehen und über seine Lippen zu streicheln. Ihr Herz klopfte so wild, dass es ihr schwer fiel zu sprechen. „Warum nicht jetzt?“

„Hier gibt es keinen Spiegel. Bei den langen Stoppeln schneide ich mich sonst nur.“

„Ich könnte dich doch rasieren.“

Für einen langen Moment schwiegen sie beide, die erotische Spannung zwischen ihnen war spürbar. Rusty hatte keine Ahnung, woher dieses spontane Angebot gekommen war. Es war ihr so herausgerutscht, ohne vorher nachzudenken. Vielleicht, weil es Tage her war, dass sie einander berührt hatten. Ihr fehlte dieser Körperkontakt.

„Na schön.“ Coopers Einwilligung kam rau.

Jetzt, da er zugestimmt hatte, wurde sie nervös. „Warum ... warum setzt du dich nicht ans Feuer? Ich hole alles Nötige.“

„Okay.“

„Steck dir ein Handtuch in den Kragen“, sagte sie über die Schulter zu ihm, während sie am Herd heißes Wasser in eine flache Schüssel gab. Dann zog sie einen Stuhl heran, stellte die Schüssel darauf und legte den Rasierer daneben. Vom Regal holte sie ihre Seife und ein zusätzliches Handtuch.

„Ich sollte es besser erst einweichen.“ Cooper tunkte das zweite Handtuch in die Schüssel. „Autsch, verflucht“, stieß er hervor, als er es auswringen wollte.

„Es ist heiß.“

„Ach nein, wirklich?“ Er jonglierte das nasse heiße Handtuch von Hand zu Hand, um es ein wenig abzukühlen, dann legte er es sich auf die untere Hälfte seines Gesichts, nicht ohne einen kleinen Schrei auszustoßen.

Rusty wunderte sich, wie er das aushalten konnte. „Verbrennt dir das nicht die Wangen?“ Er nickte nur, ohne das Handtuch wegzunehmen. „Du tust das, um die Stoppeln weicher zu machen, nicht wahr?“ Wieder ein Nicken. „Ich werde versuchen, den Schaum schön dick zu machen.“

Sie befeuchtete Hände und Seife und drehte das Seifenstück zwischen ihren Fingern. Cooper beobachtete jede ihrer Bewegungen. Ihre Hände waren jetzt von einer dicken cremigen Schaumschicht bedeckt, die nach Geißblatt duftete und zwischen ihren Fingern hervorquoll. Ein unglaublich erotischer Anblick, warum, das wusste er selbst nicht so genau.

„Wann immer du so weit bist“, sagte sie und stellte sich hinter ihn.

So langsam, wie Cooper sich das Handtuch herunterzog, so langsam brachte Rusty ihre Hände näher an seine Wangen heran. So hinter ihm zu stehen und auf sein Gesicht zu sehen, ließ seine Züge noch markanter, noch härter aussehen. Aber irgendwie verliehen seine Wimpern seinem Gesicht gleichzeitig eine Verletzlichkeit, die Rusty den Mut gab, die schaumigen Handflächen an sein stoppeliges Kinn zu legen.

Sie spürte, wie er sich bei diesem ersten Kontakt verspannte. Sie hielt für einen Augenblick still, wartete darauf, dass er ihr sagen würde, was für eine schlechte Idee dieses Unterfangen hier war.

Denn es war eine schlechte Idee, ganz sicher.

Sie fragte sich nur, wer von ihnen beiden es zuerst zugeben und das Ganze abbrechen würde. Aber Cooper sagte nichts, und sie wollte nicht aufhören, also begann sie den Schaum mit kreisenden Bewegungen auf seinen Wangen zu verteilen.

Das leicht kratzende Gefühl an ihren Handflächen war erregend. Sie bewegte ihre Hände weiter und fand heraus, dass sich seine Wangenknochen genauso hart und wie perfekt gemeißelt anfühlten, wie sie aussahen. In der Mitte seines Kinns gab es eine kleine Kerbe. Sie strich mit einer Fingerspitze darüber, erlaubte es sich aber nicht, die Vertiefung so lange zu untersuchen, wie sie gerne gewollt hätte.

Dann strich sie Schaum über seinen Hals. Ihre Finger glitten über seinen Adamsapfel, bis hinunter zu der Stelle, wo sie seinen Puls fühlen konnte. Als sie ihre Hände wieder höher gleiten ließ, über sein Kinn, berührte sie unabsichtlich seine Unterlippe.

Sie erstarrte und schnappte nach Luft, wie sie hoffte, lautlos. „Tut mir Leid“, murmelte sie und nahm ihre Hände fort, um sie in der Schüssel abzuwaschen. Sie beugte sich vor und begutachtete ihre Arbeit. Auf seiner Unterlippe war noch etwas Seife, die sie mit einem nassen Finger abwischte.

Ein tiefer Laut entrang sich seiner Kehle. Rusty erstarrte, aber ihr Blick ging sofort zu seinen Augen. „Jetzt mach schon“, knurrte er.

Eigentlich hätte er nicht bedrohlich aussehen sollen, mit dem Gesicht so voller Schaum, aber seine Augen blitzten gefährlich. Rusty konnte das Feuer in ihnen flackern sehen und spürte die verhaltene Aggressivität, die er eisern unter Kontrolle hielt. Was sie dazu veranlasste, hinter ihn und damit aus der Gefahrenzone zu treten.

„Schneide mich bloß nicht“, warnte er, als sie den Rasierer ansetzte.

„Das werde ich nicht, solange du stillsitzt und den Mund hältst.“

„Hast du so was schon mal gemacht?“

„Nein.“

„Das hatte ich befürchtet.“

Er schwieg, als sie den Rasierer über seine Wange zog. „So weit, so gut“, sagte sie leise und wusch die Klinge in der Schüssel ab. Cooper murmelte etwas und bewegte dabei kaum die Lippen, deshalb verstand Rusty es nicht. Außerdem konzentrierte sie sich darauf, ihn zu rasieren, ohne ihn zu verletzen. Als die untere Hälfte seines Gesichts sauber war, stieß sie einen Seufzer der Erleichterung aus. „Da, sanft wie ein Babypopo."

Ein Lachen entrang sich seiner Brust. Rusty hatte ihn nie zuvor einfach nur aus guter Laune lachen gehört. Sein seltenes Lächeln war immer auch einen Hauch zynisch gewesen. „Noch hast du keinen Grund, so anzugeben, du bist noch nicht fertig. Und vergiss meinen Hals nicht. Und sei um Himmels willen vorsichtig mit der Klinge."

„Sie ist nicht besonders scharf."

„Die sind am schlimmsten."

Sie tauchte den Rasierer in das heiße Wasser, dann legte sie eine Hand an seinen Hals. „Beug deinen Kopf zurück."

Er gehorchte. Sein Kopf ruhte direkt unter ihrer Brust. Für einen Moment war Rusty unfähig, sich zu bewegen. Sein Adamsapfel hüpfte, als Cooper hart schluckte. Um ihre Gedanken von der seltsamen Stellung abzubringen, in der sie beide sich befanden, richtete Rusty ihre Aufmerksamkeit ganz auf die Aufgabe, die vor ihr lag. Was alles nur noch schlimmer machte. Sie stellte sich auf die Zehenspitzen und beugte sich über Cooper, um besser sehen zu können. Bis sie seinen Hals sauber rasiert hatte, lag sein Kopf zwischen ihren Brüsten, und sie beide waren sich dessen nur zu bewusst.

„Da." Sie trat zurück und ließ den Rasierer in die Schüssel fallen, als wäre er ein Beweisstück in einem Ekel erregenden, blutigen Mordfall.

Cooper nahm das Handtuch aus seinem Kragen und hielt es sich vors Gesicht. Für Augenblicke, die Rusty wie Stunden vorkamen, saß er einfach nur so da und rührte sich nicht.

„Und? Wie fühlt es sich an?“ fragte sie schließlich.

„Großartig. Wirklich gut.“

Damit stand er abrupt auf und warf das Handtuch auf den Stuhl. Er riss seine Jacke vom Haken an der Tür und zog sie sich unwirsch über.

„Wohin gehst du?“ fragte Rusty nervös.

„Nach draußen.“

„Wozu?“

Er warf ihr einen wilden Blick zu, der dem Schneesturm da draußen vor der Tür in nichts nachstand. „Glaub mir, du willst es gar nicht wissen.“

Coopers merkwürdiges Verhalten hielt bis zum nächsten Mittag an. Den ganzen Morgen über heulte der Schneesturm um die Hütte, sodass sie weder nach draußen noch sich aus dem Weg gehen konnten. Nachdem Rusty einige erfolglose Versuche unternommen hatte, eine Unterhaltung in Gang zu bringen, verfiel sie in das gleiche düstere Schweigen wie Cooper und ignorierte ihn, so wie er sie ignorierte.

Es war eine Erleichterung, als der Sturm endlich abflaute, kein Schnee mehr fiel und Cooper verkündete, er würde sich draußen umsehen. Rusty machte sich zwar Gedanken um seine Sicherheit, aber sie hielt ihn nicht zurück. Sie brauchten Abstand voneinander, um wieder atmen zu können.

Außerdem wollte sie etwas Privatsphäre für sich. Cooper war nicht der Einzige, den es in letzter Zeit gejuckt hatte. Der Schnitt an ihrem Schienbein ließ sie fast wahnsinnig werden. Die Haut an der Naht war zusammengewachsen und spannte schrecklich. Das Hosenbein reizte die Stelle nur noch mehr. Sie hatte beschlossen, dass es Zeit war, die Fäden zu ziehen. Sie hatte außerdem entschieden, dass sie es selbst machen würde. Sie wollte Cooper nicht darum bitten, vor allem, da ihre Beziehung so unerfreulich und er so launisch war.

Er war kaum ein paar Minuten fort, als sie sich komplett auszog, um die Gelegenheit zu nutzen und sich zu waschen. Dann setzte sie sich in eine Decke gewickelt vors Feuer. Sie legte das verletzte Bein hoch und begutachtete die Wunde. Wie schwer könnte es wohl sein, die Fäden durchzuschneiden und herauszuziehen?

Früher hätte sie wahrscheinlich allein bei der Vorstellung Gänsehaut bekommen, aber jetzt ging sie die Sache unter sehr praktischen Gesichtspunkten an. Als Erstes musste sie etwas finden, mit dem sie die Seidenfäden durchtrennen konnte. Das Messer, das Cooper ihr gegeben hatte, war zu klobig. Das Einzige, was fein und scharf genug war, war die Rasierklinge.

Es war ihr wie eine gute Idee vorgekommen, doch als sie die Klinge tatsächlich längsseits über den ersten Faden hielt, merkte sie, dass ihre Handfläche feucht wurde. Rusty atmete tief durch, um sich zu beruhigen, dann setzte sie die Klinge an.

Die Tür flog auf, Cooper stapfte herein, mitsamt Schneeschuhen. Um seinen Kopf hatte er ein Fell als

Schutz geschlungen, und auch sonst hatte er sich dick eingemummelt. Rusty stieß einen erschreckten Schrei aus.

Aber ihr Erstaunen war nichts im Vergleich mit dem, was er empfand. Sie wirkte ebenfalls wie eine übernatürliche Erscheinung, allerdings auf eine ganz andere Weise. Wie sie vor dem Feuer saß, den Schein der Flammen auf ihrem Haar, ein Bein hoch gelegt, was den Blick auf einen makellosen Oberschenkel freigab. Die Decke war ihr von der Schulter gerutscht, eine Brust war fast völlig entblößt. Coopers Blick wurde davon magisch angezogen, kalte Luft strömte durch die offene Tür, brachte die Brustspitze dazu, sich aufzurichten.

„Was, zum Teufel, sitzt du da so rum?“

„Ich dachte, du würdest länger wegbleiben.“

„Hier hätte jeder reinkommen können“, donnerte er los.

„Und wer, zum Beispiel?“

„Nun ...“ Zur Hölle, ihm fiel nicht ein Mensch ein, der hier so hereingeplatzt wäre wie er gerade. Wer würde schon vermuten, in einer primitiven Holzhütte in der kanadischen Wildnis einen solch atemberaubenden Anblick vorzufinden? Er spürte, wie sich der Stoff seiner Hose sofort über seinen Lenden spannte. Entweder hatte sie wirklich keine Ahnung, welche Wirkung sie auf ihn ausübte, oder sie wusste es und hatte vor, ihn langsam und qualvoll in den Wahnsinn zu treiben. Wie auch immer, das Resultat blieb das gleiche.

Frustriert riss er sich das Fell vom Kopf und schüttelte den Schnee aus. Die Handschuhe flogen durch den Raum.

Er beugte sich vor und band die Schneeschuhe ab. „Zurück zu meiner Frage. Was machst du da?"

„Ich ziehe die Fäden."

Die Jacke wurde durch die Luft geworfen und fiel gezielt auf den Haken an der Tür. „Wie bitte?"

Seine ganze Ausstrahlung – dieses besserwisserische, arrogante, herablassende Gehabe – ging ihr entsetzlich gegen den Strich. Ganz zu schweigen von seinem herrischen Ton. Sie sah ihm herausfordernd in die Augen. „Es juckt. Die Wunde ist verheilt. Es wird Zeit, die Fäden herauszuholen."

„Und dazu benutzt du eine Rasierklinge?"

„Hast du einen besseren Vorschlag?"

Mit drei großen Schritten war er bei ihr und zog das Jagdmesser aus dem Schaft. Als er sich vor ihr auf die Knie niederließ, zog sie hastig ihr Bein zurück und wickelte die Decke fest um sich. „Das Ding kannst du unmöglich benutzen!"

Er warf ihr nur einen vernichtenden Blick zu, schraubte dann den Messergriff ab und schüttelte einige Gerätschaften aus dem Heft, darunter auch eine kleine Schere.

Anstatt froh zu sein, wurde Rusty wütend. „Wenn du das Zeug schon die ganze Zeit bei dir hast, warum hast du meine Fingernägel dann mit dem Jagdmesser geschnitten?"

„Weil ich Lust dazu hatte. Und jetzt lass mich an dein Bein." Er streckte die Hand aus.

„Das mache ich selbst."

„Gib mir dein Bein", wiederholte er langsam und betonte jede Silbe. „Wenn du es nicht tust, greife ich unter diese Decke und hole es mir selbst.“ Seine Stimme wurde um einen verführerischen Ton tiefer. „Keine Ahnung, was mir darunter so alles begegnen könnte, bis ich dein Bein gefunden habe.“

Rebellisch streckte sie das Bein unter der Decke hervor. „Danke“, meinte er sarkastisch.

Dieser Fuß sah so klein und zart und hell in seiner Hand aus. Rusty genoss das Gefühl, aber sie kämpfte dagegen an. Die Schlacht in ihrem Innern wurde heftiger, als er ihre Ferse zwischen seine Schenkel klemmte. Sie schnappte unwillkürlich nach Luft, als sie die harte Schwellung an ihrem Ballen spürte.

Er blickte sie zynisch an. „Was ist denn?“

Er forderte sie heraus, etwas zu sagen, aber eher würde sie sterben, bevor sie zugab, es bemerkt zu haben. „Nichts, deine Hände sind kalt“, erwiderte sie gelassen.

Das Auffunkeln in seinen Augen sagte ihr deutlich, dass er genau wusste, dass sie gelogen hatte. Grinsend beugte er sich über ihre Wunde. Das Schneiden der Fäden stellte überhaupt kein Problem dar, für beide nicht. Rusty hätte es genauso gut selbst übernehmen können. Aber als Cooper dann mit einer Pinzette das Ende des ersten Fadens fasste, wurde ihr klar, dass ihr das Schlimmste noch bevorstand.

„Es tut nicht weh, ziept aber ein bisschen“, warnte er sie. Mit einem schnellen Ruck zog er den ersten Faden. Aus reinem Reflex presste Rusty den Fuß in seinen Schoß.

„Herrgott“, stöhnte Cooper. „Lass das.“

O ja, sie würde es lassen. Ganz bestimmt. Von jetzt an würde sie ihren Fuß still und steif wie ein Brett halten, selbst wenn Cooper die Fäden mit den Zähnen ziehen müsste.

Als schließlich auch der letzte Faden entfernt war, standen Rusty Tränen der Anspannung in den Augen. Er war so sanft wie möglich vorgegangen, und Rusty war dankbar dafür, aber es war trotzdem nicht sehr angenehm gewesen. Sie legte ihm eine Hand auf die Schulter. „Danke, Cooper."

Er schüttelte ihre Hand ab. „Zieh dich an. Und beeil dich mit dem Kochen", befahl er mit der Liebenswürdigkeit eines Höhlenmenschen. „Ich komme um vor Hunger."

Bald danach begann er mit dem Trinken.

## 9. KAPITEL

Er hatte die Krüge mit Whisky im Vorrat der Gawrylows entdeckt, als sie die Hütte sauber gemacht hatten, und Cooper hatte erfreut mit der Zunge geschnalzt. Das war allerdings, bevor er probiert hatte. Er hatte einen kräftigen Schluck genommen und gar nicht erst lange im Mund behalten – das Zeug hatte schlimm genug gerochen, als dass man es auch noch schmecken müsste. Es war Fusel der schlimmsten Art, Feuerwasser, Rachenputzer, und brannte im Magen wie die Hölle.

Rusty hatte über seine verzerrte Grimasse gelacht. Er fand das gar nicht amüsant. Nachdem seine Stimmbänder wieder funktionierten, hatte er sie deutlich darüber in Kenntnis gesetzt, dass es nicht lustig war, wenn seine Speiseröhre Verbrennungen dritten Grades erlitt.

Bis jetzt hatte er das Zeug nicht angerührt. Und jetzt war nichts lustig daran, dass er es trank.

Nachdem er Feuerholz nachgelegt hatte, entkorkte er einen Krug des stinkenden Zeugs. Rusty sah überrascht auf, sagte aber nichts, als er den ersten vorsichtigen Schluck nahm. Dann noch einen. Zuerst glaubte sie, er würde trinken, um sich aufzuwärmen. Sein Ausflug nach draußen war zwar kurz gewesen. Aber sicher war ihm die Kälte bis ins Mark gedrungen.

Diese Begründung behielt allerdings nicht lange Gültigkeit. Cooper hörte nicht nach den ersten beiden Schlucken auf. Er trug den Krug mit zum Stuhl beim Feuer und musste schon einige Drinks intus haben, bevor Rusty ihn zu Tisch bat. Zu ihrer Verwunderung brachte er den Krug auch hierher mit und goss sich nicht wenig davon in seinen Kaffeebecher. Zwischen Bissen von dem Kaninchen, das sie serviert hatte, trank er immer wieder einen Schluck.

Sie zog in Erwägung, ihn zu ermahnen, nicht zu viel zu trinken, aber sie wagte es nicht, überhaupt etwas zu sagen. Die Regelmäßigkeit, mit der er immer wieder an dem Becher nippte, bereitete ihr Unbehagen.

Was, wenn er bewusstlos wurde? Dann würde er seinen Rausch eben auf dem Boden ausschlafen müssen, denn hochheben konnte sie ihn nicht. Sie erinnerte sich nur zu gut daran, welche Anstrengung es sie gekostet hatte, ihn aus dem Flugzeugwrack zu schleifen. Die Kraft hatte ihr nur das Adrenalin verliehen. Was, wenn er im betrunkenen Zustand nach draußen torkelte und verloren ging?

Unzählige schreckliche Bilder drängten sich ihr auf. Schließlich sagte sie: „Ich hätte nicht geglaubt, dass du das Zeug trinken würdest."

Ihre Bemerkung verstand er nicht als Sorge, sondern als Vorwurf. „Was denn, du hältst mich nicht für Manns genug?"

„Wie?" fragte sie verdutzt. „Nein. Ich meine, ja, ich halte dich für Manns genug. Aber ich dachte, dir schmeckt es nicht."

„Ich trinke das hier nicht, weil es mir schmeckt, sondern weil nichts anderes da ist."

Es juckte ihn in den Fingern, einen anständigen Streit vom Zaun zu brechen. Rusty konnte es an seinen blitzenden Augen sehen, es an seinem provozierenden Ton hören. Aber sie war zu clever, um auch noch eine rote Fahne vor Coopers Augen zu schwenken, wenn seine ganze Miene ein einziges Warnzeichen war.

In dieser Stimmung ließ man ihn am besten allein und provozierte ihn nicht noch, auch wenn es sie Mühe kostete, sich auf die Zunge zu beißen. Es reizte sie ungemein, ihm zu sagen, wie dumm sie es fand, etwas zu trinken, das man nicht mochte, nur um betrunken zu werden.

Denn das war es wohl, was er im Sinn hatte. Als er vom Tisch aufstand, hätte er fast den Stuhl umgestoßen. Nur seiner guten Reaktionsfähigkeit war es zu verdanken, dass der Stuhl nicht zu Boden polterte. Cooper ging zum Kamin zurück und stierte vor sich hin, während Rusty den Tisch abräumte und spülte.

Als sie damit fertig war, wischte sie den Boden. Es war nicht wirklich nötig, aber sie brauchte etwas, um sich zu beschäftigen. So unglaublich es auch scheinen mochte, aber sie war auf eine gewisse Weise stolz darauf, wie sauber sie die kleine Hütte hielt.

Irgendwann gingen ihr die Aufgaben aus. So stand sie unsicher in der Mitte des Raumes und versuchte zu entscheiden, was sie als Nächstes mit sich anfangen sollte. Cooper saß vornübergebeugt auf dem Stuhl, starrte düster in die Flammen und nahm regelmäßig einen Schluck aus der Whiskytasse. Das Vernünftigste wäre, sie könnte sich zurückziehen, aber die Hütte bestand ja nur aus dem einen Raum. Ein Spaziergang stand außer Frage. Sie war zwar nicht müde, aber das Bett war die beste Lösung.

„Ich ... äh ... ich denke, ich gehe zu Bett, Cooper. Gute Nacht."

„Setz dich."

Schon halbwegs beim Bett angekommen, hielt sie inne. Es lag nicht daran, was er gesagt hatte, sondern wie er es gesagt hatte. Ein lauter Befehl hätte ihr besser gefallen als diese leise Bitte.

Mit fragender Miene drehte sie sich zu ihm um.

„Setz dich", wiederholte er.

„Ich wollte ..."

„Setz dich."

Seine Überheblichkeit reizte sie zu einer aufsässigen Bemerkung, aber sie verkniff sie sich. Sie war sicher kein Fußabtreter, aber nur ein begriffsstutziger Idiot würde Cooper in dieser Stimmung auch noch herausfordern. Mit blasierter Miene ließ sie sich auf den zweiten Stuhl fallen. „Du bist betrunken."

„Stimmt."

„Schön. Mach dich ruhig zum Narren, benimm dich so albern, wie du willst. Aber es ist peinlich, dir dabei zusehen zu müssen. Wenn du also nichts dagegen hast, würde ich lieber zu Bett gehen."

„Ich habe aber etwas dagegen. Bleib, wo du bist. Geh noch nicht ins Bett."

„Wie? Was soll das? Was willst du denn von mir?"

Er trank wieder und sah sie über den Rand des Bechers an. „Während ich mich voll laufen lasse", lallte er, „will ich dich ansehen und mir vorstellen, wie du ...", noch ein Schluck, gefolgt von einem unappetitlich lauten Rülpser, „... nackt aussiehst."

Rusty schnellte wie eine losgelassene Feder aus ihrem Stuhl hoch. Allerdings schien Coopers Reaktionsfähigkeit durch seine Trunkenheit nicht beeinträchtigt worden zu sein. Sein Arm schoss vor. Seine Finger griffen in ihren Pullover und zogen Rusty unsanft zurück auf den Stuhl.

„Ich sagte dir doch, du sollst dich nicht vom Fleck rühren."

„Lass mich los". Rusty drehte ihren Arm, bis er wieder frei war. Sie war jetzt genauso wachsam wie sie verärgert war. Das hier ging zu weit, das war nicht nur einfach das alberne Benehmen eines Betrunkenen. Sie versuchte sich zu überzeugen, dass Cooper ihr nie etwas tun würde, aber ... wirklich wissen konnte sie es nicht, oder? „Lass mich in Ruhe", sagte sie tapfer.

„Ich habe nicht vor, dich zu berühren."

„Was dann?"

„Nenne es eine Art ... masochistische Selbstbefriedigung." Er senkte vielsagend den Blick. „Ich bin sicher, dir wird noch ein richtiger Ausdruck dafür einfallen."

Rusty wurde heiß vor Scham. „Mir fallen gleich mehrere Ausdrücke für dich ein, Cooper."

Er lachte. „Spar dir das, ich habe sie alle schon gehört. Anstatt dir Schimpfwörter für mich auszudenken, lass uns lieber von dir reden. Von deinem Haar, zum Beispiel."

Sie verschränkte die Arme vor der Brust und blickte angelegentlich zur Decke auf. Die Verkörperung der Langeweile.

Cooper nahm einen weiteren Schluck. „Weißt du, was ich dachte, als ich dein Haar zum ersten Mal sah?" Ihre mangelnde Gesprächsbereitschaft schien ihn nicht zu stören. Er beugte sich vor und flüsterte: „Ich stellte mir vor, wie toll es sich auf meinem Bauch anfühlen würde."

Entsetzt sah Rusty ihn an. Sein Blick war glasig, und das nicht allein vom Alkohol. Die Pupillen stachen dunkel und feurig aus den Augen hervor. Jetzt lallte er auch nicht mehr. Er machte es ihr unmöglich, ihn falsch zu verstehen – selbst so zu tun, als würde sie ihn missverstehen.

„Als du da im Sonnenschein auf der Startbahn standest ... Du sprachst mit einem Mann. Deinem Vater. Aber damals wusste ich noch nicht, dass er dein Vater ist. Ich habe zugesehen, wie du ihn geküsst hast, ihn umarmt hast, und ich habe bei mir gedacht: 'Dieser glückliche Mistkerl weiß, wie es sich anfühlt, im Bett mit deinem Haar spielen zu können.'"

„Lass es, Cooper." Rusty saß kerzengerade aufgerichtet auf ihrem Stuhl, die Fäuste an den Seiten geballt, bereit, jederzeit hochzufahren wie eine Rakete.

„Als du dann in das Flugzeug einstiegst, wollte ich die Hand ausstrecken und dein Haar berühren. Wollte meine Finger darin vergraben, deinen Kopf daran hinunter zwischen meine Schenkel ziehen."

„Hör auf damit!"

Er brach ab und trank einen Schluck Whisky. Falls es überhaupt möglich war, wurde sein Blick noch dunkler, düsterer. „Dir gefällt doch, was du hörst."

„Nein."

„Dir gefällt der Gedanke, dass du eine solche Macht über Männer hast."

„Du irrst dich. Du liegst völlig falsch. Ich habe mich sehr unwohl als einzige Frau in dieser Maschine gefühlt."

Cooper murmelte etwas Obszönes und trank noch mehr. „So wie heute?“

„Heute? Wann?“

Er stellte den Becher zur Seite, ohne einen einzigen Tropfen zu verschütten. Er war boshaft und gehässig, wenn er betrunken war, aber nicht nachlässig. Er lehnte sich vor, bis sein Gesicht dem ihren ganz nahe war. „Als ich hereinkam und dich nackt in eine Decke gehüllt vorfand.“

„Das war keine Absicht, sondern ein Fehler in meiner Einschätzung. Ich ahnte ja nicht, dass du so schnell zurück sein würdest. Normalerweise bist du für Stunden unterwegs. Deshalb beschloss ich, mich zu waschen, während du weg warst.“

„Ich wusste sofort, dass du dich gewaschen hast, in dem Augenblick, als ich hereinkam“, sagte er mit tiefer, heiserer Stimme. „Ich konnte die Seife auf deiner Haut riechen.“ Sein Blick glitt über sie, so als sähe er ihre nackte Haut statt des dicken Wollpullovers, den sie trug. „Du hast mir sogar einen Blick auf deine Brust gewährt, nicht wahr?“

„Nein!“

„Gib’s ruhig zu.“

„Das habe ich nicht. Sobald mir klar wurde, dass die Decke heruntergerutscht war, habe ich ...“

„Zu spät. Ich habe es gesehen. Die Spitze. Rosig. Hart.“

Rusty atmete schwer und unregelmäßig. Dieses bizarre Gespräch übte eine seltsame Wirkung auf sie aus. „Wir hatten vereinbart, keine verbalen Angriffe mehr.“

„Aber ich greife doch gar nicht an. Mich selbst höchstens, aber nicht dich.“

„Doch, das tust du, Cooper. Hör endlich auf damit. Du weißt ja nicht ...“

„Was ich sage? O doch, das weiß ich. Sehr genau sogar.“ Er blickte ihr durchdringend in die Augen. „Ich könnte diese Spitze eine Woche lang küssen und dessen nicht überdrüssig werden.“

Seine raue Stimme machte die Worte fast unverständlich, aber Rusty hörte sie trotzdem deutlich. Sie lähmten sie, ließen sie schwindeln. Rusty schloss die Augen, um die unglaublichen Bilder, die seine Worte erzeugten, zu vertreiben.

Seine Zunge, die über ihre Haut glitt, sanft und feucht, zärtlich und ungestüm, rau und erregend.

Schockiert öffnete sie die Augen wieder und starrte ihn vorwurfsvoll an. „Wage es nie wieder, so mit mir zu reden.“

„Warum nicht?“

„Ich mag das nicht.“

Er bedachte sie mit einem skeptischen Lächeln. „Du magst es nicht, wenn ich dir sage, dass ich dich überall berühren will? Dass ich Fantasien habe, wie du deine Schenkel für mich spreizt? Dass ich nachts in diesem verdammten Bett liege und deinem Atem lausche und mir nichts anderes wünsche, als tief in dir zu sein, so tief, dass du ...“

„Hör auf!“ Rusty sprang auf und schob sich an ihm vorbei. Sie wollte raus aus dieser Hütte, weg von ihm. Die bittere Kälte draußen wäre leichter zu ertragen als seine Hitze.

Cooper war zu schnell für sie. Sie kam nicht einmal bis zur Tür. Bevor sie zwei Schritte gemacht hatte, fand sie sich in seinen Armen wieder, aus denen sie nicht entfliehen konnte. Er drückte sie nach hinten und beugte sich über sie, sein Atem strich heiß über ihr angstverzerrtes Gesicht.

„Wenn es mein Schicksal war, an diesem gottverlassenen Flecken zu enden, warum dann mit einer Frau, die so aussieht wie du?“ Er schüttelte sie leicht, als würde er dadurch eine logische Erklärung auf seine Frage erhalten. „Warum musst du so verdammt schön sein? So sexy? Mit einem Mund, der zum Küssen bestimmt ist.“

Rusty versuchte sich zu befreien. „Ich will das nicht. Lass mich los.“

„Warum kann ich nicht mit jemand anders hier eingesperrt sein, der nett, aber hässlich ist? Jemand, mit dem man ins Bett gehen kann, ohne es sein Leben lang bereuen zu müssen. Jemand, der dankbar für die Aufmerksamkeit ist. Nicht mit einer leichtfertigen kleinen Schlampe, die es auf perverse Art befriedigt, wenn sie sieht, wie die Männer ihr hinterherhecheln. Kein Luxusweib. Nicht du!“

„Cooper, ich warne dich.“ Mit zusammengebissenen Zähnen wehrte sie sich gegen ihn.

„Jemand, der sehr viel weniger attraktiv ist, aber dafür nützlich. Eine Frau, die kochen kann.“ Er grinste verächtlich. „Ich wette, du kochst ganz gut. Im Bett. Da kochst du. Ich wette, da servierst du richtige Köstlichkeiten.“ Hart packte er mit beiden Händen ihr Hinterteil und zog ihre Hüften an seine Lenden. „Erregt es dich nicht zu wissen, dass du das mit mir machst?“

Ein Schauer lief ihr über den Rücken, aber nicht die Art, die er meinte. Den harten Beweis seiner Erregung zu spüren raubte ihr den Atem. Sie klammerte sich Halt suchend an seine Schultern. Ihre Blicke trafen aufeinander, hielten einander sekundenlang fest.

Dann schob Rusty ihn mit aller Kraft von sich. Sie verachtete ihn dafür, dass er ihr das angetan hatte. Aber sie schämte sich auch für ihre eigene, unwillkommene Reaktion auf das, was er gesagt hatte. Es hatte einen Moment gegeben, wenn auch nur kurz, da sie unentschlossen gewesen war.

„Bleib mir vom Leib", sagte sie mit bebender Stimme. „Ich meine es ernst. Sonst werde ich dieses Messer, das du mir gegeben hast, auf dich richten. Hast du mich gehört? Fass mich nie wieder an." Sie ging an ihm vorbei und warf sich auf ihr Bett, kühlte die erhitzten Wangen an dem kalten, rauen Laken.

Cooper blieb in der Mitte des Raumes stehen. Mit beiden Händen fuhr er sich durchs Haar, zog die lange Mähne hart zurück. Dann ließ er sich auf den Stuhl vor dem Kamin fallen und nahm Krug und Blechtasse hoch.

Als Rusty es endlich wagte, zu ihm hinzuschauen, saß er zusammengesunken da und trank weiter Whisky.

Am folgenden Morgen erwachte sie mit Panik, als sie sah, dass sein Bett unbenutzt war. War er in der Nacht nach draußen gegangen? War ihm vielleicht irgendetwas Schreckliches zugestoßen? Sie warf die Decken zurück – sie konnte sich nicht daran erinnern, sich gestern zugedeckt zu haben –, rannte durch die Hütte und riss die Tür auf.

Mit einem Seufzer der Erleichterung sank sie gegen den Rahmen, als sie Cooper erblickte. Er hackte Holz. Der Himmel war klar, die Sonne schien, die Eiszapfen am Dach tropften unablässig. Es war relativ mild, Cooper trug keine Jacke.

Das Hemd hing ihm aus der Hose, und als er sich aufrichtete, erkannte sie, dass er es noch nicht einmal zugeknöpft hatte.

Er sah sie kurz an, sagte aber nichts und warf nur die frisch gehackten Holzscheite auf den wachsenden Stapel an der Veranda. Er war grün im Gesicht, und unter den rot angelaufenen Augen lagen dunkle Ringe.

Rusty ging wieder hinein, ließ aber die Tür offen, damit frische Luft in die Hütte kam. Es war immer noch kalt, aber der Sonnenschein hatte eine belebende und reinigende Wirkung. Er vertrieb die Feindseligkeit aus den dunklen Ecken der Hütte.

Eilig wusch Rusty sich Hände und Gesicht und kämmte sich das Haar. Inzwischen hatte sie gelernt, Feuer zu machen. Es dauerte nur wenige Minuten, und der Herd war heiß genug, um Kaffeewasser zu kochen.

Zur Abwechslung öffnete sie eine Konservendose mit Schinken und briet Scheiben davon in der Pfanne. Der Duft von brutzelndem Fleisch ließ ihr das Wasser im Mund zusammenlaufen, sie hoffte, dass es Cooper ebenso erging. Dazu kochte sie Reis. Sie hätte ihre Tugend für einen Stich Butter geopfert. Glücklicherweise bot sich hier erst gar nicht die Möglichkeit für einen solchen Tausch, also ließ sie den Bratensud des Schinkens darüber tropfen.

Spendabel öffnete sie auch noch eine Dose mit Pfirsichen, schüttete sie in eine Schüssel und stellte diese dann in die Mitte des Tisches. Von draußen war nichts mehr zu hören, daher nahm sie an, dass Cooper bald hereinkommen würde.

Sie hatte Recht. Augenblicke später trat er mit schleppendem Gang in die Hütte. Während er sich am Spülstein die Hände wusch, nahm Rusty zwei Aspirin aus dem Röhrchen im Erste-Hilfe-Kasten und legte sie auf seinen Teller.

Er starrte wortlos auf die beiden Tabletten herunter, dann nahm er sie mit dem Glas Wasser ein, das Rusty neben seinen Teller gestellt hatte. „Danke." Umständlich ließ er sich auf dem Stuhl nieder.

„Keine Ursache." Rusty hielt es für vernünftiger, sich das Lachen zu verkneifen. Die langsamen Bewegungen, wie er sich vorsichtig setzte, zeigten deutlich, wie riesig sein Kater sein musste. So schüttete sie ihm von dem heißen, starken Kaffee ein und reichte ihm die Tasse. Seine Hand zitterte, als er danach griff. Dieses Holzhacken musste wohl eine selbst auferlegte Strafe für sein einsames Saufgelage gewesen sein. Sie war nur froh, dass er sich nicht die Zehen abgehackt hatte. Oder Schlimmeres. „Wie fühlst du dich?"

Ohne den Kopf zu bewegen, sah er zu ihr hin. „Mir tun sogar die Wimpern weh."

Sie hielt das Grinsen zurück. Sie hielt sich auch davon zurück, über den Tisch zu greifen und ihm das verschwitzte Haar aus der Stirn zu streichen. „Meinst du, du kannst was essen?"

„Ich werde es versuchen. Ich meine, ich sollte es können. Ich bin seit Stunden da draußen. Wenn meine Magenwände noch existieren, müsste es gehen."

Er saß mit hängenden Schultern da, die Hände zu beiden Seiten des Tellers, während Rusty das Essen auftischte. Sie schnitt sogar seinen Schinken in kleine Stücke. Mit einem tiefen Atemzug nahm er die Gabel zur Hand und schob sich vorsichtig den ersten Bissen in den Mund. Als er sicher sein konnte, dass der auch in seinem Magen blieb, nahm er den nächsten, dann noch einen, und schließlich aß er normal weiter.

„Das ist gut", sagte er nach mehreren Minuten Schweigen.

„Danke. Besser als Haferbrei und mal eine Abwechslung."

„Ja."

„Mir ist aufgefallen, dass das Wetter viel milder geworden ist." Was ihr eigentlich viel dringlicher aufgefallen war, war, wie die Schweißperlen auf seiner Brust glänzten. Cooper hatte sein Hemd zugeknöpft, bevor er sich an den Tisch gesetzt hatte, aber die oberen Köpfe offen gelassen, sodass sie einen Blick auf die beeindruckende Brust erhaschen konnte.

„Vielleicht haben wir Glück, und es bleibt für ein paar Tage so, bevor der nächste Schneesturm kommt."

„Das wäre gut."

„Ich könnte noch eine ganze Menge getan kriegen, wenn es so bleibt."

Noch nie hatten sie eine so höfliche, banale Unterhaltung geführt. Dieser Small Talk war schlimmer als jeder

Streit, also verfielen sie beide lieber in Schweigen. Ein so intensives Schweigen, dass sie die Tropfen von den Eiszapfen fallen hören konnten. So beendeten sie ihr Mahl und tranken ihre zweite Tasse Kaffee.

Als Rusty aufstand, um den Tisch abzuräumen, sagte Cooper: „Ich glaube, die Aspirin haben geholfen. Die Kopfschmerzen sind fast weg."

„Das freut mich."

Er räusperte sich laut und fingerte mit Messer und Gabel, die auf seinem leeren Teller lagen. „Sieh mal, wegen gestern Abend ... ich ... äh ... es gibt keine Entschuldigung dafür."

Sie lächelte ihn verständnisvoll an. „Wenn ich den Geschmack dieses Fusels ertragen könnte, hätte ich mich wahrscheinlich auch betrunken. Seit dem Absturz hat es mehrere Momente gegeben, da wäre ich gern auf diese Art vor der Realität geflohen. Dafür musst du dich nicht entschuldigen."

Sie wollte seinen Teller nehmen, doch er hielt ihre Hand fest. Eine Geste, die zum ersten Mal, seit sie ihn kannte, Unsicherheit ausdrückte. „Ich möchte mich für die Dinge entschuldigen, die ich zu dir gesagt habe."

Sie starrte auf seinen Kopf. Ein eigensinniger Wirbel kringelte sich dort in seinem Haar, wie bei einem kleinen Jungen. „Meintest du das ernst, was du gesagt hast, Cooper?" fragte sie leise.

Sie wusste, was sie tat. Sie lud ihn dazu ein, mit ihr zu schlafen. Sie wollte es. Es hatte keinen Zweck mehr, sich länger etwas vorzumachen. Er reizte und erregte sie, wie es nie zuvor ein anderer Mann getan hatte. Und offensichtlich beruhte das auf Gegenseitigkeit.

Sie würden noch den Verstand verlieren, wenn sie dieses körperliche Verlangen nicht endlich stillten. Sie würden vielleicht den Winter überstehen, aber im Frühjahr wären sie beide verrückt. Dieses leidenschaftliche Sehnen, so unvernünftig es auch sein mochte, ließ sich nicht länger unterdrücken.

Unter normalen Umständen wäre eine Beziehung zwischen ihnen völlig undenkbar. Aber das hier waren keine normalen Umstände. Es war unangebracht, Lebenseinstellungen und politische oder philosophische Ansichten zu vergleichen. Es war völlig unwichtig, ob sie sie teilten oder nicht. Was wichtig war – sehr wichtig sogar –, war das grundlegende menschliche Bedürfniss nach Kontakt mit dem anderen Geschlecht.

Cooper hob den Kopf, unendlich langsam. „Was sagtest du?"

„Ich fragte, ob du es ernst gemeint hast – die Dinge, die du gesagt hast."

Er blinzelte nicht einmal. „Ja, die meinte ich ernst."

Da er ein Mann der Taten, nicht der Worte war, legte er die Hand an ihren Nacken und zog ihren Kopf zu sich herunter, um sie zu küssen. Er gab einen Laut wie ein wildes Tier von sich, das sich über die Beute hermachte, als er ihre Lippen auseinander zwang und seine Zunge in ihren Mund gleiten ließ. Rusty hieß sie willkommen.

Cooper stand schwankend auf. Dieses Mal fiel der Stuhl nach hinten und landete klappernd auf dem Boden. Keiner von ihnen beiden hörte es. Er schlang die Arme um ihre Hüften, sie ihre um seinen Hals. Er zog sie eng an sich heran.

„Gott.“ Er löste seinen Mund von ihren Lippen und küsste sie auf den Hals. Mit den Fingern einer Hand wühlte er in ihrem Haar, es wurde wirr und unordentlich, genau so, wie er es beabsichtigt hatte. Er zog ihren Kopf zurück und starrte in ihr Gesicht. Seine Miene war hart vor Verlangen.

Sie erwiderte seinen Blick ohne jedes Zögern. „Küss mich nochmal, Cooper.“

Sein Mund nahm heiß und gierig von ihrem Besitz. Während er sie küsste, glitt seine Hand an den Reißverschluss ihrer Hose, zog ihn herab, öffnete den Knopf. Als er die Hand in ihren Slip schob, schnappte Rusty nach Luft. Sie hatte mit einem sinnlichen Herantasten gerechnet, mit langsamer Annäherung.

Aber sie bereute nicht, dass es kein ausgiebiges Vorspiel gab. Seine Kühnheit, seine Ungeduld waren ein überwältigendes Aphrodisiakum, das Explosionen der Lust tief in ihr auslöste.

Er murmelte vor sich hin, erotische Worte, Beschreibungen, die erregten, während er mit seinem Reißverschluss kämpfte, bis seine Männlichkeit, hart und heiß, den Weg zwischen ihre Schenkel fand.

„Endlich fühle ich dein Haar an mir“, keuchte er ihr ins Ohr. „Es ist so weich.“

Rusty fühlte sich schwach vor Leidenschaft. Sie lehnte sich gegen den Tisch und legte ihre Hände an Coopers Hüften. „Bitte, Cooper, jetzt.“

Mit einer einzigen, machtvollen Bewegung drang er in sie ein. Sie schnappte unwillkürlich nach Luft, als die Lust sie scharf durchzuckte. Cooper hielt den Atem an. Sie klammerten sich aneinander wie Überlebende nach einer Katastrophe – was sie ja waren –, als würde ihre Existenz davon abhängen, dass sie einander nie wieder losließen. Als wäre dieses Einssein unerlässlich für ihr Überleben.

Es war unmöglich zu bestimmen, wer sich zuerst bewegte. Vielleicht geschah es gleichzeitig.

Cooper tauchte noch tiefer in sie ein. Seine Hüften rieben sich an ihren, mit jedem Stoß schien er weiter vordringen zu wollen, bis in die Tiefen ihrer Seele.

Rusty schrie auf vor Lust und warf den Kopf zurück. Cooper fiel über ihren Mund her, ihren Hals, ihre Brust, obwohl Rusty immer noch ihren Pullover trug.

Doch ein zärtliches Liebesspiel war nicht nötig, nichts hätte dieses Feuer noch anheizen können. Coopers Körper brannte lichterloh, wurde mit jedem Stoß heißer.

Und dann hatte er keine Wahl mehr.

„Du bist eine wunderschöne Frau."

Rusty sah zu ihrem Liebhaber auf. Einen Arm hinter den Kopf gelegt, die andere Hand an Coopers Schulter, war ihre Pose sehr herausfordernd. So wollte sie es auch. Es machte ihr nichts aus, dass ihre Brüste bloß und einladend dalagen. Sie wollte sie ihm darbieten, zu seinem Vergnügen. Es gefiel ihr, wie seine Augen dunkler wurden, jedes Mal, wenn er die harten Spitzen betrachtete.

Vielleicht hatte er ja von Anfang Recht gehabt. Sie hatte einen erstaunlichen Mangel an Zurückhaltung gezeigt, seit sie ihn getroffen hatte. Vielleicht hatte sie sich ja wirklich absichtlich verführerisch gegeben, weil sie ihn von Anfang an gewollt hatte. Dies hier gewollt hatte – dieses entspannte Zusammensein nach dem Liebesakt, der sie so sehr befriedigt hatte.

„Du hältst mich also für schön?“ fragte sie durchtrieben, fuhr mit einem Finger über seine Brust und lächelte wie die Katze, die den Sahnetopf ausgeleckt hat.

„Das weißt du doch.“

„Deswegen musst du aber doch nicht so wütend klingen.“

„Bin ich aber.“ Er streichelte über ihren Bauch bis zu ihrem Nabel. „Ich wollte deinem Charme nicht verfallen. Ich habe den Kampf gegen meine eigene Lust verloren.“

„Ich bin froh darum.“ Sie hob den Kopf und küsste ihn leicht auf den Mund.

Er kitzelte ihren Nabel. „Ich auch. Im Moment.“

Rusty wollte nichts von einer zeitlichen Begrenzung hören. „Wieso nur für den Moment?“

Sie hatten nicht lange gebraucht, um sich auszuziehen und die Felle vor das Kaminfeuer zu legen. Nackt auf dem Fell ausgestreckt, mit wirren roten Locken, die Lippen rot und feucht von den hungrigen Küssen, die Augen erfüllt von vollkommener Befriedigung, sah Rusty aus wie der Preis, den ein Vandale bei seinem Eroberungszug erbeutet hatte. Cooper hatte nie viel von Poesie gehalten, schon gar nicht direkt nach dem Sex. Bei dem Gedanken musste er lächeln.

Er betrachtete ihren verführerischen Körper. „Ach, nicht wichtig.“

„Sag’s mir.“

„Es hat mit dir und mir zu tun und wer wir sind. Aber ich habe jetzt wirklich keine Lust, darüber zu reden.“ Er beugte den Kopf und küsste die rotbraunen Locken in ihrem Schoß. Sie waren noch feucht, rochen und schmeckten nach ihm, und er fühlte, wie sein Körper darauf reagierte. Ihr sinnliches Stöhnen hatte die gleiche Wirkung wie ihre zarte Hand, die sich um seine schwellende Männlichkeit schloss. „Wusstest du eigentlich, wie eng gebaut du bist?" flüsterte er in das weiche Dreieck. Ihre Schenkel entspannten und öffneten sich für seine Finger.

„Wirklich?"

„Ja."

„Ich habe nicht viel Erfahrung."

Er sah zweifelnd zu ihrem Gesicht, aber da war nichts Berechnendes. „Wie viele?" fragte er abrupt.

„Wie indiskret von dir!"

„Wie viele?"

Rusty kämpfte mit sich, ob sie antworten sollte. Sie wich seinem Blick aus. „Weniger, als ich an einer Hand zählen könnte."

„In einem Jahr?"

„Insgesamt."

Cooper suchte nach Heuchelei in ihren Augen. Wie sehr wollte er ihr glauben, aber er konnte nicht. Seine tastende Liebkosung sagte ihm, was sein Verstand nicht akzeptieren konnte, was er hätte erkennen müssen, als er in sie eindrang. Aber er konnte es nicht in Einklang mit seiner Meinung über sie bringen.

„Weniger als fünf?"

„Ja."

„Weniger als drei?" Sie wandte den Kopf. „Was denn, nur einen?" Sie nickte. Sein Herz veranstaltete einen seltsamen kleinen Tanz, und das Gefühl, das ihn durchströmte, erinnerte ihn an Glück. Aber da er davon so wenig erfahren hatte, konnte er sich nicht sicher sein. „Und du hast nicht mit ihm gelebt, oder, Rusty?“

„Nein.“ Sie drehte den Kopf und biss sich auf die Unterlippe, als sein Daumen sie unablässig streichelte.

„Wieso nicht?“

„Mein Vater und mein Bruder hätten dem nicht zugestimmt.“

„Hängt eigentlich alles, was du tust, von der Zustimmung deines Vaters ab?“

„Ja ... nein ... ich ... Cooper, hör auf damit“, stieß sie atemlos hervor. „Ich kann nicht denken, wenn du das tust.“

„Dann denk eben nicht.“

„Aber ich will, dass du weißt ... nein ... nicht ... O ja!“

Nachdem der letzte Sonnenstrahl verblasst war, öffnete sie die Augen und blickte in sein zufriedenes Gesicht.

„Na, so schlimm war das doch gar nicht, oder?“ neckte er sie.

Immerhin war ihr noch genug Energie verblieben, um sein Lächeln zu erwidern. „Das wollte ich gar nicht so schnell wieder tun. Ich wollte dich noch ein wenig länger betrachten.“

„Ich denke, damit ist die Diskussion um dich und deinen Vater beendet.“

Rusty runzelte die Stirn. „Das ist eine sehr komplexe Sache, Cooper. Mein Vater war am Boden zerstört, als Jeff starb. So wie ich. Jeff war ...“ Sie suchte nach dem passenden Wort. „Jeff war einfach wunderbar. Er konnte alles."

Cooper küsste sie sanft. „Aber er konnte nicht ..." Er flüsterte ihr ins Ohr, was Jeff nicht gekonnt hätte, und das Blut schoss Rusty in die Wangen, aber nicht, weil sie beleidigt war, sondern vor Sinnlichkeit. „Also, du siehst, es gibt keinen Grund, dich deinem Bruder unterlegen zu fühlen."

Bevor sie das Thema vertiefen konnte, verschloss er ihren Mund mit einem erregenden Kuss. „Und was war das mit dem Betrachten?"

Ihr Atem ging unregelmäßig, sie musste erst tief durchatmen, bevor sie reden konnte. „Ich habe dich einfach noch nicht genug angeschaut." Ihr Blick glitt über seinen Oberkörper. Sie hob eine Hand, um ihn zu berühren, sah zu ihm auf, als wolle sie seine Zustimmung abwarten, dann legte sie die Finger schüchtern auf seine muskulöse Brust.

„Komm schon, Feigling, ich beiße nicht." Ihr sinnlicher Blick strafte ihn Lügen. „Okay, manchmal, aber nicht immer." Er beugte sich zu ihrem Ohr. „Nur, wenn ich in der wunderbarsten Seide eingebettet bin", flüsterte er, „die ich je zwischen zwei Schenkeln gefunden habe."

Während sie seinen Körper erforschte, knabberte er an ihrem Ohr und biss sie zärtlich in den Hals. Als ihre Fingerspitzen über seine Brustwarzen strichen, zuckte er zusammen. Sofort zog sie ihre Hand zurück, aber er griff sie und legte sie sich wieder auf die Brust.

„Das war nicht unangenehm", erklärte er mit heiserer Stimme. „Mach nur weiter, so viel du willst."

Sie ließ sich kein zweites Mal auffordern. Sie streichelte und liebkoste ihn, bis sein Atem schwer ging. „Da ist noch ein Körperteil, der Aufmerksamkeit verlangt", keuchte er. „Aber besser nicht." Er fing ihre Hand auf ihrem Weg zu seinen Lenden ab. „Nicht, wenn wir es diesmal langsam angehen lassen wollen."

„Lass mich dich berühren."

Der gehauchten Bitte konnte er nicht widerstehen. Er schloss die Augen und genoss ihre forschenden Berührungen, bis er es nicht mehr aushielt. Dann zog er sie in seine Arme, um sie feurig zu küssen und sie an ihren schönsten Stellen zu berühren.

„Jetzt bin ich an der Reihe." Mit Andacht widmete er sich ihren perfekt geformten Brüsten. „Zu fest?" fragte er, als Rusty das Gesicht verzog.

„Zu wundervoll", seufzte sie.

„Die Nacht, als ich dich geküsst habe ... hier ..." Er berührte die schwellende Rundung ihrer Brust.

„Ja?"

„Ich wollte ein Zeichen hinterlassen."

Sie öffnete die Augen nur so weit, dass sie ihn durch einen schmalen Schlitz ansehen konnte. „Wieso?"

„Weil ich grob und gemein bin, deshalb."

„Nein, bist du nicht. Du willst nur, dass jeder dich dafür hält."

„Aber es funktioniert doch offensichtlich, nicht wahr?"

Sie lächelte. „Manchmal. Manchmal habe ich dich für richtig gemein gehalten. Dann wiederum wusste ich, dass du Schmerzen hattest und absichtlich grob warst, weil du so besser damit zurande kamst. Wahrscheinlich ein Überbleibsel aus deiner Kriegsgefangenschaft."

„Vielleicht."

„Cooper?"

„Hm?"

„Du kannst noch so einen Fleck hinterlassen, wenn du willst."

Er sah ihr kurz in die Augen. Dann küsste er sie ausgiebig, glitt mit den Lippen über ihren Hals, ihren Nacken, ihre Brüste.

„Ich war verantwortlich für die Blutergüsse auf deinem Hintern. Dann habe ich dir diesen Knutschfleck gemacht. Ich nehme an, auf irgendeine primitive Weise wollte ich dich als mein Eigentum markieren. Das brauche ich jetzt nicht mehr. Du gehörst zu mir. Für eine Weile zumindest", fügte er hinzu.

Rusty wollte darüber reden und ihm sagen, dass sie zu ihm gehörte, solange er wollte, aber seine Lippen löschten jeden klaren Gedanken aus. Als seine Zunge schnell und rau über ihre aufgerichteten Brustwarzen leckte, rief sie vor Leidenschaft laut seinen Namen.

„Ach, du bist einfach großartig." Sein Mund war gierig, aber zärtlich.

„Cooper?"

„Hm?"

„Cooper!" Mit beiden Händen zog sie seinen Kopf zu sich, damit sie ihn ansehen konnte. „Warum hast du das gemacht?"

„Was?" Er mied es, ihren fragenden Blick zu erwidern, und starrte auf die Stelle zwischen ihren Augenbrauen.

„Du weißt schon …“ Sie leckte sich nervös über die Lippen. „Warum hast du … dich vorhin zurückgezogen?“

Sie fühlte sich nervös und angespannt, genau wie vorhin, als er sich im letzten Augenblick aus ihr zurückgezogen und ihr die ultimative Erfüllung verweigert hatte, dieses Gefühl, dass er sich in ihr verströmte.

Cooper verharrte absolut regungslos. Einen Moment befürchtete sie, sie hätte ihn so verärgert, dass er ihr gemeinsames Lager verlassen würde. Aber dann sah er ihr in die Augen.

„Du erwartest also eine Erklärung.“ Als sie nichts sagte, gab er sie mit einem Seufzer frei. „Es ist möglich, dass wir hier noch eine ganze Weile festsitzen. Ich denke, wir beide brauchen nicht noch einen hungrigen Mund, den wir stopfen müssen.“

„Ein Baby?“ Ihre Stimme klang ehrfürchtig. Sie spielte mit dem Gedanken an ein Kind und fand die Vorstellung nicht im Geringsten erschreckend. Im Gegenteil, ihre Lippen verzogen sich zu einem Lächeln. „Daran hatte ich noch gar nicht gedacht.“

„Ich schon. Wir sind beide jung und gesund. Ich weiß, dass du keine Verhütungsmittel nimmst, denn ich habe gesehen, was du aus dem Flugzeug mitgenommen hast. Und ich habe für meinen Jagdtrip auch nichts in dieser Richtung eingepackt.“

„Aber es passiert doch sicher nichts …“

„Sicher können wir aber nicht sein. Und ich will kein Risiko eingehen. Also …“

„Selbst wenn es so wäre, werden wir doch längst gerettet, bevor das Baby da ist …“

„Wahrscheinlich, aber ...“

„Selbst wenn, dann bin ich doch diejenige, die das Baby füttern wird.“

Bei dem Thema Kinder hatte er immer einen Knoten im Magen. Um seinen Mund lag wieder der übliche harte, verbissene Zug. Der sich etwas löste, als Cooper sah, dass Rusty es völlig ernst meinte. Geradezu naiv ernst.

„Es ist einfach nur so ...“, sein Mund bewegte sich wieder zu ihren Brüsten, „... dass ich den Gedanken nicht ertrage, dich mit jemandem teilen zu müssen.“

„Aber ...“

„Tut mir Leid, aber so ist es nun mal.“

Sie wollte widersprechen, ausführlicher darüber reden, aber er benutzte seine Lippen, seine Zunge und seine Hände, damit sie das Feuerwerk eines gemeinsamen Höhepunkts erlebten, bevor Rusty klar wurde, dass er sich wieder im letzten Augenblick zurückgezogen hatte.

Sie liebten sich den ganzen Nachmittag, bis hinein in die Nacht. Irgendwann schmiegten sie sich erschöpft in die Felle und schliefen eng umschlungen ein.

Nur das unerwartete Dröhnen von Hubschrauberrotoren hätte ihre Träume stören können.

## 10. KAPITEL

Er würde den Helikopter nicht mehr erreichen, er wusste es. Er verpasste ihn immer. Aber er rannte trotzdem. Auch das tat er immer. Dichtes Dschungelgrün versperrte ihm den Weg. Er brach durch das Gestrüpp, auf die Lichtung zu. Er rannte so schnell, dass seine Lungen brannten. Sein Atem rasselte laut in seinen eigenen Ohren.

Aber immer noch hörte er das Dröhnen der Rotoren. Nah. Ganz nah. So laut.

Dieses Mal schaffe ich es, sagte er sich. Ich muss es schaffen, oder man wird mich wieder gefangen nehmen.

Aber er wusste, dass er es nicht schaffen würde. Obwohl er rannte. Immer weiter rannte ...

Cooper setzte sich ruckartig auf. Wie immer nach diesem wiederkehrenden Albtraum atmete er schwer und war in Schweiß gebadet. Gott, diesmal war es so echt gewesen. Das Dröhnen des Hubschraubers schien direkt über ihm ...

Er stutzte. Er konnte das Dröhnen immer noch hören. War er wach? Ja. Und da lag Rusty, friedlich schlafend neben ihm.

Das hier war nicht Vietnam, sondern Kanada. Und bei Gott, er hörte einen Hubschrauber!

Er rappelte sich auf und hetzte über den kalten Hüttenboden. Seit dem Tag, als sie das Suchflugzeug verpasst hatten, lag die Leuchtpistole auf dem Regal neben der Tür. Cooper griff sie sich, während er hinausrannte. Als er über die Veranda auf den Vorplatz der Hütte hechtete, war er immer noch nackt, aber die Leuchtpistole lag fest in seiner rechten Hand.

Er schattete die Augen mit der Hand gegen die Sonne ab und schaute in den Himmel. Das Sonnenlicht war so gleißend, dass seine Augen zu tränen begannen. Er konnte nichts sehen. Er hatte sechs Leuchtpatronen. Er durfte keine davon verschwenden, jede einzelne war wichtig. Aber immer noch hörte er das Dröhnen. Auf gut Glück schoss er zweimal pfeilgerade in die Luft.

„Cooper, ist das ..."

„Ein Helikopter."

Rusty warf ihm von der Veranda eine Jeans zu. Als sie aufgewacht war, erst durch das intuitive Wissen, dass ihr Liebhaber nicht mehr neben ihr lag, dann durch das Motorengeräusch, hatte sie sich hastig Hose und Pullover übergezogen. Jetzt stand sie neben Cooper und suchte ebenfalls den Himmel ab.

„Er muss die Leuchtkugel gesehen haben", rief Cooper aufgeregt. „Er kommt zurück."

„Ich kann ihn nicht sehen. Woher weißt du das?"

„Ich erkenne es am Dröhnen."

Er hatte Recht. Wenige Sekunden später schwebte der Hubschrauber über der Hütte. Rusty und Cooper winkten wild mit den Armen und riefen laut, obwohl es klar war, dass die zwei Piloten sie längst erblickt hatten. Man konnte die beiden in dem Cockpit sogar lächeln sehen.

„Sie haben uns gesehen! Cooper, o Cooper!"

Rusty warf sich in seine Arme. Er fing sie auf und wirbelte sie im Kreis herum. „Wir haben es geschafft, Baby! Wir haben's geschafft!"

Die Lichtung, auf der die Hütte stand, bot dem Helikopter genügend Platz zum Landen. Hand in Hand rannten Rusty und Cooper auf die Maschine zu. Einer der Piloten löste den Sicherheitsgurt und stieg aus. Gebückt rannte er unter den sich drehenden Rotoren auf sie zu.

„Miss Carlson?“ Er sprach mit starkem Südstaatenakzent. Rusty nickte heftig, plötzlich war sie scheu und sprachlos. Schüchtern klammerte sie sich an Coopers Arm.

„Cooper Landry“, stellte der sich vor und schüttelte dem Piloten herzhaft die Hand. „Wir sind verdammt froh, euch zu sehen, Jungs.“

„Wir sind auch froh, Sie endlich gefunden zu haben. Miss Carlsons Dad hat uns angeheuert, um nach Ihnen zu suchen. Die Behörden haben nicht zu seiner Zufriedenheit gearbeitet.“

„Das hört sich ganz nach Vater an“, schrie Rusty über den dröhnenden Lärm.

„Sind Sie die Einzigen, die den Absturz überlebt haben?“ Die beiden nickten ernst. „Tja, wenn Sie nicht länger bleiben wollen, dann sollten wir Sie jetzt nach Hause bringen. Ihr Dad wird überglücklich sein, Sie wieder zurückzuhaben.“

Bei der Erwähnung von Rustys Vater warf der Pilot einen besorgten Blick auf Coopers offen stehende Jeans. Es war deutlich zu sehen, dass sie hastig übergezogen worden war und der Mann außer dieser Jeans nichts trug. Rusty haftete das zerzauste, zufriedene Aussehen einer Frau an, die die ganze Nacht geliebt worden war. Der Pilot hatte die Situation schnell erfasst, es musste ihm nicht ausdrücklich erklärt werden.

Sie gingen in die Hütte zurück, gerade lange genug, damit sie sich richtig anziehen konnten. Cooper holte nur seine teure Jagdflinte, ansonsten nahmen sie nichts mit. An der Tür blickte Rusty sich ein letztes Mal in der Hütte um. Anfangs hatte sie diesen Ort gehasst. Jetzt, da sie ihn verließ, verspürte sie einen Stich von Trauer.

Cooper teilte ihr Gefühl keineswegs. Der Pilot und er lachten herzhaft, nachdem sie entdeckt hatten, dass sie Veteranen aus dem gleichen Krieg waren und sogar im gleichen Gebiet gekämpft hatten. Rusty musste rennen, um sie einzuholen.

Bei den beiden angekommen, legte Cooper einen Arm um ihre Schultern und lächelte sie an. Dadurch war alles wieder in Ordnung. Oder zumindest viel besser.

„Ich bin Mike", stellte der Pilot sich vor, als er den beiden in ihre Sitze half. „Und das ist mein Zwillingsbruder Pat."

Der Helikopter hob ab und flog über die Wipfel. „Der Absturzort ist vor ein paar Tagen von einer Suchmaschine entdeckt worden", erklärte Mike laut, um das Dröhnen zu übertönen, und deutete nach unten.

Rusty konnte es sehen. Sie war erstaunt, dass sie eine so große Entfernung zu Fuß zurückgelegt hatten, vor allem, da Cooper sie den größten Teil der Strecke auf der selbst gefertigten Trage gezogen hatte. Ohne ihn hätte sie nicht überlebt. Was wäre geschehen, wenn auch er bei dem Absturz umgekommen wäre? Bei dem Gedanken erschauerte sie und legte den Kopf an seine Schulter. Er schlang den Arm um sie und zog sie an sich. In einer wortlosen Geste des Vertrauens legte sie ihm die Hand auf den Schenkel.

„Die anderen fünf Insassen waren sofort tot“, teilte Cooper den beiden Piloten mit. „Rusty und ich saßen ganz hinten. Das hat uns wahrscheinlich das Leben gerettet.“

„Als der Bericht kam, dass das Flugzeug nicht ausgebrannt war, hat Mr. Carlson darauf bestanden, nach Überlebenden zu suchen“, sagte Mike. „Er hat meinen Bruder und mich in Atlanta angeheuert. Wir sind auf Rettungsaktionen spezialisiert.“ Er drehte sich zu den beiden um. „Wie sind Sie denn auf die Hütte gestoßen?“

Cooper und Rusty tauschten einen Blick aus. „Die Geschichte heben wir uns auf, bis wir sie an der richtigen Stelle und nur einmal erzählen müssen“, erwiderte Cooper.

Mike nickte. „Ich werde über Funk durchgeben, dass wir Sie gefunden haben. Da haben eine Menge Leute nach Ihnen gesucht. Aber das Wetter war eine richtige Sauerei. 'Tschuldigung, Miss Carlson.“

„Kein Problem.“

„Bis gestern konnten wir nicht aufsteigen, erst dann ist das Wetter besser geworden. Man konnte einfach nichts sehen. Heute Morgen sind wir dann direkt los.“

„Wohin bringen Sie uns?“ fragte Cooper.

„Nach Yellowknife.“

„Ist mein Vater auch dort?“

Mike schüttelte den Kopf. „Nein, der ist in L. A. Vermutlich wird er Himmel und Hölle in Bewegung setzen, damit Sie noch heute nach Hause kommen.“

Das waren schon mal gute Neuigkeiten. Rusty wusste nicht, warum, aber ihr grauste davor, ihrem Vater in allen

Einzelheiten berichten zu müssen, was sie durchgestanden hatte. Dass sie ihm nicht sofort gegenübertreten musste, war eine Erleichterung. Vielleicht wegen dem, was letzte Nacht vorgefallen war. Sie hatte noch keine Zeit gehabt, darüber nachzudenken. Sie wusste nur, dass diese Erfahrung mit Cooper ihr unendlich wichtig war.

Ihre Rettung war fast wie ein Eindringen in ihre Privatsphäre gewesen. Natürlich war sie froh, aber trotzdem, sie wollte allein mit ihren Gedanken sein. Die einzige Person, die sie neben sich wissen wollte, war Cooper. Wieder befiel sie diese untypische Schüchternheit, und sie schmiegte sich enger an Cooper.

Er schien ihre Gedanken lesen zu können. Er fasste sie am Kinn und musterte sie durchdringend. Dann beugte er den Kopf, küsste sie fest auf die Lippen und zog ihren Kopf an seine Brust. Eine beschützende und gleichzeitig besitzergreifende Geste.

Für den Rest des Fluges blieben sie so sitzen. Keiner der beiden Piloten versuchte sie noch in ein Gespräch zu ziehen, sondern sie respektierten ihr Bedürfnis nach Privatsphäre. Unangenehme Fragen konnten warten.

„Sie haben ganz schön Aufsehen erregt." Mike sah über die Schulter zu ihnen und deutete dann nach unten, während sie auf dem Flughafen zur Landung ansetzten.

Rusty und Cooper erkannten, dass sich auf der Landebahn eine Menschenmenge angesammelt hatte. Die Leute hatten die Verbotsschilder einfach missachtet. Transporter, auf denen große Schriftzüge verschiedener Fernsehgesellschaften zu erkennen waren, parkten Stoßstange an Stoßstange. In dieser entlegenen Gegend in den Northwest Territories war ein solcher Medienrummel noch nie da gewesen.

Cooper murmelte einen Fluch. „Wer, zum Teufel, ist verantwortlich für das hier?“

„Der Flugzeugabsturz war in allen Nachrichten“, sagte Mike mit einem entschuldigenden Lächeln. „Sie sind die einzigen Überlebenden. Ich nehme an, jeder will hören, was Sie zu erzählen haben.“

Im gleichen Moment, als Pat die Kufen auf die Landebahn setzte, kam Bewegung in die Reportermenge. Die Polizei hatte erhebliche Mühe, die Absperrung zu sichern und die Reporter zurückzudrängen. Mehrere offiziell aussehende Männer kamen auf den Helikopter zugerannt. Der Luftwirbel der Rotoren presste ihnen die korrekten Anzüge eng an die Körper und schlug ihnen die Krawatten ins Gesicht. Endlich standen die Blätter still.

Mike sprang auf den Zementboden und half Rusty beim Aussteigen. Unsicher blieb sie neben dem Hubschrauber stehen, bis Cooper an ihrer Seite war. Erst als sie den beiden Piloten noch einmal überschwänglich gedankt hatten, gingen sie auf die Beamten zu, ihre Hände fest ineinander verschlungen.

Die Männer waren von der kanadischen Luftfahrt- und Transportbehörde. Die entsprechende amerikanische Behörde war eingeladen worden, den Fall in Zusammenarbeit zu untersuchen, da es sich bei den Passagieren ausschließlich um amerikanische Staatsbürger handelte.

Höflich hießen die Beamten Cooper und Rusty zurück in der Zivilisation willkommen und schleusten sie an den aufgeregten Reportern vorbei, deren Verhalten alles andere als zivilisiert war. Wie Maschinengewehrsalven feuerten sie ihre Fragen an Cooper und Rusty ab.

Schließlich führte man die Überlebenden durch einen Diensteingang in das Flughafengebäude und einen Gang hinunter zu einem großen Büro, das ihnen allein vorbehalten war.

„Ihr Vater wurde bereits benachrichtigt, Miss Carlson."

„Danke."

„Er war sehr erfreut zu hören, dass Sie wohlauf sind", sagte der Officer lächelnd. „Mr. Landry, gibt es jemanden, den wir für Sie benachrichtigen können?"

„Nein."

Rusty hatte gespannt auf seine Antwort gewartet. Er hatte nie von einer Familie gesprochen, deshalb war sie davon ausgegangen, dass es auch keine gab. Im Grunde genommen war es schrecklich traurig, dass niemand auf Cooper wartete.

Wie gern hätte sie eine Hand ausgestreckt und sie tröstend an seine Wange gelegt, aber da waren einfach zu viele Beamte um sie herum.

Einer von denen trat jetzt vor. „Ist es richtig, dass Sie die einzigen beiden Überlebenden sind?"

„Ja. Die anderen waren sofort tot."

„Wir haben bereits die Familien informiert. Da sind ein paar Angehörige draußen, sie würden gerne mit Ihnen reden." Rusty wurde bleich wie ein Laken, die Knöchel ihrer Finger, die immer noch mit Coopers verschränkt waren, traten weiß hervor. „Aber das hat noch Zeit", fügte der Mann hastig an, als er Rustys Reaktion sah. „Können Sie uns vielleicht einen Hinweis geben, was der Grund für den Absturz gewesen sein könnte?"

„Ich bin kein Pilot", sagte Cooper knapp. „Das Gewitter war sicherlich ein Faktor. Die Piloten haben alles getan, was möglich war."

„Dann würden Sie den Absturz also nicht auf menschliches Versagen schieben?" forschte der Mann weiter.

„Kann ich vielleicht ein Glas Wasser haben?" fragte Rusty leise.

„Und etwas zu essen", sagte Cooper in dem gleichen brüsken Ton. „Wir hatten heute Morgen noch nichts zu essen. Noch nicht einmal Kaffee."

„Ja natürlich, sofort." Einer der Männer wurde abkommandiert, um Frühstück zu besorgen.

„Und Sie bringen auch besser direkt jemanden von den zuständigen Behörden mit, damit ich ihn über den Tod zweier Männer informieren kann."

„Welche zwei Männer?"

„Die, die ich getötet habe." Jeder im Raum erstarrte. Cooper hatte jetzt die ungeteilte Aufmerksamkeit aller Anwesenden. „Ich denke, irgendjemand muss benachrichtigt werden. Aber erst – wie sieht's mit dem Kaffee aus?" Coopers Stimme drückte Ungeduld und Autorität aus. Es war fast komisch, wie jeder sich jetzt wieder hektisch in Bewegung setzte.

In der nächsten Stunde flatterten die Beamten wie aufgescheuchte Hühner um sie herum. Man brachte ihnen ein ausgiebiges Frühstück mit Steak und Eiern. Am meisten genoss Rusty den frischen Orangensaft. Sie konnte gar nicht genug davon bekommen. Während sie aßen, beantworteten sie unablässig Fragen. Pat und Mike wurden hereingeführt, um die Lage der Hütte und des Absturzortes zu bestätigen. Solange das Wetter mitspielte, sollten Teams dorthin geschickt werden, um die Leichen zu bergen.

Mitten in diesem Chaos wurde Rusty ein Telefonhörer in die Hand gedrückt, und die Stimme ihres Vaters dröhnte an ihr Ohr. „Rusty, dem Himmel sei Dank! Geht es dir gut?"

Tränen traten ihr in die Augen, für einen Moment konnte sie nicht sprechen. „Ja, mir geht es gut, wirklich. Mein Bein ist schon fast verheilt."

„Dein Bein? Was ist mit deinem Bein? Niemand hat mir etwas davon gesagt, dass du verletzt bist!"

Sie erklärte, so gut sie konnte, in kurzen Sätzen. „Aber jetzt ist es wieder in Ordnung, wirklich."

„Davon will ich mich selbst überzeugen. Mach dir keine Sorgen, ich werde alles von hier aus in die Wege leiten. Heute Abend wird man dich nach L. A. bringen, ich komme zum Flughafen, um dich abzuholen. Es ist ein Wunder, dass du überlebt hast."

Sie sah zu Cooper und sagte leise: „Ja, ein Wunder."

Gegen Mittag wurden sie in einem Motel untergebracht. Dort konnten sie duschen, und man stellte ihnen frische Kleidung zur Verfügung.

An der Tür zu ihrem Zimmer ließ Rusty Coopers Arm nur unwillig los. Sie konnte es nicht ertragen, nicht in seiner Nähe zu sein, ihn nicht zu sehen. Sie fühlte sich fremd, alles erschien ihr unwirklich, die vielen Gesichter verzerrt und verschwommen wie in einem Traum. Alles – außer Cooper. Cooper war ihre Realität.

Er schien über das Arrangement genauso wenig begeistert zu sein wie sie, aber es war kaum angebracht, dass sie ein Motelzimmer teilten. Er drückte ihre Hand und sagte: „Ich bin direkt nebenan."

Er wartete, bis sie ihr Zimmer betreten und die Tür hinter sich abgeschlossen hatte, erst dann ging er in sein eigenes Zimmer. Hier ließ er sich auf den nächstbesten Stuhl fallen und schlug die Hände vors Gesicht.

„Und jetzt?" fragte er laut ins Zimmer hinein.

Wenn er sich doch nur noch eine Nacht beherrscht hätte. Wenn sie ihm gestern Morgen nach dem Frühstück nur nicht diese Frage gestellt hätte. Wenn sie überhaupt gar nicht erst so verführerisch gewesen wäre. Wenn sie doch nur nicht in dem gleichen Flugzeug gesessen hätten. Wenn dieses Flugzeug nur nicht abgestürzt wäre. Wenn doch nur alle überlebt hätten und sie beide nicht allein gewesen wären.

Ihm fielen Tausende „Wenn-doch-nur" ein. Unterm Strich wäre das Gleiche herausgekommen – sie hätten sich den ganzen gestrigen Tag und den größten Teil der Nacht geliebt.

Er bereute es nicht, keine Sekunde davon.

Aber er hatte nicht die geringste Ahnung, wie es von nun an weitergehen würde. Er könnte natürlich so tun, als sei nichts geschehen und die vertraute Intimität in ihrem Blick ignorieren. Aber genau das war es ja – er konnte ihren Augen nicht widerstehen.

Und er konnte ihre Abhängigkeit von ihm nicht einfach so abtun. Die Regeln, die sie in der Hütte aufgestellt hatten, galten immer noch. Sie hatte noch längst nicht Fuß gefasst, sie stand praktisch immer noch unter Schock. Sie hatte das eine Trauma noch nicht verarbeitet, da konnte er sie unmöglich dem nächsten aussetzen. Sie war nicht so hart im Nehmen wie er, man musste sie mit Takt und Feingefühl behandeln. Nachdem er ihr all diese Strapazen zugemutet hatte, verdiente sie zumindest so viel Rücksicht.

Natürlich hatte er sich mit dem Gedanken abgefunden, dass er ihr den Rücken würde zukehren müssen. Er wünschte nur, sie würde ihn fallen lassen. Das würde ihm die Verantwortung abnehmen, sie zu verletzen.

Aber das würde sie nicht tun, verflucht! Und er konnte es nicht tun. Noch nicht. Nicht, bis es absolut nötig war, dass sie sich trennten. Bis dahin, auch wenn er wusste, wie völlig idiotisch es war, würde er weiter den tapferen Ritter für sie spielen. Ihr Lancelot, ihr Beschützer, ihr Liebhaber.

Gott, er liebte diese Rolle.

Nur verdammt schade, dass sie zeitlich begrenzt war.

Die heiße Dusche fühlte sich wunderbar an, erfrischend und belebend. Rusty wusch sich die Haare, bis sie vor Sauberkeit förmlich quietschen. Als sie aus der Duschkabine stieg, fühlte sie sich fast wieder normal.

Aber das war sie nicht. Normalerweise wäre ihr nie aufgefallen, wie weich die Hotelhandtücher waren, sie hätte es als selbstverständlich erachtet. Auch in anderer Hinsicht hatte sie sich verändert. Sie sah auf die hässliche Narbe an ihrem Schienbein, als sie sich abtrocknete. Aber sie hatte noch andere Narben. Tiefere. Unauslöschlich in ihre Seele eingebrannt. Rusty Carlson würde nie wieder dieselbe sein.

Die Kleider, die man ihr gegeben hatte, waren nicht teuer und viel zu groß, aber sie kam sich darin wieder wie ein Mensch vor, wie eine Frau. Die Schuhe passten, aber nach Wochen in Schnürstiefeln fühlten sie sich seltsam leicht an den Füßen an.

Eine Woche in der Jagdhütte, und zwei Wochen seit dem Absturz.

War das wirklich erst zwei Wochen her?

Als sie aus ihrem Zimmer trat, stand Cooper bereits wartend auf dem Gang. Er hatte geduscht und sich rasiert, sein Haar war noch feucht und sorgfältig gekämmt. Die neuen Sachen, die er trug, wirkten ungewohnt an seinem schlanken Körper.

Unsicher gingen sie aufeinander zu, schüchtern, fast entschuldigend. Dann trafen sich ihre Blicke, und die Vertrautheit leuchtete auf. Und noch etwas anderes.

„Du bist anders“, flüsterte Rusty.

Er schüttelte den Kopf. „Nein, vielleicht sehe ich anders aus, aber ich habe mich nicht verändert.“

Er nahm ihre Hand und zog sie zur Seite, außer Hörweite, warf den Leuten, die sich nur zu gerne sofort auf sie gestürzt hätten, einen warnenden Blick zu. „In diesem ganzen Durcheinander hatte ich noch gar keine Möglichkeit, dir etwas Wichtiges zu sagen.“

Frisch geduscht und sauber und nach Seife und Rasierschaum riechend, war Cooper unglaublich attraktiv. Rustys Blick glitt sehnsüchtig über ihn, überwältigt von diesem neuen Cooper. „Was denn?“

Er beugte sich näher zu ihr. „Ich liebe es, wie deine Zunge an meinem Bauchnabel spielt."

Rusty schnappte nach Luft. Abrupt ging ihr Blick zu der kleinen Gruppe, die sich diskret abwartend zurückgezogen hatte, aber neugierig zu ihnen hinüberstarrte. „Du bist unmöglich."

„Genau, und es ist mir völlig egal." Er kam noch näher. „Lass uns ihnen etwas geben, worüber sie spekulieren können." Er legte seine Hand an ihren Hals und hob ihr Kinn mit seinem Daumen leicht an. Dann küsste er sie ungestüm. Er nahm sich, was er wollte, und gab ihr mehr, als sie je von ihm zu erfragen gewagt hätte. Und er ließ sich Zeit, ließ seine Zunge den erotischen Rhythmus einer körperlichen Vereinigung imitieren.

Als er sie schließlich freigab, knurrte er: „So will ich dich überall küssen." Er warf einen Blick auf ihr fasziniertes Publikum. „Aber das wird wohl noch warten müssen."

Man fuhr sie zum Flughafen zurück, aber Rusty konnte sich nicht daran erinnern, wie sie aus dem Motel herausgekommen waren. Coopers Kuss hatte sie in Trance versetzt.

Der Nachmittag zog sich zäh dahin. Man servierte ihnen eine weitere Mahlzeit. Rusty entschied sich für einen Chefsalat. Sie war ausgehungert nach frischem Gemüse, aber sie musste feststellen, dass sie nicht einmal die Hälfte essen konnte.

Ihr Mangel an Appetit war zum Teil auf das schwere Frühstück zurückzuführen, das sie erst vor wenigen Stunden eingenommen hatten, hauptsächlich lag es aber an der Befragung zum Tod von Quinn und Reuben Gawrylow, die ihnen bevorstand.

Ein Gerichtsschreiber war gekommen, um Coopers Aussagen aufzunehmen. Cooper berichtete, wie sie die beiden Einsiedler getroffen hatten, dass sie ihnen Schutz in der Hütte angeboten, sie dann aber angegriffen hatten. „Unser Leben war in Gefahr“, sagte er. „Ich hatte keine andere Wahl. Es war Notwehr.“

Rusty sah an den Reaktionen der Polizisten, dass diese keineswegs überzeugt waren. Sie flüsterten miteinander und warfen immer wieder misstrauische Blicke in Coopers Richtung. Dann befragten sie ihn nach seinen Einsätzen in Vietnam und nach seiner Flucht aus dem Gefangenenlager. Er weigerte sich, darüber zu reden, da es mit dieser Sache nichts zu tun hatte.

„Aber Sie waren doch gezwungen, zu ... zu ...“

„Töten?“ sprach Cooper das Wort kalt aus. „Ja. Ich habe viele Menschen auf meiner Flucht getötet. Und ich würde es wieder tun.“

Vielsagende Blicke wurden ausgetauscht. Jemand hüstelte gezwungen.

„Eine wichtige Sache hat Cooper bisher nicht erwähnt“, ließ Rusty sich laut vernehmen. Alle Augenpaare im Raum richteten sich auf sie.

„Rusty, nicht.“ Bittend sah Cooper sie an. „Das musst du nicht tun.“

„Doch, es ist nötig.“ Sie erwiderte seinen Blick liebevoll. „Du willst mich schützen, das weiß ich, aber ich kann nicht zulassen, dass sie dich verdächtigen, diese beiden Männer grundlos getötet zu haben." Sie wandte sich zu den Beamten und sah sie direkt an. „Die Gawrylows wollten Cooper umbringen und ... und mich behalten."

Man sah den Schock auf den Gesichtern der Umstehenden. „Woher wissen Sie das, Miss Carlson?"

„Sie weiß es einfach, okay? Wenn Sie mir nicht glauben wollen, gut, aber sie hat keinen Grund zu lügen."

Rusty legte beruhigend eine Hand auf Coopers Arm. „Der Ältere, Quinn, griff mich an." Mit klarer, deutlicher Stimme berichtete Rusty, was an jenem Morgen geschehen war. „Die Verletzung an meinem Bein war immer noch sehr schmerzhaft. Ich konnte nicht laufen und war im wahrsten Sinne des Wortes hilflos. Cooper kam gerade rechtzeitig zurück, um zu verhindern, dass ich vergewaltigt wurde. Wenn Cooper nicht getan hätte, was er getan hat, wäre er jetzt tot. Und ich wäre noch immer in den Händen der Gawrylows."

Cooper und sie tauschten einen langen, verstehenden Blick aus. Sie hatte die beiden Einsiedler nie bewusst gereizt. Das hatte er auch die ganze Zeit gewusst. Er bat sie still um Vergebung für all die hässlichen Vorwürfe, die er ihr gemacht hatte, und sie bat ihn, ihr zu verzeihen, dass sie je Angst vor ihm gehabt hatte.

Cooper zog Rusty an seine Brust, schlang die Arme um sie. Ohne auf die anderen im Raum zu achten, hielten sie einander fest.

Eine halbe Stunde später wurde Cooper sämtlicher Anklagen, den Tod der Gawrylows betreffend, enthoben. Vor ihnen lag jetzt das Treffen mit den Angehörigen der Opfer. Die weinende, bedrückte Gruppe wurde in das

Büro geführt. Eine gute Stunde lang sprachen Rusty und Cooper mit den Familien und erzählten alles, was sie wussten. Die Angehörigen fanden zumindest etwas Trost in der Tatsache, dass ihre Lieben nicht hatten leiden müssen. Sie verabschiedeten sich dankend und unter Tränen. Für jeden war es eine sehr bewegende Erfahrung.

Das Zusammentreffen mit den Medien war da ganz anders. Als Rusty und Cooper in den Saal geführt wurden, der für die Pressekonferenz vorbereitet worden war, schlugen ihnen dichte Rauchwolken von Zigarettenqualm entgegen. Sie wurden von einer aufgeregten und gespannten Menge erwartet.

An einem Tisch mit Mikrofonen beantworten sie die Fragen so genau und knapp wie möglich. Manche Fragen waren einfach dumm, andere intelligent, wieder andere indiskret und zu persönlich. Als ein aufdringlicher Reporter fragte, wie es denn nun gewesen sei, eine winzige Hütte mit einem Fremden zu teilen, drehte Cooper sich zu einem der Beamten um.

„Das reicht jetzt. Bringen Sie Rusty hier raus."

Offensichtlich reagierte der Beamte nicht schnell genug für Cooper. Er schob seinen Arm unter ihren, fest entschlossen, sie aus dieser Jahrmarktsatmosphäre herauszuholen. Als sie fast am Ausgang waren, kam ein Mann auf sie zugestürzt und hielt Cooper eine Visitenkarte unter die Nase, die ihn als Reporter eines bekannten Nachrichtenmagazins auswies. Er bot eine enorme Summe für eine Exklusivstory.

„Aber wenn das nicht genug ist ... wir haben noch Spielraum", sagte der Reporter hastig, als Cooper ihn mit einem tödlichen Blick bedachte. „Sie hatten nicht zufällig die Möglichkeit, Fotos zu machen, oder?"

Mit einem bösartigen Knurren schob Cooper den Mann aus dem Weg und beschrieb ihm in sehr bildhafter Sprache, was er mit seinem Nachrichtenmagazin machen könne.

Als sie endlich an Bord der Maschine nach L. A. konnten, war Rusty völlig erschöpft. In ihrem rechten Bein pochte es schmerzhaft. Cooper musste sie mehr oder weniger an Bord tragen. Als sie in ihrem Erster-Klasse-Sitz am Fenster saß, befestigte er den Sicherheitsgurt um sie und bat die Stewardess, einen Brandy für sie zu bringen. Dann setzte er sich neben sie.

„Willst du keinen?" fragte Rusty, nachdem sie an dem Drink genippt hatte.

Cooper schüttelte den Kopf. „Für ein Weilchen habe ich erst einmal genug vom Alkohol." Er lächelte schief.

„Sie sind wirklich sehr attraktiv, Mr. Landry." Sie sah zu ihm auf, als sähe sie ihn zum ersten Mal.

Er nahm ihr das Glas aus der Hand. „Da spricht der Brandy aus dir."

„Nein, das bist du wirklich." Sie hob die Hand, um über sein Haar zu streichen. Seidig glitt es durch ihre Finger.

„Freut mich, dass du das denkst."

„Dinner, Miss Carlson, Mr. Landry?"

Überrascht stellten sie fest, dass sie bereits in der Luft waren. Sie waren so miteinander beschäftigt gewesen, dass sie den Start nicht einmal bemerkt hatten. Umso besser. Der Flug mit dem Hubschrauber war nicht so schlimm gewesen, weil es so überraschend gekommen war. Aber die Aussicht auf den Flug nach Los Angeles hatte Rusty im Laufe des Tages immer nervöser gemacht. Es würde wohl noch lange dauern, bevor sie ohne Furcht wieder ein Flugzeug bestieg.

„Möchtest du etwas essen, Rusty?“ fragte Cooper. Sie schüttelte stumm den Kopf. „Nein danke“, wandte er sich an die Stewardess. „Man hat uns heute schon mehrere Mahlzeiten serviert.“

„Rufen Sie mich, wenn Sie etwas brauchen.“ Damit entschwand die Stewardess mit graziösem Gang ihren Blicken.

Sie waren die einzigen Passagiere in der ersten Klasse. Jetzt, ohne die Stewardess, waren sie zum ersten Mal seit ihrer Rettung allein.

„Ist schon komisch“, sagte Rusty nachdenklich. „Wir waren so lange ständig zusammen, dass ich mir vorgestellt hatte, ich würde froh sein, endlich ohne dich zu sein. Ich hatte mir eingebildet, mir würde es fehlen, mit anderen Menschen zusammen zu sein. Aber diese Menschen heute ... es war schrecklich. Dieses Herumgestoße und diese Hektik. Jedes Mal, wenn ich dich aus den Augen verlor, habe ich Panik bekommen.“

„Das ist nur natürlich.“ Er schob ihr eine Strähne hinters Ohr. „Du warst so lange von mir abhängig, dass du dich daran gewöhnt hast. Aber das wird wieder vergehen.“

Sie lehnte sich zurück. „Wird es das, Cooper?“

„Etwa nicht?“

„Ich bin mir nicht sicher, ob ich das wirklich will.“

Zärtlich nannte er ihren Namen, bevor er seine Lippen auf ihren Mund drückte. Er küsste sie so leidenschaftlich, als wäre dies seine letzte Chance. Verzweiflung lag in seinem Kuss und wurde stärker, als Rusty die Arme um seinen Hals schlang und ihr Gesicht an seiner Schulter barg.

„Du hast mir das Leben gerettet. Habe ich dir überhaupt je dafür gedankt? Ist dir klar, dass ich ohne dich gestorben wäre?"

Cooper küsste ihren Hals, ihre Ohren, ihr Haar. „Du brauchst mir dafür nicht zu danken. Ich wollte dich beschützen, mich um dich kümmern."

„Das hast du auch. Sehr gut sogar." Sie küssten sich wieder, bis sie abbrechen mussten, um Luft zu schöpfen.

Er las die Worte von ihren Lippen ab, die feucht von dem Kuss glänzten. „Dich berühren? Hier? Jetzt?"

Sie nickte. „Bitte, Cooper. Ich habe Angst. Ich muss wissen, dass du wirklich hier bist, hier neben mir."

Er schlug ihren Mantel auf, den sie von den kanadischen Beamten bekommen hatte, und ließ seine Hand hineingleiten, hinauf zu ihrer Brust. Die sanfte Rundung lag warm und fest in seiner Hand.

Er legte seine Wange an ihre und flüsterte: „Die Spitze ist schon hart."

„Hm."

Seine Finger spielten mit der festen Knospe. „Das scheint dich nicht zu überraschen."

„Nein."

„Ist das immer so? Wo warst du, als ich vierzehn war?"

Sie lachte leise. „Nein, das war nicht immer so. Ich habe an gestern Nacht denken müssen."

„Die Nacht war eine Ewigkeit. Drück dich genauer aus."

„Weißt du noch, als wir ..." Sie flüsterte in sein Ohr.

„O ja", stöhnte er, „aber red besser nicht darüber."

„Warum nicht?"

„Weil ich dich sonst auf meinen Schoß ziehen muss."

Sie legte ihre Hand auf sein Geschlecht. „Um das zu verstecken?"

„Nein, nicht verstecken." Als er ihr zuflüsterte, was sie tun würden, wenn sie auf seinem Schoß säße, zog sie züchtig ihre Hand zurück.

„Ich glaube nicht, dass das anständig wäre. Und da wir schon davon sprechen, es ist auch nicht anständig, was du da gerade tust. Vielleicht solltest du besser damit aufhören." Cooper nahm seine Hand von ihrer Brust, sie schauten einander lange an. „Ich wünschte, wir wären nicht so stur gewesen. Ich wünschte, wir hätten schon vor gestern Nacht miteinander geschlafen."

Er seufzte schwer. „Daran habe ich auch schon gedacht."

Ein Schluchzen stieg in ihrer Kehle auf. „Halte mich, Cooper." Er schlang fest den Arm um sie und barg sein Gesicht in ihrem Haar. „Lass mich nicht los."

„Das werde ich nicht."

„Nie wieder. Versprich es."

Der Schlaf übermannte sie, bevor sie ihr Versprechen bekam. Das ersparte es ihr, Coopers leeren Gesichtsausdruck sehen zu müssen.

Es hatte den Anschein, dass alle Einwohner von Los Angeles ihre Ankunft am Flughafen erwarteten.

Die Chefstewardess riet ihnen zu warten, bis die anderen Passagiere ausgestiegen waren. Rusty kam die kleine Verzögerung sehr gelegen. Sie war schrecklich nervös, ihre Handflächen waren feucht. Ein solches Lampenfieber war ihr völlig fremd. Sie war doch daran gewöhnt, ständig mit Leuten zusammenzutreffen und sich in jeder gesellschaftlichen Situation zurechtzufinden. Warum also war ihr jetzt regelrecht übel vor Aufregung? Sie wollte Coopers Arm nicht loslassen, auch wenn sie ihm immer wieder ein zuversichtliches Lächeln zuwarf. Wenn sie doch nur ihr normales Leben ohne diesen ganzen Trubel wieder aufnehmen könnte.

Aber so einfach würde es nicht werden. In dem Moment, als sie den Terminal betraten, wurden ihre schlimmsten Ahnungen bestätigt. Blitzlichter und Lampen von Fernsehkameras blendeten sie, Mikrofone wurden ihnen ins Gesicht gehalten. Irgendjemand stieß versehentlich mit einem schweren Kamerawagen an Rustys verletztes Bein. Der Lärmpegel war ohrenbetäubend, aber von irgendwo her ertönte eine vertraute Stimme, die nach ihr rief.

„Vater?“

Sekunden später fand sie sich in den Armen ihres Vaters wieder. Sie drehte sich nach Cooper um, um seine Hand zu greifen, aber sie konnte ihn nicht finden. Die Trennung von ihm versetzte sie in Panik.

„Lass mich dich ansehen.“ Bill Carlson hielt Rusty auf Armeslänge von sich. Die Reporter machten ein wenig Platz, aber die Kameras surrten unaufhörlich, um die Bilder dieser rührenden Wiedervereinigung aufzunehmen.

„Unter den gegebenen Umständen gar nicht so schlecht." Er streifte ihr den Mantel von den Schultern. „So dankbar ich den kanadischen Behörden für ihre exzellente Fürsorge heute auch bin, ich denke, du wirst dich hier drin wesentlich besser fühlen."

Einer seiner Gefolgsmänner tauchte auf, eine riesige Schachtel auf den Armen. Bill Carlson zog einen langen Rotfuchsmantel daraus hervor, genau wie der, den sie beim Absturz getragen hatte. „Ich habe gehört, wozu dein Mantel gedient hat, Liebling", sagte er, als er stolz den Pelzmantel um ihre Schultern legte. „Deshalb wollte ich ihn ersetzen."

Viele Ohs und Ahs erklangen aus der Menge. Reporter drängten sich näher heran, um bessere Bilder einzufangen. Der Mantel war großartig, aber viel zu dick für den milden kalifornischen Abend. Rusty spürte sein Gewicht wie eine Last auf ihren Schultern. Trotzdem achtete sie nicht darauf, sondern suchte hektisch mit den Augen die Menge nach Cooper ab. „Vater, ich möchte, dass du jemanden kennen lernst ..."

„Und um dein Bein brauchst du dir keine Gedanken zu machen. Da werden sich bald die besten Ärzte drum kümmern. Ich habe schon ein Zimmer in der Klinik reserviert. Wir fahren sofort dorthin."

„Aber Cooper ..."

„Ah ja, Cooper ... Landry, nicht wahr? Der Mann, der den Absturz ebenfalls überlebt hat. Ich bin ihm natürlich dankbar. Er hatte dir das Leben gerettet, das werde ich ihm nie vergessen." Carlson sprach laut. Er wollte sichergehen, dass ihn auch alle hörten.

Diplomatisch machte Carlsons Gefolgsmann mit der großen Schachtel den Weg durch die Menge frei. „Ladys und Gentlemen, Sie werden benachrichtigt, wenn sich noch irgendetwas Neues ergeben sollte", teilte Carlson den Reportern mit, während er Rusty zu einem kleinen Elektrowagen führte, der sie durch den Terminal fahren sollte.

Rusty sah sich ständig um, aber sie konnte Cooper nicht entdecken. Endlich erkannte sie seine breiten Schultern in der Menschenmenge, wie er sich vom Schauplatz entfernte. Zwei Reporter rannten hinter ihm her.

„Cooper!" Der Elektrowagen fuhr an, und sie hielt sich am Sitz fest. „Cooper!" rief sie noch einmal, aber bei all dem Lärm konnte er sie nicht hören.

Sie wollte von diesem Wagen springen und zu ihm laufen, aber sie fuhren schon zu schnell, und ihr Vater redete auf sie ein. Sie versuchte seine Worte und deren Sinn zu verstehen, aber ihr schien, als plappere er nur belangloses Zeug.

Sie kämpfte gegen die aufsteigende Panik an, während der Wagen durch die Halle rollte und Fußgänger aus dem Weg hupte. Cooper war längst von der Menge verschluckt worden, sie konnte ihn nicht mehr sehen.

Als sie in der geräumigen Limousine auf dem Weg zur Klinik waren, griff ihr Vater ihre Hand und drückte sie fest. „Ich hatte solche Angst um dich, Rusty. Ich glaubte, dich ebenfalls verloren zu haben."

Sie legte den Kopf an die Schulter ihres Vaters und drückte seinen Arm. „Ich weiß. Ich habe mir Sorgen gemacht, wie du die Nachricht von dem Absturz aufnehmen würdest."

„Was unseren kleinen Disput an dem Tag deiner Abreise anbelangt ..."

„Bitte, Vater, lass uns nicht mehr daran denken." Sie lächelte zu ihm auf. „Ich hätte es wahrscheinlich nicht überlebt, beim Häuten eines Widders dabei zu sein, aber ich habe einen Flugzeugabsturz überlebt."

Er gluckste vergnügt. „Ich weiß nicht, ob du dich noch daran erinnerst, du warst damals noch sehr klein, aber ... Jeff hat sich einmal nachts aus dem Zelt im Pfadfindercamp geschlichen. Er hat sich verlaufen und die ganze Nacht im Wald verbracht. Als wir ihn am nächsten Morgen endlich fanden, hatte er sich sein eigenes Camp aufgebaut und saß am Fluss, um sich sein Frühstück zu angeln."

Rusty legte den Kopf wieder an seine Schulter, ihr Lächeln erstarb. „Das hat Cooper alles für mich gemacht."

Sie spürte, wie ihr Vater sich anspannte. Das tat er immer, wenn etwas nicht seine Zustimmung fand. „Dieser Cooper Landry, was für ein Mann ist er?"

„Was für ein Mann?" wiederholte sie.

„Soviel ich verstanden habe, ist er ein Vietnamveteran."

„Ja. Er war auch in einem Gefangenenlager, konnte aber fliehen."

„Hat er ... hat er dich anständig behandelt?"

O ja, dachte sie, aber sie behielt die leidenschaftlichen Erinnerungen, die in ihr aufstiegen, lieber für sich. „Ja, Vater. Sehr anständig. Ohne ihn hätte ich nicht überlebt."

Sie wollte ihm noch nicht mehr von ihrer Beziehung zu Cooper berichten, nicht gleich nach ihrer Rückkehr.

Ihr Vater würde langsam an den Gedanken herangeführt werden müssen. Und vielleicht würde er es auch nicht begeistert aufnehmen, denn Bill Carlson war ein starrsinniger Mensch.

Er war auch ein Mann mit Intuition. Einer, dem man nicht so leicht etwas vormachen konnte. Sie musste darauf achten, ihre Stimme so nichtssagend wie möglich zu halten. „Wirst du bitte versuchen, ihn für mich ausfindig zu machen?“ Keine auffällige Frage, ihr Vater kannte alle möglichen Leute in der Stadt. „Lass ihn wissen, wo ich bin. Wir sind am Flughafen getrennt worden.“

„Warum willst du diesen Mann unbedingt wiedersehen?“

Er hätte sie genauso gut fragen können, warum sie unbedingt atmen musste. „Ich will ihm noch einmal richtig meinen Dank aussprechen, weil er mir das Leben gerettet hat.“

„Ich werde sehen, was ich tun kann“, versprach Carlson genau in dem Moment, als sie durch die Tore der Privatklinik fuhren.

Auch wenn ihr Vater alle Vorbereitungen getroffen hatte, so dauerte es doch volle zwei Stunden, bevor Rusty endlich allein in dem luxuriös ausgestatteten Zimmer war. Mit den Originalgemälden und der modernen Einrichtung erinnerte es eher an ein schickes Apartment denn an ein Krankenzimmer.

Sie lag in einem festen Bett mit weichen Kissen, das sich mechanisch bewegen ließ, trug ein elegantes Designernachthemd, das ihr Vater in den Koffer hatte packen lassen, der sie bereits in dem Zimmer erwartet hatte. All ihre Kosmetikartikel und ihr Lieblingsparfüm standen ordentlich aufgereiht im Bad. Pflegepersonal würde auf jeden ihrer Wünsche reagieren, sie brauchte nur den Telefonhörer zur Hand zu nehmen.

Sie fühlte sich miserabel.

Zum einen pochte es unerträglich in ihrem Bein, als Folge der Untersuchung, die der Chirurg vorgenommen hatte. Zur Sicherheit hatte man Röntgenaufnahmen gemacht, aber Knochen waren nicht gebrochen. „Cooper sagte mir, dass nichts gebrochen sei“, teilte sie dem Arzt leise mit, der mit gerunzelter Stirn auf die Narbe blickte. Als er sich dann über die unzulänglichen Stiche beschwerte, verteidigte Rusty Cooper sofort. „Er hat mein Bein gerettet“, fauchte sie.

Plötzlich war sie unglaublich stolz auf die Narbe und gar nicht mehr so begeistert davon, sie richten zu lassen, was, wie man ihr mitgeteilt hatte, mindestens drei Operationen nötig machte, wenn nicht mehr. Diese Narbe erschien ihr jetzt wie eine Medaille für außergewöhnlichen Mut.

Zudem hatte Cooper dieser Narbe noch in der Nacht zuvor sehr viel Aufmerksamkeit geschenkt, hatte die rote, noch leicht geschwollene Haut mit Küssen übersät und immer wieder beteuert, dass es ihn gar nicht abstoße, sondern im Gegenteil, „so richtig heiß“ machen würde, wann immer er nur einen Blick darauf warf. Rusty hatte ernsthaft erwogen, ob sie das vielleicht diesem aufgeblasenen Arzt mitteilen sollte.

Sie hatte ihm nichts davon gesagt. Überhaupt hatte sie äußerst wenig gesprochen. Sie hatte gar nicht mehr die

Energie dafür gehabt. Sie konnte nur noch daran denken, wie schön es sein würde, endlich allein zu sein und schlafen zu können.

Und jetzt, da die Gelegenheit gekommen war, konnte sie nicht einschlafen. Zweifel, Ängste und Kummer hielten sie wach. Wo war Cooper? Warum war er nicht mit ihr gekommen? Sicher, es war ein Riesenaufruhr am Flughafen gewesen, aber er hätte bei ihr bleiben können, wenn er es wirklich gewollt hätte.

Als die Schwester mit einem Schlafmittel kam, schluckte Rusty die Pille gehorsam. Sonst würde sie nie einschlafen können, ohne Cooper an ihrer Seite.

## 11. KAPITEL

„Ich meine, gütiger Himmel! Wir konnten es erst überhaupt nicht glauben. Unsere Rusty, mit einem Flugzeug abgestürzt!"

„Es muss einfach schrecklich gewesen sein."

Rusty sah von ihren Kissen auf die beiden elegant gekleideten Frauen und wünschte sich, sie würden sich in Luft auflösen. Kaum dass eine tüchtige Schwester das Frühstückstablett hinausgetragen hatte, waren ihre beiden Freundinnen hereingerauscht.

In eine Wolke aus teurem Parfüm eingehüllt, die blanke Neugier auf dem Gesicht, hatten die beiden verkündet, nur gekommen zu sein, um Rusty als Erste Trost und Beistand zu leisten. Rusty allerdings vermutete, dass sie nur gekommen waren, um als Erste alle Details über ihre „kanadische Kapriole", wie sie es nannten, zu erfahren.

„Ich kann nicht behaupten, dass es amüsant gewesen wäre", sagte sie müde.

Sie war lange vor dem Frühstück aufgewacht, sie war jetzt daran gewöhnt, bei Sonnenaufgang wach zu werden. Immerhin hatte sie dank der Schlaftablette tief und fest geschlafen. Ihre Lustlosigkeit hatte weniger mit Müdigkeit zu tun, ihre Laune war auf dem Nullpunkt, und die Anstrengungen ihrer Freundinnen, sie aufzuheitern, bewirkten eher das Gegenteil.

„Sobald du hier raus bist, werden wir dich zu einem richtigen Verwöhntag im Schönheitssalon einladen. Haare, Haut, Massage. Himmel, sieh dir nur deine armen Fingernägel an." Eine von ihnen nahm Rustys schlaffe Hand und schnalzte entsetzt mit der Zunge. „Die sind ja in einem erbärmlichen Zustand."

Rusty lächelte dünn, als sie sich daran erinnerte, wie Cooper ihre Nägel mit seinem Buschmesser geschnitten hatte. „Ich bin einfach nicht zur Maniküre gekommen." Es war als witzige Bemerkung gemeint, aber ihre Freundinnen nickten verstehend. „Ich war zu sehr damit beschäftigt, am Leben zu bleiben."

Die eine von ihnen schüttelte den gestylten blonden Schopf und schauderte, dass ihr der Hermès-Schal von den Schultern glitt. Das Dutzend Armbänder an ihrem Handgelenk klingelte wie die Glöckchen an einem Weihnachtsrentier. „Du bist ja so unglaublich tapfer, Rusty. Ich glaube, ich wäre lieber gestorben, als all das durchmachen zu müssen."

Vor nicht allzu langer Zeit hätte sie wahrscheinlich genau die gleiche oberflächliche Bemerkung gemacht. „Ich hatte immer geglaubt, das würde ich auch lieber wählen. Aber du wärst erstaunt, wie stark der menschliche Überlebensinstinkt ist. In einer Situation wie der, in der ich mich befand, übernimmt er völlig die Kontrolle."

Doch ihre Freundinnen waren nicht an philosophischen Bemerkungen interessiert. Sie wollten zur Sache kommen, wollten die ganzen delikaten Details hören, das wirklich Interessante eben. Eine saß auf dem Fußende des Bettes, die andere hatte sich den Stuhl so nah herangezogen, dass sie sich mit dem Ellbogen auf die Bettkante stützen konnte.

Sie sahen aus wie Aasgeier, die darauf warteten, sich auf die Beute zu stürzen.

Die Story des Absturzes und der nachfolgenden Ereignisse waren offensichtlich auf der Titelseite der Morgenzeitung erschienen. Der Verfasser hatte, bis auf ein paar unwichtige Kleinigkeiten, Rustys und Coopers Bericht detailgetreu wiedergegeben.

Der Artikel war ernsthaft und journalistisch fundiert gewesen. Aber die Öffentlichkeit lechzte eben nach dem, was zwischen den Zeilen stand, sie wollte hören, was nicht gesagt worden war. Ihre Freundinnen bildeten da keine Ausnahme.

„War es denn nicht grässlich? Es muss doch stockdunkel gewesen sein, sobald die Sonne unterging."

„Wir hatten Öllampen in der Hütte."

„Nein, ich meinte, in der Wildnis."

„Bevor du zu dieser Hütte kamst. Als du noch draußen unter freiem Himmel schlafen musstest."

Rusty seufzte schwer. „Ja, es war dunkel. Aber wir haben ja Feuer gemacht."

„Wovon hast du dich denn ernährt?"

„Hauptsächlich von Kaninchen."

„Kaninchen! Ich würde sterben!"

„Ich bin nicht gestorben", zischte Rusty verärgert. „Und ihr wärt es auch nicht."

Warum hatte sie das jetzt getan? Warum hatte sie es nicht auf sich beruhen lassen? Die beiden sahen verletzt und verwirrt aus, hatten keine Ahnung, warum Rusty sie so angefaucht hatte. Warum hatte sie nicht etwas Belangloses gesagt, irgendetwas Gewandtes, Geistreiches, so wie zum Beispiel, dass Kaninchen nur in den besten Restaurants serviert wurde?

Die Erwähnung des Kaninchens hatte natürlich unwillkürlich den Gedanken an Cooper nach sich gezogen. Schmerzhafte Sehnsucht nach ihm durchzuckte sie. „Ich bin wirklich sehr müde“, behauptete sie, weil sie das Gefühl hatte, gleich weinen zu müssen, und nicht erklären wollte, warum.

Andeutungen wirkten allerdings bei den beiden Frauen nicht. Dieser diskrete Hinweis, Rusty allein zu lassen, ging völlig an ihnen vorbei.

„Und dann dein Bein.“ Die Freundin mit den vielen Armbändern schlug entsetzt die Hände an die Wangen. „Ist der Arzt sicher, dass er es wieder hinbiegen kann?“

Rusty schloss die Augen. „Ja, ziemlich.“

„Wie viele Operationen sind denn nötig, um diese hässliche Narbe verschwinden zu lassen?“ Mit geschlossenen Augen fühlte Rusty den Luftzug, als die andere Freundin wild mit der Hand wedelte, um die taktlose Sprecherin zum Schweigen zu bringen. „Oh, so meinte ich das natürlich nicht, so schlimm ist es ja gar nicht. Ich wollte nur sagen ...“

„Ich weiß, was du sagen wolltest“, unterbrach Rusty sie und schlug die Augen auf. „Ja, sie ist hässlich, aber immer noch besser als ein Stumpf, und für eine Weile sah es so aus, als würde mir nur ein Stumpf bleiben. Wenn Cooper nicht ...“

Rusty hielt inne. Sein Name war ihr herausgerutscht. Und da er jetzt im Raum stand, stießen die Geier zu.

„Cooper?“ fragte eine der Frauen harmlos. „Ist das der Mann, der den Absturz ebenfalls überlebt hat?“

„Ja.“

Die beiden Frauen tauschten einen Blick aus, so als würden sie in Gedanken eine Münze werfen, wer zuerst die erste von den tausend Fragen stellen sollte.

„Ich habe ihn im Fernsehen in den Nachrichten gesehen. Du liebe Güte, Rusty, er ist einfach umwerfend!"

„Umwerfend?" wiederholte Rusty ungläubig.

„Nun, er ist sicherlich kein makellos schöner Mann, ich meine, nicht wie ein Model. Aber auf eine sehr verwegene, raue, verschwitzte, sexy Art umwerfend."

„Er hat mir das Leben gerettet", sagte Rusty leise.

„Ich weiß, Liebes. Aber wenn man sich schon das Leben retten lassen muss, dann doch lieber von einem Mann, der aussieht wie dieser Cooper Landry." Sie grinste anzüglich und leckte sich über die Lippen.

Rustys Wangen wurden rot, ihre Lippen blass.

„Hat er wirklich so breite Schultern?" Ihre Freundin deutete das Maß mit den Händen an.

„Ja, er ist recht muskulös", stimmte Rusty hilflos zu, „aber er ..."

„Und so schmale Hüften?" Die Hände kamen eng zusammen, und die beiden Damen kicherten.

Rusty hätte am liebsten laut losgeschrien. „Er wusste Dinge, die mir nicht einmal in den Sinn gekommen wären. Er hat aus meinem Pelzmantel eine Trage gemacht und mich von der Absturzstelle weggebracht. Meilenweit. Ich wusste nicht einmal, wie weit er mich gezogen hat, bevor ich die Entfernung vom Rettungshubschrauber aus sah."

„Er hat etwas reizvoll Gefährliches." Die Freundin schüttelte sich voller Wonne. Sie hatte kein Wort von dem gehört, was Rusty gesagt hatte. „Da liegt so etwas Drohendes in seinen Augen. Ich habe diese primitive Ursprünglichkeit schon immer sehr sexy gefunden."

Die andere Freundin auf dem Stuhl schloss schwärmerisch die Augen. „Hör auf, mir wird schon richtig heiß."

„Die Zeitungen haben berichtet, dass er mit zwei Männern um dich gekämpft und sie umgebracht hat."

Fast wäre Rusty aus dem Bett gesprungen. „So stand das keineswegs in den Zeitungen!"

„Ich kann zwei und zwei zusammenzählen, Liebes."

„Es war Notwehr!"

„Liebling, reg dich doch nicht so auf." Sie tätschelte Rustys Hand. „Wenn du sagst, dass es Notwehr war, dann war es eben Notwehr." Sie blinzelte Rusty verschwörerisch zu. „Hör mal, meine bessere Hälfte kennt Bill Friedkin. Er meint, deine Story liefert einen großartigen Stoff für einen Film. Er und Friedkin treffen sich nächste Woche zum Lunch, und da ..."

„Ein Film!" Rusty war entsetzt. „O nein. Bitte, er soll bloß nichts davon erwähnen. Ich will nicht, dass so etwas daraus gemacht wird. Ich will einfach nur vergessen und mein ganz normales Leben wiederhaben."

„Wir wollten dich wirklich nicht aufregen, Rusty." Die eine Freundin stand von ihrem Stuhl auf und legte Rusty die Hand auf die Schulter. „Wir dachten uns nur, als deine beiden besten Freundinnen ... wenn es irgendetwas gibt, über das du reden möchtest ... Du weißt schon, etwas Persönliches, das du nicht mit deinem Vater bereden kannst ... wir beide sind für dich da."

„Etwas Persönliches? Was denn?" Rusty schüttelte die Hand ihrer Freundin ab und funkelte die beiden an.

Wieder tauschten die beiden Freundinnen vielsagende Blicke.

„Nun, immerhin warst du für zwei Wochen allein mit diesem Mann."

„Und?"

„Und", die Freundin holte tief Luft, „die Zeitungen sagten, in der Hütte hätte es nur einen Raum gegeben."

„Und?"

„Komm schon, Rusty." Die Geduld ihrer Freundin war verbraucht. „Das gibt doch Anlass zu allen möglichen Spekulationen. Du bist eine attraktive junge Frau, und er ist mit Sicherheit ein Prachtexemplar der männlichen Spezies. Ihr beide seid ungebunden. Du warst verletzt. Er hat dich gepflegt. Du warst doch völlig abhängig von ihm. Ihr dachtet, ihr müsstet den ganzen Winter dort oben ausharren."

Jetzt griff die andere den Faden aufgeregt auf. „So eng zusammenzuleben, dort oben in der Wildnis, ganz allein – das ist das Romantischste, was ich je gehört habe. Du weißt schon, worauf wir hinauswollen."

„Ja, das weiß ich." Rustys Stimme klirrte vor Kälte, aber ihre Augen sprühten Funken. „Ihr wollt wissen, ob ich mit Cooper geschlafen habe."

Genau in diesem Augenblick ging die Tür auf, und der Mann, um den sich das Gespräch gedreht hatte, trat ein. Rustys Herz machte einen Sprung. Ihre Freundinnen drehten sich um, als sie Rustys strahlendes Lächeln sahen.

Cooper nahm die beiden kaum wahr, er hatte nur Augen für Rusty. Der Blick, den er und Rusty tauschten, ließ die Luft vibrieren und beantwortete wohl alle Fragen nach dem Ausmaß ihrer Intimität.

Endlich hatte Rusty sich genug gefasst, um wieder sprechen zu können. „Äh, Cooper, das sind zwei meiner Freundinnen.“ Sie stellte sie mit Namen vor. Cooper nickte nur knapp und desinteressiert.

„Oh, Mr. Landry, es ist mir eine Ehre, Sie kennen zu lernen“, stieß eine von ihnen atemlos und mit großen Augen hervor. „Die ‘Times’ berichtete, dass Sie aus einem Gefangenenlager fliehen konnten. Ich finde das so überwältigend. Ich meine, was Sie alles mitgemacht haben müssen. Und dann überleben Sie einen Flugzeugabsturz.“

„Rusty erzählte uns, dass Sie ihr das Leben gerettet haben.“

„Mein Mann und ich würden Sie gerne zu einem kleinen intimen Dinner einladen, wenn Rusty sich erst wieder erholt hat. Wir würden uns so freuen, wenn Sie unsere Einladung annehmen würden.“

„Wann ist dir das denn eingefallen?“ fragte die andere pikiert. „Ich wollte eine Dinnerparty für die beiden organisieren.“

„Ich habe sie aber zuerst eingeladen.“

Das alberne Gezänk war irritierend und peinlich. Es ließ die beiden aussehen wie die bösen Stiefschwestern in „Aschenbrödel“. „Cooper kann sicherlich nicht lange bleiben“, unterbrach Rusty. Sie sah, wie seine Geduld mehr und mehr schwand. Ihre übrigens auch. Da er jetzt hier war, wollte sie ihre beiden so genannten Freundinnen so schnell wie möglich loswerden, um mit ihm allein sein zu können.

„Wir haben unseren Besuch schon viel zu lange ausgedehnt“, sagte die eine und griff nach Mantel und Handtasche. Sie beugte sich zu Rusty, küsste die Luft nah an deren Wange und flüsterte: „Du listiges kleines Biest, du. Das lasse ich dir nicht durchgehen. Ich will alles wissen, das kleinste Detail.“

Die andere lehnte sich vor und murmelte: „Ich bin sicher, für den hat sich der Flugzeugabsturz gelohnt. Der ist ja göttlich. So ungeschliffen, so ... Nun, ich bin sicher, dir brauche ich das nicht zu sagen.“

Sie verabschiedeten sich auf dem Weg zur Tür von Cooper. Eine legte sogar flirtend eine Hand auf seine Brust, während sie ihn nochmals an die Dinnereinladung erinnerte. Dann schwebten sie hinaus, nicht ohne Rusty noch ein letztes wissendes Lächeln über die Schultern zuzuwerfen.

Erst als die Tür sich hinter ihnen schloss, kam Cooper zum Bett. „Ich werde auf keine verdammte Dinnerparty gehen.“

„Das erwarte ich auch gar nicht. Wenn sich der Reiz des Neuen erst gelegt hat, werde ich ihnen raten, die Idee fallen zu lassen.“

Ihn anzusehen war gefährlich. Zu ihrem Unmut stellte sie fest, dass ihr Tränen in die Augen traten. Verlegen wischte sie sie sich von den Wangen.

„Stimmt was nicht?“

„Nein, ich ...“ Sie zögerte, entschied sich dann aber, den Sprung nach vorn zu wagen. Mutig hob sie den Blick. „Ich bin einfach nur so glücklich, dich zu sehen.“

Er berührte sie nicht, obwohl er es genauso gut hätte tun können. Sein Blick war besitzergreifender als jede

Zärtlichkeit. Seine Augen glitten über ihre Gestalt unter der dünnen Bettdecke, dann wieder hinauf zu ihren Brüsten, wo sie auf den sich verführerisch unter dem Seidennachthemd abzeichnenden Rundungen verweilten.

Nervös fingerte sie an dem Spitzenkragen. „Das, äh, Nachthemd war schon hier, als ich ankam."

„Es ist hübsch."

„Alles ist hübscher als lange Unterhosen."

„Du sahst gut aus in langen Unterhosen."

Ihr Lächeln wurde unsicher. Er war hier. Sie konnte ihn sehen, den Duft riechen, den er ausströmte, seine Stimme hören. Er trug neue Sachen, eine legere Hose, Hemd und Jackett. Aber diese Aufmachung war nicht der Grund für seine distanzierte Haltung. Sie wollte sie nicht sehen, aber sie war nicht zu ignorieren – diese unsichtbare Wand.

„Danke, dass du mich besuchen kommst", sagte sie, weil ihr nichts Besseres einfiel. „Ich bat meinen Vater, dich zu finden und dir zu bestellen, wo ich bin."

„Dein Vater hat mir nichts gesagt, ich habe es selbst herausgefunden."

Ein Hoffnungsschimmer. Er hatte nach ihr gesucht. Vielleicht die ganze Nacht. Während sie mit Schlafmitteln in tiefem Schlummer gelegen hatte, hatte er vielleicht hektisch die Straßen der Stadt nach ihr durchkämmt.

Aber dann erstarb diese Hoffnung, als er hinzufügte: „Es stand in der Zeitung, dass du hier bist. So, wie ich verstanden habe, wird sich ein Schönheitschirurg der Stiche annehmen, die ich gemacht habe."

„Ich habe deine Arbeit verteidigt."

„Es hat funktioniert.“ Er zuckte die Schultern. „Das ist alles, was mir wichtig ist.“

„Für mich auch.“

„Sicher.“

„Aber es ist so!“ Sie setzte sich gerade auf, verärgert über seine herablassende Haltung. „Es war nicht meine Idee, direkt vom Flughafen hierher zu kommen, sondern die meines Vaters. Ich wäre viel lieber nach Hause gefahren, hätte meine Post durchgesehen, meine Pflanzen gegossen und in meinem eigenen Bett geschlafen.“

„Du bist doch schon ein großes Mädchen. Warum bist du dann nicht nach Hause gefahren?“

„Das habe ich dir doch gerade gesagt. Vater hatte alles arrangiert. Ich konnte doch nicht von ihm verlangen, alles umzuwerfen.“

„Warum nicht?“

„Tu nicht so begriffsstutzig. Und warum sollte ich diese Narbe nicht richten lassen?“ schrie sie ärgerlich.

Er wandte den Blick ab. „Natürlich sollst du sie richten lassen.“

Entmutigt sank Rusty zurück auf die Kissen. „Was ist los mit uns, Cooper? Wieso benehmen wir uns so?“

Er schaute sie wieder an. Seine Miene war traurig, so als sei ihre Naivität bemitleidenswert. „Keiner verlangt, dass du den Rest deines Lebens mit dieser Narbe herumläufst. Das habe ich auch nie gesagt.“

„Ich rede nicht über die Narbe, Cooper. Ich rede von uns. Warum bist du gestern am Flughafen einfach verschwunden?“

„Ich war da, immer in Sichtweite.“

„Aber du warst nicht bei mir. Ich habe nach dir gerufen. Hast du es nicht gehört?“

Er antwortete nicht direkt. „Dir schien es an Aufmerksamkeit nicht zu fehlen.“

„Ich wollte deine Aufmerksamkeit. Die ich hatte, bis wir aus diesem Flugzeug ausstiegen. Warum bist du nicht an meiner Seite geblieben?“

„Wir konnten ja wohl schlecht das tun, was wir im Flugzeug getan haben, mit dieser Menschenmenge um uns herum. Außerdem warst du ja anderweitig beschäftigt.“ Das herablassende Grinsen war wieder da. Ein ungewohnter Anblick, Rusty hatte es nicht mehr gesehen, seit sie sich geliebt hatten.

Sie war völlig verwirrt. Wann und warum war alles schief gegangen? „Was hattest du denn erwartet, wenn wir in L. A. ankommen? Wir waren und sind die Schlagzeile des Tages. Es war nicht meine Schuld, dass all diese Reporter da standen. Oder mein Vater. Er hat sich halb zu Tode um mich gesorgt. Er hat die Rettungsaktion organisiert. Hast du geglaubt, er würde so einfach über meine Rückkehr hinweggehen?“

„Nein.“ Cooper fuhr sich durch die Haare. „Aber musste es denn so ein Zirkus sein? Wozu diese Show? Der Pelzmantel, zum Beispiel?“

„Das war doch eigentlich sehr nett von ihm.“

Auch wenn ihr die übertriebene Geste peinlich gewesen war, verteidigte sie ihren Vater sofort. Der Mantel war ein Ausdruck seiner Freude gewesen, sie wieder sicher zurück zu wissen. Dass es eine eher geschmacklose Zurschaustellung von Reichtum gewesen war, wog dabei nicht so schwer. Es ärgerte Rusty, dass Cooper kein Verständnis für ihres Vaters Exzentrizität aufbrachte.

Cooper marschierte in dem Zimmer auf und ab, als fühle er sich eingeengt. Seine Bewegungen waren abrupt und stockend, wie bei einem Mann, der sich in seiner Haut nicht wohl fühlte. „Hör zu, ich muss jetzt gehen."

„Gehen? Jetzt? Warum? Wohin?"

„Nach Hause."

„Nach Rogers Gap?"

„Ja. Zurück dahin, wo ich hingehöre. Ich habe eine Ranch, um die ich mich kümmern muss. Ich will gar nicht wissen, wie es dort aussieht, nach so langer Abwesenheit." Er senkte den Blick auf ihr rechtes Bein. „Wird es wieder in Ordnung kommen?"

„Irgendwann schon", erwiderte sie dumpf. Er geht weg. Er verlässt mich. Vielleicht für immer. „Es werden mehrere Operationen nötig sein. Die erste ist für morgen angesetzt."

„Ich hoffe, ich habe nicht mehr Schaden angerichtet als Nutzen gebracht."

Ihre Kehle war wie zugeschnürt. „Ganz bestimmt nicht."

„Tja, dann ist das wohl der Abschied." Er bewegte sich auf die Tür zu, achtete darauf, dass es nicht wie eine Flucht aussah.

„Vielleicht kann ich ja mal zu Rogers Gap rauskommen und Hallo sagen. Man weiß ja nie, vielleicht verschlägt es mich dahin."

„Ja sicher. Wäre schön." Sein gezwungenes Lächeln besagte das Gegenteil.

„Wie ... wie oft bist du in L. A.?“

„Nicht sehr oft“, sagte er ehrlich. „Also dann, Rusty, alles Gute.“ Er drehte sich um und griff nach der Türklinke.

„Cooper, warte!“ Er wandte sich zu ihr. Sie saß angespannt und aufgerichtet im Bett, bereit, ihm nachzustürzen, falls es nötig werden sollte. „Das war's also? So soll alles zu Ende gehen?“

Er nickte knapp.

„Das kann es nicht. Nicht nach dem, was wir miteinander erlebt haben.“

„Das muss es.“

Sie schüttelte ihren Kopf so wild, dass ihre Locken flogen. „Mich kannst du nicht mehr täuschen. Du bist absichtlich grob, um dich zu schützen. Du kämpfst dagegen an. Ich weiß es. Du willst mich genauso in den Armen halten wie ich dich.“

Seine Wangenmuskeln wurden hart, weil er die Zähne zusammenbiss. Er ballte die Hände zu Fäusten. Sekundenlang stand er wie erstarrt, dann hatte er den Kampf verloren.

Mit großen Schritten eilte er durch den Raum und zog Rusty in seine Arme. Er ließ sich auf die Bettkante nieder und hielt sie fest an sich gedrückt. Sie schlang die Arme um ihn, und so hielten sie sich und wiegten einander. Er barg sein Gesicht in ihrem Haar, und sie schmiegte ihres in seine Halsmulde.

„Rusty, Rusty.“

Sie erschauerte, als sie die Verzweiflung in seiner Stimme hörte. „Ich konnte gestern Nacht nicht ohne Schlafmittel einschlafen. Ich habe immer auf dein Atmen gelauscht. Deine Umarmung hat mir so gefehlt."

„Mir hat dein Po in meinem Schoß gefehlt."

Er beugte seinen Kopf im gleichen Moment, als sie ihren hob. Ihre Lippen fanden sich zu einem leidenschaftlichen Kuss. Cooper schob seine Finger in ihr Haar und hielt ihren Kopf, während er ihren Mund mit seiner Zunge wild liebkoste.

„Ich wollte dich so sehr gestern Nacht, ich dachte, ich müsste sterben", stöhnte er, als er sie freigab.

„Du wolltest nicht von mir getrennt werden?"

„Nicht auf diese Art."

„Warum hast du dann nicht reagiert, als ich am Flughafen nach dir rief? Du hast mich doch gehört, oder?"

Bedrückt nickte er. „Ich konnte bei diesem Zirkus einfach nicht mitmachen, Rusty. Ich konnte nicht schnell genug davon wegkommen. Als ich aus Vietnam zurückkam, wurde ich wie ein Held empfangen." Er nahm eine ihrer Haarsträhnen zwischen seine Finger und spielte gedankenverloren damit. „Ich fühlte mich aber nicht als Held. Ich war gerade durch die Hölle gegangen. Es gab Dinge, die ich tun musste ... nun, sie waren nicht sehr heldenhaft. Sie hatten es nicht verdient, herausgestellt und honoriert zu werden. Ich hatte es nicht verdient. Ich wollte einfach nur in Ruhe gelassen werden und es vergessen."

Er zog ihren Kopf ein wenig zurück und sah sie mit stahlgrauen Augen an. „Auch jetzt verdiene ich dieses Rampenlicht nicht, noch will ich es. Ich tat, was nötig war, um unser Leben zu retten. Jeder hätte das getan."

Sie strich zärtlich über seine Lippen. „Nicht jeder, Cooper."

Er tat das Kompliment mit einem Schulterzucken ab. „Ich habe einfach nur mehr Erfahrung im Überleben als andere."

„Du willst die Anerkennung, die dir zusteht, einfach nicht annehmen, was?"

„Ist es das, was du willst, Rusty? Anerkennung fürs Überleben?"

Sie dachte an ihren Vater. Ja, sie hätte gern ein paar Worte des Lobes für ihre Tapferkeit von ihm gehört. Stattdessen hatte er über Jeffs Eskapaden im Pfadfinderlager geredet.

Es war sicherlich nicht mit böser Absicht geschehen, Bill Carlson hatte nicht betonen wollen, dass sie Jeff nicht das Wasser reichen konnte. Aber das war dabei unterm Strich herausgekommen. Was würde nötig sein, so fragte sie sich, um die Anerkennung und den Respekt ihres Vaters zu erlangen?

Doch jetzt schien es ihr gar nicht mehr so wichtig, wie es ihr einmal gewesen war. Nein, eigentlich war es ihr überhaupt nicht mehr wichtig. Ihr lag viel mehr daran, was Cooper über sie dachte.

„Ich will keine Anerkennung, Cooper, ich will ..." Sie hielt sich gerade noch rechtzeitig zurück, bevor sie „dich" sagen konnte. Stattdessen legte sie die Wange an seine Brust. „Warum bist du mir nicht nachgekommen? Willst du mich nicht mehr?"

Er umfasste ihre Brust und streichelte zärtlich die sanfte Rundung. „O doch, ich will dich." Die Sehnsucht, die seine Stimme rau machte, entstammte nicht nur einem rein körperlichen Bedürfnis.

Rusty spürte es, weil sie genauso fühlte. In ihr nagte eine unerträgliche Leere, wenn er nicht bei ihr war. Deshalb klang ihre Stimme auch so flehend, als sie fragte: „Warum dann?"

„Ich bin gestern nicht mit dir gekommen, weil ich das Unvermeidliche nicht noch länger hinausschieben wollte."

„Das Unvermeidliche?"

„Rusty", flüsterte er, „diese körperliche Abhängigkeit voneinander ist der klassische Fall aus dem Lehrbuch. Es ist typisch für Leute, die zusammen eine Katastrophe durchlebt haben. Selbst Geiseln entwickeln manchmal eine anomale Zuneigung für ihre Entführer."

„Das weiß ich alles. Das Stockholmsyndrom. Aber das hier ist anders."

„Ist es das?" Er runzelte skeptisch die Stirn. „Ein Kind liebt den Menschen, der es versorgt. Selbst ein wildes Tier wird zutraulich, wenn man es regelmäßig füttert. Ich habe dich versorgt, mich um dich gekümmert, da ist es nur normal, dass du dem Ganzen mehr Bedeutung zumisst, als ..."

Plötzlich unglaublich wütend, schob sie ihn von sich. Ihr Haar schimmerte wie eine Aureole der Empörung um ihr Gesicht, ihre Augen sprühten Funken. „Wage es nicht, das, was zwischen uns passiert ist, mit diesem psychologischen Geschwätz abzuwerten. Das ist absoluter Blödsinn. Was ich für dich fühle, ist real."

„Ich habe nie behauptet, es wäre nicht real." Ihr Ärger erregte ihn. Sie gefiel ihm am besten, wenn sie sich kämpferisch gab. Er riss sie an sich. „Das hier hat von Anfang an zwischen uns bestanden." Er fasste ihre Brust und strich hart mit dem Daumen über die Knospe.

Sie schmolz dahin, murmelte ein schwaches: „Nicht", was er ignorierte und sie stattdessen weiter liebkoste. Ihre Lider schlossen sich.

„Nicht wahr, es funktioniert jedes Mal, wir sind beide augenblicklich erregt. Das ist in dem Moment passiert, als wir uns zum ersten Mal in dem Flugzeug gesehen haben. Habe ich nicht Recht?"

„Ja", stimmte sie zu.

„Ich wollte dich schon, noch bevor die Maschine vom Boden abgehoben hatte."

„Aber du hast nicht einmal gelächelt oder mich angesprochen. Mich mit keinem Zeichen ermutigt, dich anzusprechen."

„Stimmt."

„Warum?" Wenn er sie weiter so streichelte, würde sie nicht mehr klar denken können. Sie schob seine Hand fort. „Sag mir, warum!"

„Weil ich damals schon ahnte, was ich jetzt mit Bestimmtheit weiß: Wir leben in verschiedenen Welten, und das meine ich nicht geografisch."

„Ich weiß, was du meinst. Du hältst mich für verwöhnt und oberflächlich, so wie meine beiden Freundinnen, die eben hier waren. Aber das bin ich nicht!" Sie legte ihm die Hände auf die Arme und sah ihn ernst an. „Sie waren mir nur lästig. Und weißt du, warum? Weil ich mich selbst gesehen habe, so, wie ich früher war. Ich habe genauso hart über sie geurteilt wie du über mich, als wir uns zuerst trafen. Aber bitte, sei großzügig. Ihnen gegenüber, mir gegenüber. Das hier ist Beverly Hills. Hier ist nichts real. Es gibt Gegenden in der Stadt, die ich nie gesehen habe. Die Hütte der Gawrylows war etwas, das weit jenseits meiner Vorstellungskraft lag. Aber ich habe mich geändert. Wirklich. So bin ich nicht mehr."

„Das warst du nie, Rusty. Ich vermutete es, aber jetzt weiß ich es." Er nahm ihr Gesicht in beide Hände. „Aber es ist das Leben, das du kennst, die Leute, mit denen du täglich Umgang hast. Ich könnte es nicht. Würde es nicht einmal versuchen wollen. Und du gehörst nicht in mein Leben."

Auf die schmerzliche Wahrheit reagierte sie mit Wut und stieß seine Hände von sich. „Dein Leben! Was ist das für ein Leben? Dich vom Rest der Welt abzukapseln? Allein und einsam? Deine Verbitterung ist wie ein Panzer. Nennst du das etwa Leben? Du hast Recht, Cooper, so könnte ich niemals leben. Das, was du mit dir herumträgst, ist mir viel zu schwer."

Seine Unterlippe wurde schmal. Sie wusste, dass sie Recht hatte, aber sie verspürte keinen Triumph.

„Na also, das ist doch genau das, was ich dir die ganze Zeit über zu erklären versuche", stieß er hervor. „Im Bett passen wir großartig zusammen, aber wir würden nie ein gemeinsames Leben haben können. Dafür sind wir einfach zu verschieden."

„Weil du zu stur bist, es auch nur zu versuchen! Hast du jemals daran gedacht, dass es auch Kompromisse gibt?"

„Nein. Ich will nichts mit dieser Welt zu tun haben." Er zeigte mit ausgebreiteten Armen auf den luxuriösen Raum und alles, was hinter dem großen Fenster lag.

Rusty richtete anklagend einen Finger auf ihn. „Du bist ein Snob!"

„Ein Snob?"

„Genau, ein Snob. Du meidest den Rest der Gesellschaft, weil du dir einbildest, besser als sie zu sein. Du bist überheblich und rechthaberisch, weil du im Krieg gekämpft hast und gefangen genommen worden bist. Zornig, weil du erkennen kannst, was alles verkehrt in dieser Welt ist. Du sitzt auf deinem Berg und spielst Gott und schaust auf uns alle herab, die wir den Mumm haben, einander zu tolerieren, trotz all unserer menschlichen Fehler."

„So ist das nicht", knurrte er.

„Ach nein? Könnte es nicht sein, dass du vielleicht einen Deut rechthaberisch bist und schnell über andere urteilst? Wenn dir so vieles an dieser Welt nicht passt, warum tust du dann nicht etwas dagegen? Du untermauerst ja all die Fehler noch, indem du dich zurückziehst. Nicht die Gesellschaft hat dich ausgestoßen, du hast die Gesellschaft verstoßen."

„Ich habe sie nicht verlassen, bis sie ..."

„Sie?"

Abrupt wurde Coopers Gesicht ausdruckslos, hart und kalt wie eine Maske. Das Licht in seinen Augen erlosch, wurde ersetzt durch nichtssagendes Grau.

Schockiert legte Rusty die Hand an die Brust. Eine Frau war verantwortlich für Coopers Zynismus. Wer?

Wann? Hundert Fragen wirbelten in ihrem Kopf. Sie wollte alle auf einmal stellen, aber im Moment kostete es sie ihre ganze Kraft, seinem eisigen Blick standzuhalten. Er war wütend auf sie und auf sich selbst. Sie hatte ihn dazu gebracht, etwas auferstehen zu lassen, das er längst begraben und vergessen geglaubt hatte.

Eifersucht wallte in ihr auf. Irgendeine Frau hatte so viel Macht über Cooper gehabt, dass es sein ganzes Leben geändert hatte. Er war vielleicht ein unbeschwerter junger Mann gewesen, bevor dieses Weibsbild seine Klauen in ihn geschlagen hatte. Sie musste wirklich eine außergewöhnliche Frau gewesen sein, wenn er immer noch so verbittert darüber war. Hatte er sie so sehr geliebt?

Ein Mann wie Cooper Landry lebte sicherlich nicht wie ein Mönch. Aber Rusty hatte sich immer nur kurze, flüchtige Affären vorgestellt, körperliche Befriedigung, wenig mehr. Es war ihr nie in den Sinn gekommen, dass er einmal eine tiefe Beziehung zu jemandem gehabt hatte, aber da hatte sie sich wohl gründlich geirrt. Denn diese Trennung hatte offensichtlich tiefe Narben hinterlassen.

„Wer war sie?"

„Vergiss es."

„Kanntest du sie, bevor du nach Vietnam gingst?"

„Lass es sein, Rusty."

„Hat sie jemand anders geheiratet, während du im Gefangenenlager saßest?"

„Ich sagte, vergiss es."

„Hast du sie geliebt?"

„Hör zu, sie war gut im Bett, aber nicht so gut wie du, okay? Ist es das, was du unbedingt wissen willst? Nun, wie kann man euch beide vergleichen? Zum einen war sie nicht rothaarig, ihr fehlte also dein Feuer. Sie hatte einen großartigen Körper, aber er war lange nicht wie deiner."

„Hör auf!"

„Ihre Brüste waren größer, aber nicht so empfindsam. Die Brustwarzen? Größer, dunkler. Schenkel? Genauso weich wie deine, aber lange nicht so stark." Er starrte anzüglich auf ihren Schoß. „Deine können einem Mann das Leben herauspressen."

Rusty schlug die Hand über den Mund, um das wütende, verletzte Schluchzen zurückzuhalten. Ihr Atem ging genauso hart und heftig wie seiner. Sie starrten einander mit einer Feindseligkeit an, die ebenso groß war wie die Leidenschaft, die sie miteinander geteilt hatten.

In diese geladene Atmosphäre platzte ausgerechnet Bill Carlson. „Rusty?"

Sie zuckte erschreckt zusammen, als sie die Stimme ihres Vaters vernahm. „Vater! Guten ... guten Morgen. Dies ist ..." Ihr Mund war trocken, und die Hand, mit der sie auf Cooper deutete, zitterte. „Das ist Cooper Landry."

„Ah, Mr. Landry." Carlson streckte die Hand aus, und Cooper schüttelte sie. Sein Griff war fest, wenn auch mit einem auffallenden Mangel an Begeisterung und sogar einem großen Anteil an Abneigung. „Mehrere meiner Leute haben versucht, Sie ausfindig zu machen." Da Cooper keine Anstalten machte, Erklärungen über seinen Aufenthaltsort abzugeben, dröhnte Carlson weiter: „Ich wollte Ihnen meinen Dank aussprechen, dass Sie meine Tochter gerettet haben."

„Dafür ist kein Dank nötig."

„Aber natürlich. Sie ist meine Welt, mein Ein und Alles. So, wie sie erzählt, sind Sie allein dafür verantwortlich, dass sie noch lebt. Um genau zu sein, sie hat mich gestern gebeten, Sie zu finden.“

Cooper sah zu Rusty, dann wieder zu Carlson, der jetzt in die Brusttasche seines Mantels griff und einen weißen Umschlag herausholte. „Rusty wollte sich noch einmal bei Ihnen bedanken.“

Cooper nahm den Umschlag an und öffnete ihn. Lange sah er auf den Inhalt, dann glitt sein Blick zu Rusty. Seine Augen strahlten kalte Verachtung aus. Einen Mundwinkel abfällig hochgezogen, zerriss er den Verrechnungsscheck in zwei Hälften und warf sie auf Rustys Schenkel.

„Danke, Miss Carlson, aber in unserer letzten gemeinsamen Nacht in der Wildnis bin ich ausreichend für meine Dienste entschädigt worden.“

## 12. KAPITEL

Carlson drehte sich wieder zu seiner Tochter um, nachdem Cooper aus dem Raum gestürmt war. „Was für ein unangenehmer Zeitgenosse."

„Vater, wie konntest du nur! Ihm Geld anzubieten!" rief Rusty entsetzt.

„Ich dachte, das wäre es, was du von mir wolltest."

„Wie kommst du nur auf den Gedanken? Cooper ... Mr. Landry ist ein stolzer Mann. Glaubst du wirklich, er hätte mir das Leben gerettet, um daraus Profit zu schlagen?"

„Würde mich nicht überraschen. Er ist nicht gerade ein freundlicher Charakter, nach allem, was ich über ihn erfahren habe."

„Du hast Nachforschungen angestellt?"

„Aber natürlich. Sobald er als der Mann identifiziert wurde, der zusammen mit dir gerettet wurde. Mit ihm da in der Wildnis zu hausen kann nicht einfach für dich gewesen sein."

„Es gab gewisse Meinungsverschiedenheiten", gab Rusty mit einem bedrückten Lächeln zu. „Aber er hätte mich genauso gut zurücklassen und sich selbst jederzeit retten können."

„Nicht, wenn am Ende eine Belohnung auf ihn wartete."

„Das wusste er doch nicht."

„Der Mann ist clever. Er hat sich denken können, dass ich keine Kosten scheuen würde, um dich zu finden. Vielleicht war es die Summe, die ihn verstimmt hat." Carlson nahm die Papierschnipsel zur Hand. „Ich hielt die Belohnung eigentlich für recht großzügig, aber vielleicht ist er ja gieriger, als ich dachte."

Rusty schloss resigniert die Augen und ließ den Kopf auf die Kissen sinken. „Vater, er will dein Geld nicht. Er ist überglücklich, mich endlich los zu sein."

„Das beruht auf Gegenseitigkeit." Carlson ließ sich auf ihr Bett nieder. „Wie dem auch sei ... es ist zu schade, dass wir aus deinem Missgeschick kein Kapital schlagen können."

Abrupt öffnete sie die Augen. „Kapital schlagen? Wovon redest du?"

„Keine voreiligen Schlüsse, lass mich erst einmal ausreden."

Sie hatte bereits mehrere Schlüsse gezogen, und keiner davon gefiel ihr. „Du willst doch nicht etwa einen Film daraus machen?"

Carlson tätschelte ihre Hand. „Aber nein, nichts derart Vulgäres, meine Liebe." Zärtlich kniff er ihr in die Wange. „Dein Bruder hätte die Chance sofort erkannt, die sich da für uns aufgetan hat."

Wie üblich kam sie sich minderwertig im Vergleich zu ihrem Bruder vor. „Welche wäre?"

„Du hast dir einen Namen auf dem Immobilienmarkt gemacht", begann Carlson geduldig. „Und zwar nicht dadurch, indem du dich auf meinen Namen berufst. Vielleicht habe ich dir ein paar Möglichkeiten zugespielt, aber du hast sie umgesetzt und verwirklicht."

„Danke, aber worauf willst du hinaus, Vater?"

„Auf deine eigene Weise bist du so etwas wie eine Berühmtheit in dieser Stadt." Sie schüttelte grimmig den Kopf. „Doch, das meine ich ernst. Dein Name ist in wichtigen Kreisen bekannt. Und jetzt erscheinen dein Bild und dein Name in allen Nachrichten. Man hat aus dir so eine Art Volksheldin gemacht. Das ist kostenlose Publicity und so gut wie ein Konto auf der Bank. Ich schlage vor, wir nutzen diese Katastrophe zu unserem Vorteil."

Rusty stand am Rande einer Panik. „Du meinst, wir sollten die Tatsache, dass ich einen Flugzeugabsturz überlebt habe, dazu nutzen, um das Geschäft anzukurbeln?"

„Das kann doch nichts schaden!"

„Das muss ein Scherz sein." Aber er meinte es todernst. Nichts in seinem Gesicht oder in seiner Haltung deutete darauf hin, dass ihr Vater einen Witz machte. Sie schüttelte den Kopf. „Nein, Vater. Auf gar keinen Fall. Die Idee gefällt mir überhaupt nicht."

„Lehn nicht gleich ab", sagte er von oben herab. „Ich werde unsere Werbeagentur daransetzen, sie sollen ein paar Ideen entwickeln. Ich verspreche dir, dass ich mich mit dir kurzschließen und nichts veranlassen werde, bevor du nicht zugestimmt hast."

Er erschien ihr auf einmal wie ein Fremder. Die Stimme, das Gesicht, die Gesten – alles war ihr vertraut. Aber das Herz hinter der Fassade dieses Mannes kannte sie nicht. Im Grunde kannte sie ihn überhaupt nicht.

„Ich werde niemals zustimmen. Bei diesem Absturz sind fünf Männer ums Leben gekommen. Ich habe die Angehörigen getroffen. Ihre Witwen, ihre Kinder, ihre Eltern und Verwandten. Ich habe mit den Leuten geredet, ihnen mein ehrliches Beileid ausgesprochen. Jetzt ihr Unglück für unsere Zwecke auszunutzen ..." Sie schüttelte sich angewidert. „Nein, Vater. Das kann ich nicht tun."

Bill Carlson biss ich auf die Unterlippe, wie er es immer tat, wenn er nachdachte. „Na gut. Für den Moment halten wir diese Idee erst mal noch zurück. Aber mir ist noch etwas anderes eingefallen."

Er fasste sie bei den Händen. Rusty hatte das bestimmte Gefühl, dass sie festgehalten wurde, weil sie bei dem, was ihr Vater jetzt vorschlagen wollte, einen Anfall bekommen würde.

„Wie schon gesagt, ich habe gestern gründliche Erkundigungen über Mr. Landry eingezogen. Er besitzt eine große Ranch in einer wunderschönen Gegend in der Sierra."

„Das sagte er mir, ja."

„Das Land da ist überhaupt noch nicht erschlossen."

„Das macht ja auch die Schönheit dieser Landschaft aus, die Unberührtheit. Ich verstehe nicht, was das mit uns zu tun hat."

„Rusty, was ist denn mit dir?" fragte er neckend. „Bist du jetzt Naturschützer geworden, nur weil du zwei Wochen in den Wäldern gehaust hast? Du wirst doch wohl keine Petitionen herumreichen, in denen Bauunternehmer als Banausen beschimpft werden, die angeblich das Land verschandeln, nur weil eine neue Siedlung hochgezogen wird, oder?"

„Natürlich nicht, Vater." Sein neckender Ton enthielt eindeutig Kritik und Vorwurf. Rusty wollte ihn nicht enttäuschen, aber sie beeilte sich, ihm den Gedanken an ein

Geschäft mit Cooper auszutreiben. „Ich hoffe, du denkst nicht an ein Bauvorhaben in Mr. Landrys Teil des Staates. Ich kann dir versichern, er würde es nicht begrüßen. Im Gegenteil, er würde dich bekämpfen."

„Bist du sicher? Was hältst du von einer möglichen Partnerschaft?"

Sie starrte ihn ungläubig an. „Zwischen Cooper und mir?"

Carlson nickte. „Er ist Kriegsveteran, so was ist immer werbewirksam. Ihr habt zusammen einen Flugzeugabsturz überlebt und unglaubliche Entbehrungen in der kanadischen Wildnis ausgehalten, bevor ihr gerettet wurdet. So etwas macht sich auch gut, das hat Dramatik, die sich vermarkten lässt. Die Käufer werden die Geschichte nur so verschlingen."

Für jeden, einschließlich ihres Vaters, schienen der Absturz und die lebensbedrohlichen Situationen, denen sie ausgesetzt war, ein einziges großes Abenteuer zu sein. Ein Melodram, in den Hauptrollen Cooper Landry und Rusty Carlson.

Carlson war zu sehr mit seinen Plänen beschäftigt, um Rustys ablehnende Reaktion zu bemerken. „Ich könnte ein paar Anrufe machen. Bis morgen hätte ich eine Gruppe Investoren zusammen, die sich darum reißen würden, in dieser Gegend Eigentumswohnungen zu bauen. In Rogers Gap gibt es sogar einen Skilift, aber der ist nicht mehr auf dem neusten Stand. Wir werden ihn modernisieren lassen und dann um ihn herum bauen. Natürlich würden wir Landry beteiligen. Das würde die Dinge mit den anderen Ortsansässigen sicher leichter machen. Er mischt sich nicht gern unters Volk, aber man hat mir berichtet, dass er da unten ziemlich viel Einfluss besitzt. Offensichtlich hat er sich dort einen Namen gemacht. Sobald die Bauphase beginnt, kannst du die Wohnungen schon verkaufen. Das bringt uns Millionen ein."

Ihre Einwände gegen seinen Vorschlag waren zu zahlreich, sodass sie es gar nicht erst versuchte, sie vorzubringen. Sie musste diese Idee im Keim ersticken. „Vater, vielleicht hast du es vorhin nicht richtig verstanden. Mr. Landry ist nicht daran interessiert, Profit zu machen." Sie hielt die beiden Hälften des Schecks vor sein Gesicht. „Geld durch ein Immobiliengeschäft zu verdienen ist für ihn ein Unding. Er liebt das Land so, wie es ist. Er will, dass es unberührt bleibt. Er will keine Landschaftsentwickler dort oben. Er liebt es, wie die Natur die Landschaft dort entwickelt hat."

„Jeder Mann ist käuflich, Rusty", meinte Carlson trocken.

„Nicht Cooper Landry."

Er streichelte ihre Wange. „Deine Naivität ist so charmant, Liebes."

Das Funkeln in seinen Augen kannte sie. Es war alarmierend. Es bedeutete, dass er in den Startlöchern stand, um mal wieder einen wirklich großen Deal zu machen. In dem Schwarm kapitalistischer Markthaie war ihr Vater der mit den schärfsten Zähnen. Rusty griff nach seiner Hand und drückte sie. „Versprich mir, hörst du, versprich mir, dass du es nicht tun wirst. Du kennst ihn nicht."

„Aber du schon?" Das Funkeln in seinen Augen erlosch, er kniff sie argwöhnisch zusammen. Langsam ließ

Rusty seine Hand los. Er wich unwillkürlich zurück, so als hätte sie eine ansteckende Krankheit. „Ich habe dir bewusst keine Fragen gestellt, Rusty, die dir peinlich sein könnten. Ich wollte uns beiden das ersparen. Aber ich bin nicht blind. Landry ist ja schon fast das Klischee des Machos. Er ist der Typ, der Frauen unweigerlich dazu verleitet, sich einzubilden, die Einzige zu sein, die ihn zähmen kann." Er fasste sie am Kinn und sah ihr in die Augen. „Du bist doch viel zu intelligent, um auf ein Paar breiter Schultern und eine brütende Miene hereinzufallen. Ich kann nur hoffen, dass du keine gefühlsmäßige Bindung zu diesem Mann entwickelt hast. Das wäre nämlich wirklich bedauernswert."

Ohne es zu wissen, hatte ihr Vater Coopers Theorie bestätigt – dass ihre Gefühle nur von der erzwungenen gegenseitigen Abhängigkeit herrührten. „Unter den Umständen wäre es doch durchaus normal, eine Bindung zu entwickeln, oder nicht?"

„Ja, aber die Umstände haben sich wieder geändert. Du bist nicht mehr allein mit Landry in der Wildnis, du bist zu Hause. Du hast ein Leben, das du dir nicht durch unrealistische Schwärmereien verbauen solltest. Was immer da draußen auch passiert ist", er deutete mit dem Kopf zum Fenster, „ist vorbei und sollte so schnell wie möglich vergessen werden."

Cooper hatte praktisch das Gleiche gesagt. Aber es war nicht vorbei. Noch lange nicht. Und es konnte nicht einfach so vergessen werden. Was sie für Cooper fühlte, würde nicht schwächer werden. Sie hatte keine psychologische Abhängigkeit zu ihm entwickelt, die Schritt für

Schritt verschwinden würde, sobald sie ihr normales Leben wieder aufnahm.

Sie hatte sich verliebt. Cooper war nicht länger nur ihr Beschützer und Versorger, sondern etwas viel Wichtigeres. Er war der Mann, den sie liebte. Ob sie zusammen waren oder getrennt, das würde sich nie ändern.

„Mach dir keine Sorgen, Vater. Ich weiß genau, was ich für Mr. Landry fühle." Das war die Wahrheit. Sollte ihr Vater doch seine eigenen Schlüsse ziehen.

„Braves Mädchen." Carlson klopfte ihr wohlwollend auf die Schulter. „Ich wusste doch, dass ich mich auf dich verlassen kann. Du bist stärker und cleverer als vorher. Du hast einen klaren Kopf bekommen, wie dein Bruder."

Seit einer Woche war sie zu Hause, nachdem sie eine Woche im Krankenhaus gelegen hatte, um sich von der Operation zu erholen. Die Narbe sah nicht viel besser aus als vorher, aber der Arzt hatte ihr versichert, dass nach den nächsten Operationen nichts mehr davon zurückbleiben würde.

Bis auf das leise Ziehen in ihrem Bein ging es ihr prächtig. Der Verband war abgenommen, aber der Chirurg hatte ihr empfohlen, vorerst keine Hosen zu tragen, um das Gewebe nicht zu reizen, und weiterhin Krücken zu benutzen.

Die wenigen Pfunde, die sie seit dem Absturz verloren hatte, hatte sie wieder zugenommen. Jeden Tag legte sie sich eine halbe Stunde am Swimmingpool in die Sonne, um ihre Bräune aufzufrischen. Ihre Freundinnen hatten ihr Versprechen eingelöst, und da es nicht möglich gewesen war, Rusty in den Schönheitssalon zu bewegen, hatten die beiden den Schönheitssalon eben zu ihr gebracht. Ein Friseur hatte ihr die Haare geschnitten und ihrem Haar mit Packungen und Conditioner wieder zu früherem Glanz verholfen, eine Maniküre hatte sich ihrer Nägel angenommen, sie wieder in Form gebracht und mindestens ein Pfund Creme in Rustys immer noch raue Hände einmassiert.

Während Rusty der Maniküre zusah, dachte sie an die Wäsche, die sie mit der Hand gewaschen, ausgewrungen und zum Trocknen aufgehängt hatte. Es war immer ein Wettlauf mit der Zeit gewesen, ein Roulettspiel, ob die Wäsche noch vor dem Einsetzen des Nachtfrosts trocken werde würde. So schlimm war es doch gar nicht gewesen, oder? Nicht wirklich. Oder verherrlichte man die Dinge in der Erinnerung?

Was auf alles zutreffen könnte. Waren Coopers Küsse wirklich so weltbewegend gewesen? Waren seine geflüsterten Worte und seine Arme um sie wirklich so tröstend gewesen? Aber wenn nicht, warum wachte sie dann ständig in der Nacht auf und sehnte sich nach seiner Nähe, seiner Wärme?

Sie war noch nie so einsam gewesen.

Nicht, dass sie je allein wäre, zumindest nie lange. Freunde kamen mit kleinen nutzlosen Geschenken vorbei, um sie aufzumuntern. Denn jeder konnte sehen, dass sie immer missmutiger wurde. Körperlich ging es ihr mit jedem Tag besser, aber ihre Stimmung strebte unaufhaltsam dem Nullpunkt entgegen.

Freunde und Geschäftspartner sorgten sich um sie. Seit dem Absturz hatte sie sich verändert. Die gewohnte, freundliche Rusty war verschwunden. Man drängte ihr Schokolade und Tacos und ihre Lieblingsgerichte aus den besten Restaurants auf, um sie aufzuheitern.

Sie hatte plötzlich viel Zeit, aber sie war nicht untätig. Die Prophezeiung ihres Vaters war wahr geworden – sie war plötzlich ein Star unter den Immobilienmaklern. Jeder in der Stadt, der kaufen oder verkaufen wollte, suchte plötzlich ihren Rat hinsichtlich der Markttrends. Jeden Tag bekam sie Anrufe von potenziellen Kunden, zuzüglich einer beeindruckenden Zahl von Anfragen von Film- und Fernsehleuten. Sie hatte schon Ohrenschmerzen vom stundenlangen Telefonieren. Normalerweise wäre sie angesichts einer Liste von Kunden dieses Kalibers vor Freude in die Luft gesprungen. Stattdessen war sie von einer untypischen Leere erfüllt, die sie weder erklären noch füllen konnte.

Ihr Vater hatte kein Wort mehr von einer Erschließung in Rogers Gap erwähnt, sie hoffte, dass dieses Thema damit endgültig vom Tisch war. Er besuchte sie jeden Tag, angeblich, um sich nach ihren Fortschritten zu erkundigen, Rusty allerdings vermutete – vielleicht ungerechtfertigt –, dass ihrem Vater mehr daran lag, die Gunst der Stunde und ihrer potenziellen neuen Klienten zu nutzen.

Die Linien um seinen Mund wurden tiefer vor Ungeduld, und seine scherzhaften Ermunterungen, endlich wieder an die Arbeit zurückzukehren, wirkten mit jedem Mal gezwungener. Auch wenn sie nur die Anweisung des Arztes befolgte, sie wusste, dass ihre Genesungszeit besonders lange dauerte. Aber sie war fest entschlossen, erst wieder in ihr Büro zurückzukehren, wenn sie wirklich dafür bereit war.

An diesem Nachmittag stöhnte sie fürchterlich, als die Türglocke durch das Haus schallte. Ihr Vater hatte vorhin angerufen und seinen heutigen Besuch abgesagt, da er ein Geschäftstreffen wahrnehmen musste. Rusty war erleichtert gewesen. Sie liebte ihren Vater, hatte sich aber gefreut, denn nach seinen Besuchen fühlte sie sich jedes Mal wie ausgelaugt.

Wahrscheinlich war sein Geschäftsessen abgesagt worden, und so würde sie ihre Standpauke doch noch erhalten.

Auf Krücken humpelte sie zur Tür. Seit drei Jahren lebte sie jetzt in diesem Haus, ein kleines weißes Gebäude mit roten Ziegeln auf dem Dach, typisch für das südliche Kalifornien, in den Hang gebaut und von üppig blühenden Bougainvillea umrankt. Rusty hatte sich von der ersten Sekunde an in dieses Haus verliebt.

Auf eine Krücke gestützt, öffnete sie die Riegel der Tür und zog sie auf.

Cooper sagte kein Wort. Rusty auch nicht. Lange starrten sie einander nur stumm an, bevor Rusty zur Seite trat. Er schritt über die Schwelle. Rusty schloss die Tür und sah ihn an.

„Hi."

„Hi."

„Was tust du hier?"

„Ich wollte mich nach deinem Bein erkundigen." Er sah auf ihr Schienbein herunter. Sie streckte das Bein vor. „Sieht nicht viel besser aus."

„Das wird noch." Sein skeptischer Blick traf sie. „Der Doktor hat es mir versprochen", verteidigte sie sich.

Er wirkte wenig überzeugt, doch er ließ das Thema fallen. Langsam drehte er den Oberkörper und sah sich um. „Dein Haus gefällt mir."

„Danke."

„Meins ist ganz ähnlich."

„Wirklich?"

„Meines ist vielleicht etwas massiver, nicht so elegant eingerichtet. Aber ähnlich. Großzügige Räume, viele Fenster."

Sie hatte sich so weit erholt, dass sie sich wieder bewegen konnte. Bei seinem Anblick hatte ihr gesundes Bein, auf das sie das meiste Gewicht verlagerte, unter ihr nachgeben wollen. Jetzt traute sie sich wieder zu, vorwärts zu gehen, und bedeutete ihm, ihr zu folgen. „Komm herein. Möchtest du vielleicht etwas trinken?"

„Etwas Kaltes ohne Alkohol."

„Limonade?"

„Gern."

„Es dauert nur eine Minute."

„Mach dir keine Umstände."

„Ich wollte mir gerade selbst welche machen."

Sie durchquerte das Esszimmer und ging in die dahinter liegende Küche auf der Rückseite des Hauses. Er folgte ihr. „Setz dich doch." Rusty nickte zu dem Tisch in der Mitte des Raumes und ging dann zum Kühlschrank.

„Kann ich helfen?" fragte Cooper.

„Nein, danke. Ich habe mittlerweile viel Übung."

Sie drehte den Kopf, wollte ihm zulächeln und ertappte ihn dabei, wie er auf ihre Beine starrte. Weil sie davon ausgegangen war, dass sie den ganzen Tag allein verbringen würde, hatte sie sich keine große Mühe mit der Wahl ihrer Kleidung gegeben. Sie trug eine abgeschnittene kurze Jeans und war barfuß. Die Enden ihrer Bluse hatte sie in der Taille verknotet, ihr Haar zu einem hohen Pferdeschwanz zusammengebunden.

Cooper rutschte unbehaglich auf dem Stuhl hin und her. „Tut es weh?"

„Was?"

„Dein Bein."

„Oh. Nein. Nun, ein bisschen. Ich sollte damit noch nicht laufen und auch nicht Auto fahren."

„Arbeitest du schon wieder?"

Der Pferdeschwanz wippte, als sie den Kopf schüttelte. „Ich erledige manche Sachen per Telefon. Aber so weit, dass ich mich in Schale werfe und ins Büro an meinen Schreibtisch zurückkehre, bin ich noch nicht." Sie nahm die Grenadine aus dem Kühlschrank. „Und du? Viel zu tun, seit du wieder zu Hause bist?"

Sie goss etwas von dem roten Saft in eine Karaffe und gab eiskaltes Sodawasser hinzu. Dabei verschüttete sie etwas über ihre Hand und leckte es automatisch ab. Das war der Moment, in dem sie sich umdrehte, um ihm die Frage zu stellen.

Cooper beobachtete mit Adleraugen jede ihrer Bewegungen. Jetzt starrte er auf ihren Mund. Langsam ließ Rusty die Hand sinken und kümmerte sich weiter um die Limonade. Ihre Hände zitterten, als sie zwei Gläser aus dem Schrank nahm und Eiswürfel hineingab.

„Ja, ich bin beschäftigt."

„Wie sah es denn aus, als du zurückkamst?"

„So weit okay. Ein Nachbar hat die Tiere versorgt. Wahrscheinlich hätte er auch unbegrenzt weitergemacht, wenn ich nicht wieder aufgetaucht wäre."

„Das nennt man gute Nachbarschaft." Zu gern hätte sie das Gespräch leicht und unbeschwert gehalten, aber ihre Stimme klang brüchig und schrill. Die Atmosphäre lastete schwer wie ein schwüler Sommertag. Die Luft schien drückend. Rusty hatte das Gefühl, kaum atmen zu können.

„Hast du denn niemanden, der dir dabei hilft, die Ranch zu führen?" fragte sie.

„Zeitarbeitskräfte, hin und wieder. Die meisten von denen sind Skicracks, die nur arbeiten, um ihre Sucht finanzieren zu können. Wenn ihnen das Geld ausgeht, arbeiten sie für ein paar Tage, bis sie sich wieder einen Skipass und Kost und Logis leisten können. Das System funktioniert für sie und für mich."

„Weil du es nicht magst, ständig Leute um dich herum zu haben."

„Genau."

Abgrundtiefe Mutlosigkeit überkam sie. Sie versuchte sie abzuschütteln, indem sie fragte: „Fährst du Ski?"

„Manchmal. Und du?"

„Ja. Oder zumindest habe ich es bisher getan. Ich nehme an, diese Saison werde ich wohl aussetzen müssen."

„Vielleicht auch nicht. Es war ja nichts gebrochen."

„Ja, vielleicht."

Und das, so schien es, war alles, was zu sagen war. In schweigendem Einverständnis beendeten sie den überflüssigen Small Talk und taten das, was sie wirklich wollten – einander ansehen.

Sein Haar war geschnitten worden, aber es war immer noch lang. Ihr gefiel es, wie sich die Locken um den Kragen seines lässigen Hemdes kringelten. Kinn und Wangen waren glatt rasiert. Die Unterlippe war streng und unnachgiebig wie immer. Falls überhaupt, dann sahen die Linien um seinen Mund tiefer aus, machten sein Gesicht noch männlicher. Sie konnte nicht anders, sie fragte sich, was diese Falten wohl tiefer hatte werden lassen.

Seine Kleidung stammte nicht von einem exklusiven Designer, aber viele Köpfe auf dem Rodeo Drive würden sich nach ihm umdrehen. Eine erfrischende Abwechslung zu den elegant angezogenen Männern sonst auf der Prachtmeile. Bluejeans betonten den männlichen Körperbau eben mehr als jedes andere Kleidungsstück. Bei Cooper taten sie sogar noch mehr als bei den meisten anderen Männern. Rustys Magen begann zu flattern.

Das Baumwollhemd spannte sich über eine Brust, von der Rusty immer noch träumte. Die hochgekrempelten Ärmel gaben seine muskulösen Unterarme frei. Er hatte eine braune Bomberjacke aus Leder über der Schulter getragen, jetzt hing die Jacke auf der Rückenlehne seines Stuhls, vergessen. Überhaupt schien er alles vergessen zu haben, außer dieser Frau, die nur wenige Meter, aber trotzdem Lichtjahre von ihm entfernt stand.

Sein Blick glitt über ihre Gestalt, zog sie aus, und als würde er wirklich Kleidungsstück für Kleidungsstück entfernen, begann ihre Haut wie im Fieber zu brennen. Als er mit seiner durchdringenden Musterung bei dem ausgefransten Rand ihrer Jeansshorts angekommen war, deren Fäden die bloße Haut ihrer Schenkel kitzelten, war Rusty erregt wie nach einem zärtlichen Vorspiel.

Sein Blick ging wieder zu ihrem Gesicht. In ihren Augen spiegelte sich sein Verlangen wider. Wie magnetisch angezogen, ohne den Blick von seinen Augen zu wenden, bewegte Rusty sich auf ihren Krücken zu ihm hin. Auch er brach den Blickkontakt nicht ab. Je näher sie kam, desto weiter legte er den Kopf in den Nacken, um sie ansehen zu können. Es schien eine Ewigkeit zu sein, doch in Wahrheit waren es nur wenige Sekunden, bevor sie direkt vor ihm stand.

„Ich kann immer noch nicht glauben, dass du hier bist."

Stöhnend legte er den Kopf an ihre Brust. „Verflucht, Rusty. Ich konnte einfach nicht wegbleiben. Ich habs wirklich versucht, aber …"

Von ihren Gefühlen überwältigt, schloss sie die Augen. Sie liebte diesen Mann so sehr. Flüsternd nannte sie seinen Namen.

Er schlang die Arme um ihre Taille und barg sein Gesicht in dem duftenden Tal ihrer Brüste.

„Du hast mir gefehlt", gestand sie heiser. Sie erwartete nicht, dass er ihr ein ähnliches Geständnis machen würde. Er tat es auch nicht. Aber die Art, wie er sie hielt, war Beweis genug, wie sehr er sie vermisst hatte.

„Gott, du riechst so gut." Mit seinen Lippen liebkoste er ihre Brüste durch den Stoff hindurch.

„Du riechst nach den Bergen", sagte sie leise und küsste ihn aufs Haar.

„Ich muss …“ Hektisch knotete er ihre Bluse auf, fingerte an den Knöpfen. „Nur ein Mal …“

Bei der ersten heißen Berührung seiner Lippen auf ihrer Haut bog sie sich zurück und stöhnte laut. Ihre Knöchel traten weiß hervor, als sie die Finger um die Krücken verkrampfte. Sie sehnte sich danach, sie einfach fallen zu lassen und die Finger in sein Haar zu schieben. Sie spürte dieses seidige Haar auf ihrer Haut, als er den Kopf drehte, um sich ihrer anderen Brust zu widmen, leicht zu beißen, zu knabbern, die Spitze zu reizen.

Sie stieß einen Laut aus, der wie ein Schluchzen klang. Es war sowohl frustrierend als auch ungeheuer erregend, nicht selbst die Hände benutzen zu können. „Cooper“, keuchte sie flehend.

Er griff an ihren Rücken und löste den Verschluss ihres BHs, zog die Träger so weit herunter, wie es die Ärmel ihrer Bluse zuließen. Aber das reichte aus, ihre Brüste lagen bloß vor ihm. Er sah sich an ihnen satt, bevor er eine der harten Spitzen mit den Lippen umschloss und zärtlich daran sog. Rusty, gefährlich weit auf ihren Krücken zurückgelehnt, murmelte immer wieder andächtig seinen Namen.

„Sag mir, was du willst, egal was“, knurrte er heiser. „Sag es mir.“

„Ich will dich.“

„Weib, du hast mich. Was willst du?“

„Berühren. Berührt werden.“

„Wo?“

„Cooper …“

„Wo?“

„Du weißt, wo“, schrie sie auf.

Brüsk öffnete er den Knopf ihrer Shorts und zog den Reißverschluss herunter. Ihr knapper Slip bedeckte gerade ihre Scham. Er wollte lächeln, doch die Leidenschaft ließ es nicht zu. Aufstöhnend streifte er den Slip zusammen mit den Shorts herunter und küsste ihre empfindsamste Stelle.

Rusty hatte keine Kraft mehr. Sie ließ die Krücken los, die klappernd zu Boden fielen. Als sie ins Schwanken geriet, stützte sie sich mit den Händen auf Coopers Schultern ab.

Er glitt von dem Stuhl vor ihr auf die Knie. Sie biss sich auf die Unterlippe, um den Schrei der Lust zu unterdrücken, als er begann, sie mit der Zunge zu liebkosen.

Und er hörte nicht auf. Nicht, nachdem die erste Welle der Ekstase über sie schwappte. Auch nicht, nachdem die zweite sie überrollt hatte. Er hörte nicht auf, bis ihr Körper glühte, bis ihr feuchte Haarsträhnen an Schläfen, Wangen und Hals klebten, bis sie unkontrolliert zuckte und bebte.

Erst dann erhob er sich und nahm sie auf seine Arme. „Wohin?“ Seine Miene war weich und zärtlich, als er sich über sie beugte – zärtlicher, als sie es je gesehen hatte. Der argwöhnische Ausdruck in seinen Augen war verschwunden, sie wagte zu hoffen, es könnte Liebe sein, was jetzt in ihnen glitzerte.

Mit der Hand zeigte Rusty in die Richtung des Schlafzimmers. Cooper fand das Zimmer ohne Probleme. Da sie sich in letzter Zeit oft hier aufgehalten hatte, haftete dem Zimmer eine gemütliche, behagliche Atmosphäre an, die Cooper offensichtlich gefiel. Er lächelte, als er sie über die

Schwelle trug. Sanft stellte er sie auf ihr gesundes Bein ab, dann schlug er die Bettdecke zurück. „Leg dich hin."

Sie tat es, sah ihm nach, als er ins Bad ging. Sie hörte Wasser rauschen. Augenblicke später kam er mit einem feuchten Waschlappen in der Hand zurück. Er sagte kein Wort, aber seine Augen sprachen Bände, als er sie in Sitzstellung zog und ihr Bluse und BH von den Schultern streifte. So saß sie splitternackt vor ihm und auf wunderbare Weise bar jeglicher Scham.

Er rieb mit dem kühlen nassen Lappen über ihre Arme und Schultern, ihren Hals. Nachdem er Rusty sanft auf die Kissen zurückgedrückt hatte, legte er ihr die Arme über den Kopf und fuhr mit dem Tuch über ihre Brust, strich über die harten Knospen und lächelte. Fast hatte sie vor Wonne geschnurrt.

Seine Augen sprühten heiße Funken, als sein Blick von ihren Brüsten zu ihrem Nabel glitt. Er leckte über ihren Bauch, bevor er ihren Unterkörper mit dem Lappen abrieb. An ihrem Bein wischte er vorsichtig um ihre neue Narbe herum. „Dreh dich um."

Rusty warf ihm einen fragenden Blick zu, aber gehorsam drehte sie sich auf den Bauch und legte die Wange auf ihre übereinander gefalteten Hände. Langsam und sanft wusch er ihr den Rücken. An ihrer Rückenmulde hielt er kurz inne, dann strich er über ihre Pobacken.

„Hmm", stieß sie genießerisch aus.

„Das sollte ich eigentlich sagen."

„Bitte, nur zu."

„Hmm." Er wischte über ihre Beine, bis hinunter zu ihren Fußsohlen, wobei er herausfand, dass sie kitzelig war.

„Entspann dich, nur für eine Minute", sagte er, als er aufstand, um sich auszuziehen.

„Du hast leicht reden. Nach dem, was du mit mir gemacht hast."

„Mach dich auf was gefasst, Baby, es erwartet dich noch einiges mehr."

Trotz der Ankündigung war Rusty nicht darauf vorbereitet, als er sich der Länge nach auf sie legte. Sie schnappte nach Luft und erschauerte, als sie seine Haut auf ihrem Rücken fühlte und seine Schenkel fest an ihren zu liegen kamen. Ihr Po passte so wunderbar an seine Lenden, wo sie den Beweis seiner Erregung hart und gleichzeitig samtweich spüren konnte.

Er legte seine Hände auf ihre und verschränkte ihre Finger miteinander. Mit dem Mund schob er ihren Pferdeschwanz zur Seite, damit seine Lippen an ihr Ohr gelangen konnten.

„Ich kann nichts anderes mehr tun, als mich nach dir zu sehnen", murmelte er rau. „Kann nicht arbeiten, kann weder schlafen noch essen. Mein Haus bietet mir keine Zuflucht mehr. Daran bist nur du schuld. Die Berge besitzen keine Schönheit mehr. Dein Gesicht hat mich blind für sie gemacht."

Er bewegte sich auf ihr, um ihr näher zu kommen. „Ich war überzeugt, ich würde dich vergessen können, aber bis jetzt ist mir das nicht gelungen. Ich bin sogar nach Vegas gefahren und habe mir eine Frau für die Nacht gekauft. Als wir in dem Hotelzimmer saßen, habe ich sie angestarrt und mich betrunken, um Leidenschaft in mir zu erzeugen. Sie hatte ein paar wirklich tolle Kniffe drauf, aber nichts hat gewirkt, ich fühlte nichts. Ich konnte es einfach nicht tun. Wollte es nicht. Schließlich habe ich sie fortgeschickt, bevor sie mich so erbärmlich und jämmerlich fand, wie ich mich fühlte."

Er barg sein Gesicht in ihrem Haar. „Du rothaarige Hexe, was hast du da oben mit mir gemacht? Mir ging es gut, verstehst du? Alles war bestens, bis du aufgetaucht bist, mit deinen Lippen wie Samt und deiner seidigen Haut. Jetzt ist mein Leben keinen Pfifferling mehr wert. Alles, woran ich denken, was ich fühlen, riechen, sehen kann, bist du. Du."

Er drehte sie herum und drückte sie mit seinem Gewicht auf die Matratze. Seine Lippen suchten gierig ihren Mund. „Ich muss dich haben. Muss es einfach. Jetzt."

Er drängte sich an sie, als würde er sie beide zu einer Einheit verschmelzen wollen. Mit einer einzigen Bewegung spreizte er ihre Knie und stieß in die warmen Tiefen ihrer Weiblichkeit vor.

Aufstöhnend vor Lust, legte er den Kopf auf ihre Brust und beschwor alle Mächte des Himmels und der Finsternis, ihn von dieser Qual zu befreien. Sein Atem glitt heiß und rau über ihre Brüste, ließ die Spitzen hart werden, und er liebkoste sie wollüstig mit seinem Mund.

Seine Haut brannte. Rusty fühlt die Hitze, während ihre Finger unablässig über die harten Muskeln seines Rückens wanderten. Sie umfasste seine Pobacken und zog ihn noch enger an sich heran. Er stöhnte ihren Namen und küsste sie wieder auf den Mund.

Rusty fühlte sich, als wären ihr Flügel gewachsen, als könne sie in ungeahnte Höhen emporsteigen, hinauf ins grenzenlose Universum. Ihr Körper war bereit, ihn zu empfangen, so wie auch ihr Herz und ihre Seele, aus denen ihre Liebe im Überfluss sprudelte. Er musste es einfach fühlen, es wissen.

Sie war sicher, dass er es wusste, so wie er ihren Namen mit jedem einzelnen Stoß hervorpresste. Seine Stimme war voller Gefühl, aber einen Moment, bevor er jeden klaren Gedanken verlieren würde, fühlte sie, wie er sich aus ihr zurückziehen wollte.

„Nein! Wage es nicht!"

„Doch, Rusty. Es muss sein."

„Ich liebe dich, Cooper." Sie hielt ihn fest umklammert. „Ich will dich. Alles von dir."

„Nein, nein", stöhnte er, vor Entsetzen und Lust gleichzeitig.

„Ich liebe dich."

Mit zusammengebissenen Zähnen warf er den Kopf zurück, ergab sich dem Höhepunkt mit einem lauten Schrei, der aus den Tiefen seiner Seele zu kommen schien.

## *13. KAPITEL*

Schweiß tropfte von seiner Stirn. Sein ganzer Körper war in Schweiß gebadet. Cooper brach kraftlos auf Rusty zusammen. Sie wollte ihn halten und wiegen wie ein Kind.

Es schien ewig zu dauern, bevor er die Kraft fand, um sich wieder zu bewegen, aber keinen von ihnen drängte es, dass er von ihr abließ. Endlich rollte er sich auf den Rücken und lag erschöpft da. Rusty betrachtete das geliebte Gesicht. Seine Augen waren geschlossen, die Linien um seinen strengen Mund schienen ihr lange nicht mehr so tief wie bei seiner Ankunft, seine Miene viel entspannter.

Sie legte den Kopf auf seine Brust und streichelte seinen Bauch.

„Das bin nicht nur ich, aus der du dich zurückziehst, nicht wahr?“ Irgendwie wusste sie, dass es lange her war, seit Cooper die körperliche Vereinigung wirklich bis zum Ende durchgeführt hatte.

„Nein.“

„Es geht auch nicht darum, dass ich vielleicht schwanger werden könnte, oder?“

„Nein, darum geht es nicht.“

„Warum dann, Cooper? Warum tust du es?“ Als er die Augen aufschlug, entdeckte sie darin einen wachsamen Ausdruck. Er, den sie immer für furchtlos gehalten hatte, hatte Angst vor ihr. Vor einer nackten Frau, die hilflos neben ihm lag, völlig fasziniert von ihm und unter seinem Bann. Welche Bedrohung konnte sie überhaupt für ihn darstellen?

„Warum hast du dir diese Selbstdisziplin auferlegt?“ fragte sie leise. „Sag es mir.“

Er starrte an die Decke. „Es gab da eine Frau.“

Ah, dachte Rusty, die Frau.

„Sie hieß Melody. Ich traf sie nach meiner Rückkehr aus Vietnam. Ich war völlig am Ende. Verbittert. Wütend. Sie ...“, er machte eine hilflose Geste, „... sie hat die Dinge wieder in die richtige Perspektive gerückt, hat meinem Leben wieder einen Sinn gegeben. Ich ging damals auf Kosten der Armee zur Uni. Wir wollten heiraten, wenn ich das Studium beendet hatte. Ich bildete mir ein, alles liefe ganz wunderbar für uns.“

Er schloss die Augen wieder, und Rusty ahnte, dass er sich für den schwierigen Teil der Geschichte bereitmachte. „Dann wurde sie schwanger. Ohne dass ich es wusste, ließ sie das Kind abtreiben.“ Seine Hände ballten sich zu Fäusten. „Sie hat mein Baby getötet. Nach den ganzen Toten, die ich sehen musste, hat sie mein Kind ...“ Sein Atem ging so heftig, dass Rusty fürchtete, er würde eine Herzattacke bekommen. Sie legte tröstend eine Hand auf seine Brust und sagte sanft seinen Namen.

„Es tut mir so Leid, Cooper, Liebling. So unendlich Leid.“

Er atmete tief und schwer, bis seine Lungen wieder genügend Luft hatten. „Ja.“

„Seither warst du wütend auf sie.“

„Anfangs. Aber dann begann ich sie zu hassen, so sehr, dass ich nicht mehr wütend sein konnte. Ich habe so viele Dinge mit ihr geteilt, ihr so viel anvertraut. Sie wusste, was in meinem Kopf vorging, wie ich über alles dachte.

Sie hat mich dazu gedrängt, über das Gefangenenlager und die Dinge, die dort passiert sind, zu reden."

„Hast du das Gefühl, sie hat dein Vertrauen missbraucht?"

„Missbraucht und hintergangen." Mit dem Daumen wischte er sanft die Träne fort, die über Rustys Wange rollte. „Sie hielt mich in ihren Armen, während ich wie ein Baby weinte, ihr von meinen Freunden erzählte, die ich habe sterben sehen", flüsterte er heiser. „Ich habe ihr von der Hölle erzählt, durch die ich gegangen bin, von meiner Flucht. Davon, was ich getan habe, um zu überleben, bis ich endlich gerettet wurde. Selbst danach ... obwohl ich ihr erzählte, wie ich auf einem Haufen verwesender Leichen gelegen habe, um nicht wieder gefangen genommen zu werden ..."

„Cooper, nicht." Rusty schlang die Arme um ihn und zog ihn zu sich heran.

„... selbst dann geht sie hin und tötet unser Baby. Nachdem ich gesehen habe, wie Kinder getötet wurden, wahrscheinlich habe ich selbst einige umgebracht, nimmt sie ..."

„Schsch, nicht."

Rusty drückte seinen Kopf an ihre Brust und murmelte leise in sein Haar. Tränen verschleierten ihr den Blick. Sie konnte sein Leid spüren und wünschte, sie könnte diese Last für ihn tragen. Sie küsste ihn aufs Haar. „Es tut mir so Leid, Darling."

„Ich verließ Melody. Zog in die Berge, kaufte die Tiere, baute mein Haus."

Und eine Mauer um dein Herz, dachte Rusty traurig. Kein Wunder, dass er die Gesellschaft verachtete. Er war zweimal betrogen worden – von seinem Land, das nur ungern an seinen Fehler erinnert wurde, und dann von der Frau, die er geliebt und der er vertraut hatte.

„Deshalb bist du nie wieder das Risiko eingegangen, dass eine Frau von dir schwanger werden könnte."

Er hob den Kopf und sah ihr in die Augen. „Ja. Bis jetzt." Er umfasste ihr Gesicht. „Bis du gekommen bist. Da konnte ich mich nicht mehr zurückhalten." Er küsste sie heftig. „Ich wollte, dass es ewig dauert."

Lächelnd sah sie ihn an. „Ich hatte den Eindruck, es würde ewig dauern."

Jetzt lächelte auch er, ein jungenhaftes, selbstzufriedenes, stolzes Lächeln. „Wirklich?"

Rusty lachte. „Ja, ehrlich."

Er ließ seine Hand zwischen ihre Schenkel gleiten, hinauf zu ihrem feuchten Schoß. „Du trägst jetzt einen Teil von mir in dir." Er küsste sie zärtlich auf die geschwollenen Lippen.

„Das wollte ich auch. Dieses Mal hätte ich nicht zugelassen, dass du dich zurückziehst."

„Ach ja?" Da stand jetzt ein arrogantes, herausforderndes Funkeln in seinen Augen. „Und was hättest du dagegen unternommen?"

„Nun, auf jeden Fall hätte ich wie eine Löwin gekämpft. So sehr wollte ich dich. Alles von dir."

Er knabberte zärtlich an ihrer Unterlippe. „Weißt du, das, was ich am meisten an dir mag ..."

„Ja?"

Er arbeitete sich an ihrem Hals entlang. „... ist, dass du immer aussiehst, als ob du gerade ..." Er flüsterte ihr eine unglaublich vulgäre Beschreibung ins Ohr. Nur bei Cooper hörte sich eine solche Gossensprache sexy an.

„Cooper!" entrüstete sich Rusty gespielt. Sie setzte sich auf die Fersen und stemmte in einer theatralischen Geste die Hände in die Hüften.

Er lachte. Der wunderbare, so seltene Klang seines Lachens war so ermutigend, dass sie diese Pose weiter beibehielt und sich noch prüder gab. Er lachte nur noch lauter. Sein Gelächter war echt und herzlich, ohne eine Spur von Zynismus. Am liebsten hätte sie sich darin eingehüllt wie in eine Decke. Sie wollte es festhalten, so wie man das Gefühl hatte, den ersten Sommertag festhalten zu müssen. Sie hatte Cooper Landry zum Lachen gebracht. Eine beachtliche Leistung. In den letzten Jahren konnten sich wahrscheinlich nur wenige damit rühmen, diesem Mann ein echtes Lachen entlockt zu haben.

Immer noch stand ein breites Grinsen auf seinem Gesicht, als er mit schriller Stimme ihr jüngferliches Entsetzen nachahmte: „Cooper!" Prompt schlug sie ihn halb beleidigt, halb amüsiert auf den nackten Schenkel. „He, es ist doch nicht meine Schuld, dass du dieses zerwühlte Haar und diesen Schlafzimmerblick hast." Er streckte die Hand aus und strich mit dem Daumen über ihre Unterlippe. „Oder dass dein Mund immer so aussieht, als wäre er gerade geküsst worden und bettelte jetzt nach mehr. Oder dass deine Brüste ständig beben."

„Beben?" hauchte sie atemlos, als er eine ihrer Rundungen liebkoste.

„Ja. Ist es denn meine Schuld, dass die Spitzen immer sofort vor Sehnsucht hart und bereit werden?"

„Um genau zu sein, es ist deine Schuld."

Ja, das gefiel ihm. Lächelnd spielte er mit der Knospe, benutzte Finger, Lippen und Zunge. Rusty spürte die vertraute Hitze in sich aufsteigen. Seufzend schob sie seinen Kopf von sich weg. Cooper sah sie erstaunt an, wehrte sich aber nicht, als sie ihn in die Kissen zurückdrückte. „Und was kommt jetzt?" fragte er nur.

„Dieses Mal werde ich dich zur Abwechslung verwöhnen."

„Ich dachte, das hättest du gerade."

Sie schüttelte das wirre Haar. Irgendwann hatte sich das Band gelöst, das ihren Pferdeschwanz zusammengehalten hatte. „Nein, du hast mich verwöhnt."

„Wo liegt da der Unterschied?"

Sie lächelte ein katzenhaftes Lächeln, ihr Blick war ein Versprechen. „Lass dich überraschen."

Eng umschlungen und erschöpft lagen sie anschließend beieinander.

„Ich dachte, nur die Damen des horizontalen Gewerbes wüssten, wie das richtig gemacht wird." Seine Stimme klang immer noch rau, weil er ihren Namen so laut herausgeschrien hatte. Er besaß gerade noch die Kraft, ihr mit den Fingerspitzen über den Rücken zu fahren.

„Habe ich es richtig gemacht?"

Er beugte den Kopf und sah auf die Frau, die an seiner Brust lag. „Weißt du das denn nicht?"

Ihr Blick war verhangen vor Liebe, als sie zu ihm hochschaute und schüchtern und unsicher den Kopf schüttelte.

„War es das erste Mal, dass du ...?“ Sie nickte. Er stieß einen leisen Fluch aus und zog sie für einen langen, zärtlichen Kuss zu sich empor. „Doch, ja. Das hast du gut gemacht“, sagte er mit einem Anflug von Humor, als er endlich die Lippen von ihrem Mund löste. „Nein, ich kann nicht klagen.“

Nach einem langen Schweigen fragte Rusty: „Was für ein Zuhause hast du eigentlich gehabt? Wie war euer Familienleben?“

„Familienleben?“ Während er darüber nachdachte, rieb er zärtlich mit seinem Bein über ihre linkes, sorgsam darauf achtend, nicht ihre Wunde zu berühren. „Das ist schon so lange her, dass ich mich kaum noch erinnern kann. Eigentlich weiß ich nur noch, dass mein Vater Vertreter war und jeden Tag zur Arbeit ging. Der Job hat ihn schließlich umgebracht – Herzinfarkt. Er war auf der Stelle tot. Damals war ich noch in der Grundschule. Meine Mutter hat ihm nie verziehen, dass er sie so früh zur Witwe gemacht hat. Und sie hat nie aufgehört, wütend auf mich zu sein, weil ... na ja, weil ich eben da war, wahrscheinlich. Für sie war ich nur eine lästige Pflicht. Sie musste arbeiten, um uns durchzubringen.“

„Sie hat nicht wieder geheiratet?“

„Nein.“

Wahrscheinlich hatte seine Mutter ihn auch dafür verantwortlich gemacht. Rusty konnte sich ausmalen, was passiert war. Cooper war ohne Liebe aufgewachsen. Kein Wunder, dass er jetzt die Hand, die sich ihm freundlich entgegenstreckte, lieber biss als akzeptierte. Er glaubte nicht an menschliche Wärme und Liebe. Er hatte sie nie erfahren. Seine persönlichen Beziehungen waren geprägt von Schmerz, Enttäuschung und Betrug.

„Ich bin zu den Marines gegangen, sobald ich mit der High School fertig war. Mutter starb während meines ersten Jahrs in Vietnam. Brustkrebs. Sie war einfach zu stur, um den Knoten in ihrer Brust untersuchen zu lassen, bevor es zu spät war."

Rusty strich mit dem Daumen über sein Kinn. Sie war erfüllt von Trauer und Mitleid für das einsame, ungeliebte Kind, das er gewesen war. So viel Trostlosigkeit, so viel Kummer. Im Vergleich zu ihm hatte sie es einfach gehabt.

„Meine Mutter starb auch."

„Und dann hast du deinen Bruder verloren."

„Ja, Jeff."

„Erzähl mir von ihm."

„Jeff war großartig", sagte sie mit einem liebevollen Lächeln. „Jeder mochte ihn. Er war so freundlich, so offen – die Art Mensch, für den niemand ein Fremder ist. Jeder hat sich zu ihm hingezogen gefühlt, er hatte außergewöhnliche Führungsqualitäten. Er konnte die Leute zum Lachen bringen. Er konnte einfach alles."

„Daran wirst du ja auch oft genug erinnert."

Ihr Kopf ruckte hoch. „Was soll das denn heißen?"

Cooper schien zu überlegen, ob eine Ausweitung dieses Themas angebracht war, und entschied sich dafür. „Hält dir dein Vater nicht ständig deinen Bruder als ein Beispiel vor Augen, dem du zu folgen hast?"

„Jeff hatte eine vielversprechende Zukunft im Immobiliengeschäft. Mein Vater wünscht sich das auch für mich, ja."

„Aber ist es wirklich deine Zukunft, die er dabei im Auge hat, oder Jeffs?“

Sie machte sich aus seinen Armen los und schwang die Beine aus dem Bett. „Ich weiß nicht, was du meinst.“

Cooper griff in ihr Haar, damit sie nicht aufstehen konnte, hinter ihr kam er auf seinen Knien zu sitzen. „O doch, das weißt du genau, Rusty. Alles, was du mir über Jeff und deinen Vater erzählt hast, lässt mich vermuten, dass du Jeffs Platz übernehmen sollst.“

„Mein Vater wünscht sich nur, dass ich Erfolg habe.“

„Was er als Erfolg ansieht. Du bist eine schöne, intelligente Frau. Eine liebende Tochter. Du hast eine Karriere, und du bist erfolgreich. Reicht ihm das immer noch nicht?“

„Nein! Ich meine, ja, natürlich. Er will doch nur, dass ich mein volles Potenzial ausschöpfe.“

„Oder Jeffs.“ Sie wollte von ihm weg, aber er hielt sie von hinten bei den Schultern fest. „Wie der Jagdtrip an den Great Bear Lake.“

„Ich sagte dir doch schon, das war meine Idee, nicht Vaters.“

„Aber warum hast du es für nötig befunden, dorthin zu gehen? Warum musst du die Tradition, die er mit Jeff pflegte, aufrechterhalten? Du bist doch nur dorthin gegangen, weil du hofftest, es würde deinem Vater gefallen.“

„Und was ist daran verkehrt?“

„Nichts. Wenn es eine Geste der Selbstaufopferung und der Liebe war. Aber ich glaube vielmehr, du wolltest deinem Vater beweisen, dass du genauso gut bist wie Jeff.“

„Na, das habe ich ja wohl gründlich vermasselt.“

„Das ist doch genau mein Punkt“, rief er lautstark. „Du magst weder das Jagen noch das Angeln. Na und? Weshalb solltest du dich deswegen als Versager betrachten?“

Sie schaffte es, sich von ihm loszureißen. Sobald sie stand, wirbelte sie zu ihm herum. „Das verstehst du nicht, Cooper.“

„Stimmt. Ich verstehe nicht, warum du so, wie du bist, nicht ausreichst für deinen Vater. Warum musst du dich ständig beweisen? Er hat seinen Sohn verloren, das ist tragisch, ja. Aber er hat immer noch eine Tochter. Und er versucht, sie in etwas hineinzuzwängen, das sie nicht ist. Ihr seid beide von Jeff besessen. Über welche Qualitäten auch immer er verfügte, er konnte ganz bestimmt nicht auf dem Wasser laufen.“

Anklagend richtete Rusty einen Finger auf ihn. „Du bist ja genau der Richtige, um über anderer Leute Obsessionen zu reden. Dir verschafft es doch geradezu perverse Befriedigung, dich in deiner Verzweiflung zu sonnen.“

„Das ist doch Blödsinn.“

„Genau. Denn es ist viel einfacher, dich auf deinem Berg zu verstecken, anstatt dich mit anderen Menschen abzugeben. Denn dann müsstest du dich vielleicht öffnen, diese anderen Menschen könnten ja sehen, wie du in deinem Innern bist. Und das macht dir grässliche Angst, nicht wahr? Weil man dich vielleicht erkennen könnte. Irgendjemandem könnte auffallen, dass du nicht der harte, kalte, gefühllose Mistkerl bist, der du vorgibst zu sein. Irgendjemand könnte erkennen, dass du fähig bist, Liebe zu geben und zu empfangen.“

„Schätzchen, die Idee mit der Liebe habe ich schon vor langer Zeit aufgegeben."

„Und was war das gerade hier?" Sie zeigte auf das zerwühlte Bett.

„Sex." Er ließ das Wort so schmutzig wie möglich klingen.

Rusty zuckte vor seinem verächtlichen Ton zurück, warf aber stolz den Kopf zurück. „Für mich war es das nicht, Cooper. Ich liebe dich."

„Das sagtest du bereits."

„Ich meine es auch so!"

„Du hast es in der Hitze des Gefechts gesagt, das zählt nicht."

„Du glaubst mir nicht, dass ich dich liebe?"

„Nein. So etwas gibt es nicht."

„Oh, die Liebe existiert." Sie spielte ihre Trumpfkarte aus. „Du liebst dein ungeborenes Kind immer noch."

„Sei still."

„Du trauerst immer noch um das Kind, weil du es immer noch liebst. Und du liebst auch immer noch all die Männer, die du in dem Gefangenenlager hast sterben sehen."

„Rusty ..." Er stand von dem Bett auf und stellte sich drohend vor sie.

„Du hast zusehen müssen, wie deine Mutter ihr Leben lang Bitterkeit und Ärger in sich getragen hat. Sie brauchte das zum Leben. Willst du dein Leben auch auf diese Weise verschwenden?"

„Besser, als so zu leben wie du. Ständig zu versuchen, jemand zu sein, der du nicht bist."

Feindseligkeit knisterte zwischen ihnen, so laut, dass keiner von ihnen beiden die Türglocke hörte. Erst als Bill Carlson nach seiner Tochter rief, wurde ihnen klar, dass sie nicht mehr allein waren.

„Rusty!"

„Ja, Vater." Sie ließ sich auf die Bettkante fallen und zog sich hastig an.

„Alles in Ordnung? Wessen altes Schrottauto ist denn das da draußen?"

„Ich komme sofort, Vater."

Cooper zog sich mit sehr viel mehr Fassung an als sie. Sie konnte nicht anders, sie fragte sich, ob er schon mal in einer kompromittierenden Situation überrascht worden war. Vielleicht bei dem unerwarteten Auftauchen eines Ehemanns ...

Sobald sie angezogen waren, half er ihr aufzustehen und reichte ihr ihre Krücken. Zusammen verließen sie das Schlafzimmer und gingen durch die Halle. Mit hochrotem Kopf betrat Rusty das Wohnzimmer.

Ihr Vater lief ungeduldig im Zimmer auf und ab. Als er sich umdrehte und Cooper erblickte, wurde seine Miene hart vor Ablehnung. Er bedachte Cooper mit einem eisigen Blick und sah dann vorwurfsvoll zu seiner Tochter.

„Ich kann einfach keinen Tag vergehen lassen, ohne nach dir zu sehen."

„Danke, Vater, aber es ist wirklich nicht nötig, dass du jeden Tag vorbeikommst."

„Das sehe ich."

„Du ... du erinnerst dich an Mr. Landry?"

Die beiden Männer nickten sich kühl zur Begrüßung zu und maßen sich mit Blicken, wie Wettkämpfer, die abzuschätzen versuchten, wer wohl als Sieger aus dem Kampf hervorgehen würde. Cooper schwieg eisern, Rusty konnte vor Verlegenheit nicht sprechen. Carlson war derjenige, der das unangenehme Schweigen brach.

„Vielleicht ist es sogar ganz gut, dass ich euch beide hier zusammen antreffe“, sagte er. „Ich wollte etwas mit euch besprechen. Sollen wir uns nicht setzen?“

„Sicher“, stimmte Rusty nervös zu, „tut mir Leid. Cooper?“ Sie deutete auf einen Sessel. Cooper zögerte, doch dann ließ er sich in die Polster fallen. Seine Verstocktheit war nervenaufreibend. Sie warf ihm einen unglücklichen Blick zu. Die Gawrylows hatte er mit dem gleichen unheilvollen Misstrauen betrachtet, und die Erinnerung daran wühlte sie auf. Welche Vergleiche stellte Cooper in seinem Kopf zwischen ihrem Vater und den beiden Männern an? Sie setzte sich in den Sessel neben Carlson.

„Worum geht es denn, Vater?“

„Der Landdeal, den ich dir gegenüber vor ein paar Wochen erwähnte.“

Rusty sank in sich zusammen. Alle Farbe wich aus ihrem Gesicht, ihre Handflächen wurden sofort feucht vor Aufregung. In ihren Ohren hörte sie bereits die Totenglocken läuten. „Ich dachte, das hätten wir schon erledigt.“

Carlson lächelte freundlich. „Nicht ganz. Aber jetzt. Die Investoren hatten Zeit und Gelegenheit, ihre Ideen zu Papier zu bringen. Und sie würden diese Vorschläge gern Mr. Landry unterbreiten.“

„Kann mir mal jemand sagen, worum, zum Teufel, es hier geht?“ ließ Cooper sich unhöflich vernehmen.

„Nein.“

„Aber gern“, widersprach Carlson seiner Tochter und begann sofort, in der ihm typischen dynamischen Art die verschiedenen Pläne für eine Erschließung des Landes um Rogers Gap inklusive Skiresort darzulegen.

Als krönenden Abschluss fügte er an: „Noch bevor wir damit fertig sind – natürlich arbeiten wir nur mit den innovativsten Architekten und Bauunternehmen zusammen –, wird dieses Gebiet Aspen, Vail und der Gegend um Lake Tahoe Konkurrenz machen. In ein paar Jahren, denke ich, könnten sogar die Olympischen Winterspiele dort stattfinden.“ Er lehnte sich in den Sessel zurück und lächelte zufrieden. „Nun, Mr. Landry, was halten Sie davon?“

Cooper, der während Carlsons Vortrag mit keiner Wimper gezuckt hatte, stand aus dem Sessel auf und ging im Wohnzimmer auf und ab, so als würde er den Vorschlag von jedem Blickwinkel aus betrachten. Da ihm ein großer Teil des infrage kommenden Landes gehörte – Carlson hatte seine Hausaufgaben gemacht – und man ihm die Position des Koordinators bei dem Projekt anbot, stand hier eine Menge Geld für ihn in Aussicht.

Carlson blinzelte seiner Tochter zu, absolut sicher, dass die Kapitulation jeden Augenblick erfolgen würde.

„Was ich davon halte?“ wiederholte Cooper schließlich.

„Ja, das war meine Frage“, sagte Carlson jovial.

Cooper sah ihm direkt ins Gesicht. „Ich denke, Sie sind nicht ganz bei Trost und Ihre Idee ist absoluter

Müll." Er stieß die Worte aus, dass sie tonnenschwer im Raum lasteten. Dann fügte er noch hinzu: „Und das Gleiche gilt auch für Ihre Tochter."

Er bedachte Rusty mit einem Blick, der sie hätte zu Stein erstarren lassen müssen. Er machte sich nicht einmal die Mühe, die Tür hinter sich zuzuknallen, als er hinausstapfte. Sie hörten, wie der Motor seines Wagens ansprang, dann das Knirschen des Kieses auf der Auffahrt, als er davonschoss.

Carlson schnaubte abfällig. „Siehst du, ich habe ihn von Anfang an richtig eingeschätzt."

Mit dem Wissen, dass sie sich nie von der Verletzung erholen würde, die Cooper ihr zugefügt hatte, sagte Rusty: „Du könntest dich nicht mehr irren, Vater."

„Er ist ein ungehobelter Kerl."

„Er ist ehrlich."

„Ein Mann ohne Ambitionen und Manieren."

„Ohne Affektiertheit."

„Und anscheinend ohne jegliches Moralgefühl. Er hat deine Einsamkeit schamlos ausgenutzt."

Sie lachte leise. „Ich kann mich nicht mehr erinnern, wer wen ins Schlafzimmer gezerrt hat, aber ganz sicher hat er mich nicht dazu gezwungen, mit ihm ins Bett zu gehen."

„Also habt ihr etwas miteinander?"

„Jetzt nicht mehr", sagte sie mit Tränen in den Augen.

Cooper glaubte, auch sie hätte ihn betrogen, so wie die andere Frau, Melody. Er dachte, sie hätte sich zum Instrument ihres Vaters gemacht, hätte Schlafzimmertaktiken benutzt, um Profit zu machen. Er würde ihr nie vergeben, weil er ihr nicht glaubte, dass sie ihn liebte.

„Du hast also die ganze Zeit mit ihm geschlafen? Hinter meinem Rücken?“

Sie wollte anführen, dass sie im reifen Alter von siebenundzwanzig ihrem Vater keine Rechenschaft über ihr Liebesleben schuldig war. Aber was würde es nützen? Und es würde auch nichts ändern. Ihre Energie hatte sie verlassen. Alles war aus ihr entwichen, Kraft, Rückgrat, der Wille zu leben.

„Als wir in Kanada waren, ja. Wir haben miteinander geschlafen. Als er an jenem Tag mein Krankenhauszimmer verließ, ist er nach Hause gefahren. Seither habe ich ihn nicht mehr gesehen, bis heute.“

„Dann hat er wohl doch mehr Verstand, als ich ihm zugetraut habe. Ihm ist klar, dass du nicht zu ihm passt. Wie die meisten Frauen siehst auch du die ganze Situation durch die rosarote Brille. Du lässt dich von deinen Gefühlen leiten anstatt von deinem Verstand. Ich hatte geglaubt, du wärest erhaben über solch weibliche Schwächen.“

„Nun, Vater, das bin ich nicht. Zufälligerweise bin ich eine Frau, und ich habe all die Schwächen und Stärken einer Frau.“

Er stand auf und kam auf sie zu, um sie versöhnlich zu umarmen. Da sie auf ihre Krücken gestützt stand, bemerkte er nicht, wie sie sich in seinen Armen versteifte. „Dieser Mr. Landry hat dich nur wieder aufgeregt. Er ist wirklich ein unflätiger Mistkerl, dir so etwas an den Kopf zu werfen. Glaub mir, Rusty, ohne ihn bist du besser dran.“ Dann fuhr er brüsk fort: „Wie auch immer. Von seinem mangelnden Charme werden wir uns nicht stören lassen, wenn wir Geschäfte mit ihm machen. Ich gedenke mit unseren Plänen fortzufahren, auch gegen seine Einwände."

„Vater, ich bitte dich ..."

Er legte ihr einen Finger auf die Lippen, um sie zum Schweigen zu bringen. „Lass uns heute nicht mehr darüber reden. Morgen fühlst du dich schon wieder besser. Du bist einfach nur zu aufgewühlt. Die Operation direkt nach der Rettung anzusetzen war wahrscheinlich doch keine so gute Idee. Da ist es nur verständlich, dass du nicht du selbst bist. Irgendwann wirst du wieder zur Vernunft kommen und die alte Rusty sein. Ich habe volles Vertrauen, dass du mich nicht enttäuschen wirst."

Er küsste sie auf die Stirn. „Gute Nacht, meine Liebe. Sieh dir diesen Vorschlag mal an." Er zog eine Aktenmappe aus seinem schmalen Koffer und legte sie auf den Tisch. „Ich komme morgen vorbei, dann möchte ich deine Meinung dazu hören."

Nachdem er gegangen war, verschloss Rusty die Tür und ging in ihr Schlafzimmer. Sie gönnte sich ein langes, heißes Bad, wie jeden Tag, da der Arzt ihr versichert hatte, dass es ihrem Bein nicht schaden würde. Doch selbst nachdem sie abgetrocknet und eingecremt war, hatte sie die Spuren ihres Liebesspiels mit Cooper nicht auslöschen können.

Die zarte Haut an ihren Oberschenkeln war gerötet und prickelte angenehm, ihre Lippen waren geschwollen und empfindsam. Jedes Mal, wenn sie sich mit der Zunge darüber fuhr, konnte sie Cooper schmecken.

Ihr Bett erschien ihr auf einmal so groß und verlassen wie ein Fußballfeld nach Saisonende. Die Laken rochen nach Cooper. In ihrem Geist durchlebte sie noch einmal jede Minute des Nachmittags, den sie miteinander verbracht hatten, das gegenseitige Vergnügen, das sie sich bereitet hatten, die erotischen Gespräche. Selbst jetzt noch hallten seine vielsagenden Bemerkungen in ihrem Kopf wider, jagten ihr eine neuerliche Hitzewelle durch den Körper.

Sie sehnte sich nach ihm. Die Aussicht auf eine endlose Reihe von unausgefüllten Tagen und einsamen Nächten war wahrlich kein Trost.

Sie hatte natürlich ihre Arbeit.

Und ihren Vater.

Ihren großen Freundeskreis.

Die gesellschaftlichen Unternehmungen.

Das war nicht genug.

Dort, wo der Mann sein sollte, den sie liebte, war ein großes Loch.

Sie setzte sich im Bett auf und presste das Betttuch an sich, so als würde diese Erkenntnis verschwinden, wenn sie sich nicht so lange festhielt, bis sie etwas unternehmen konnte.

Sie hatte zwei Möglichkeiten. Entweder sie rollte sich auf die Seite und stellte sich tot. Oder sie konnte um ihn kämpfen. Ihr stärkster Gegner war Cooper selbst. Er war stur wie ein Esel und von Grund auf misstrauisch. Aber irgendwann würde sie ihn kleinkriegen und ihn überzeugen, dass sie ihn liebte und er sie.

Ja, denn das tat er! Er konnte es leugnen bis zum letzten Atemzug, aber sie würde nie glauben, dass er sie nicht liebte. Denn direkt nachdem ihr Vater diese ungeheuerliche

Ankündigung gemacht hatte, kurz bevor Coopers Miene hart und verschlossen vor Verachtung geworden war, hatte sie den Schmerz gesehen. Und sie hätte diese Macht nicht, ihn zu verletzen, wenn er sie nicht lieben würde.

Sie legte sich wieder zurück, zufrieden und glücklich mit ihrem Beschluss. Sie wusste genau, was sie am Morgen zu tun hatte.

Ihren Vater erwischte es kalt. Ein gewiefter Stratege wie der listigste Viersternegeneral, hatte er eines außer Acht gelassen – den Überraschungsangriff.

Als Rusty am nächsten Morgen unangemeldet in sein Büro rauschte, sah er völlig verdutzt von seinem weißen Hochglanzschreibtisch auf.

„Ja, Rusty!" rief er aus. „Was ... für eine nette Überraschung."

„Guten Morgen, Vater."

„Wieso bist du hier? Ich meine, der Grund ist eigentlich unwichtig, ich bin froh, dass du wieder Unternehmungsgeist zeigst."

„Ich wollte mit dir sprechen und hatte keine Lust darauf zu warten, irgendwann in deinen vollen Terminkalender gequetscht zu werden."

Er zog es vor, ihre Kritik zu ignorieren und kam mit ausgestreckten Armen hinter dem Schreibtisch hervor. „Dir geht es besser, das sehe ich sofort. Hat Mrs. Watkins dir schon einen Kaffee angeboten?"

„Ja, aber ich möchte keinen."

Er betrachtete ihren lässigen Aufzug. „Scheinbar hast du nicht vor, in dein Büro zu gehen."

„Nein."

Er legte den Kopf leicht schief, wartete auf eine Erklärung. Als keine erfolgte, fragte er: „Wo sind deine Krücken?"

„Im Auto."

„Du bist mit dem Wagen hier? Du solltest doch nicht …"

„Ja, ich bin selbst gefahren. Ich wollte auf meinen eigenen Beinen hierher kommen und auf meinen eigenen Beinen vor dir stehen."

Er trat einige Schritte zurück und setzte sich auf die Schreibtischkante. Er kreuzte die Füße und verschränkte die Arme vor der Brust. Rusty kannte die Haltung nur zu gut. Er nahm sie immer dann ein, wenn er den Rückzug antrat, aber sein Gegenüber das nicht wissen sollte. „Ich gehe davon aus, dass du dir den Vorschlag gründlich angesehen hast." Er deutete mit dem Kopf auf die Mappe, die sie unter dem Arm trug.

„Ja."

„Und?"

Sie riss die Unterlagen in der Mitte durch und warf die beiden Hälften auf den glänzenden Schreibtisch. „Halte dich von Cooper Landry fern. Lass das Rogers-Gap-Projekt fallen."

Er lachte nur über ihre hochtrabende Geste und breitete die Arme mit einem hilflosen Schulterzucken aus. „Dafür ist es ein bisschen zu spät, Rusty, Liebes. Der Stein ist bereits ins Rollen gebracht."

„Dann halte ihn auf."

„Das kann ich nicht."

„Dann wirst du ernsthafte Schwierigkeiten mit deinen Investoren bekommen, Vater“, sie lehnte sich vor, „denn ich werde persönlich und öffentlich gegen dich angehen. Ich werde jede Naturschutzvereinigung zum Protest gegen dieses Unternehmen aufhetzen. Ich kann mir nicht denken, dass du das willst.“

„Rusty, um Himmels willen, komm endlich wieder zu Verstand.“

„Genau das bin ich. Irgendwann zwischen Mitternacht und zwei Uhr morgens bin ich zu Verstand gekommen. Ich habe erkannt, dass es etwas gibt, das mir viel wichtiger ist als jeder Immobiliendeal. Sogar wichtiger, als deine Anerkennung zu erlangen.“

„Etwa Landry?“

„Ja.“ Ihre Stimme war fest, nichts würde sie von ihrer Überzeugung abbringen können.

Carlson versuchte es trotzdem. „Du würdest alles für diesen Mann aufgeben? Alles, wofür du so hart gearbeitet hast?“

„Meine Liebe zu Cooper wird nichts von dem zerstören, was ich in der Vergangenheit erreicht habe oder in Zukunft erreichen werde. Die Liebe kann nur bereichern, nicht verwüsten.“

„Ist dir eigentlich klar, wie albern und unreif du dich anhörst?“

Sie war nicht beleidigt, sie lachte leise. „Ja, wahrscheinlich. Verliebte plappern oft dummes Zeug, nicht wahr?“

„Das ist nicht lustig, Rusty. Wenn du das tust, ist die Entscheidung unwiderrufbar. Wenn du deine Position hier aufgibst, dann war es das.“

„Das glaube ich nicht, Vater.“ Sie wusste, dass er bluffte. „Denk doch nur, wie schlecht es für das Geschäft wäre, wenn du deinen besten Mitarbeiter feuerst.“ Sie zog einen Schlüssel aus der Tasche ihres Nylonblousons und legte ihn auf den Tisch. „Für mein Büro. Ich nehme Urlaub auf unbestimmte Zeit.“

„Du machst dich zur Närrin.“

„Am Great Bear Lake habe ich mich zur Närrin gemacht. Aber das habe ich auch aus Liebe getan.“ Sie drehte sich auf dem Absatz um und marschierte zur Tür.

„Wohin gehst du?“ brüllte Bill Carlson. Er war nicht daran gewöhnt, so einfach stehen gelassen zu werden.

„Nach Rogers Gap.“

„Und dann?“

Rusty drehte sich zu ihrem Vater um. Sie liebte ihn, sehr sogar. Aber sie konnte ihr eigenes Glück nicht mehr für seines opfern. Mit unerschütterlicher Überzeugung sagte sie: „Und dann werde ich etwas tun, das Jeff nie gekonnt hätte: Ich werde ein Baby bekommen.“

## *EPILOG*

Rusty stand auf den Felsen und atmete tief die kühle Luft ein. Diese Aussicht langweilte sie nie. Sie blieb immer die Gleiche, und doch änderte sie sich ständig. Heute spannte sich der Himmel blau wie chinesisches Porzellan über die Erde. Noch immer lag Schnee auf den Bergspitzen, die sich am Horizont abzeichneten. Die kahlen Bäume zeigten die ersten grünen Knospen, Boten des Frühlings.

„Ist dir nicht kalt?"

Ihr Mann trat hinter sie und legte die Arme um sie. Sie schmiegte sich an ihn. „Jetzt nicht mehr. Wie geht es dem Fohlen?"

„Es frühstückt gerade. Mutter und Kind sind wohlauf." Sie lächelte und neigte den Kopf, als Cooper mit den Lippen über ihren Hals fuhr und an ihrem Ohrläppchen knabberte. „Und wie geht es der anderen Mutter?"

„Noch bin ich keine Mutter." Sie strahlte vor Glück, als er mit den Händen über ihren geschwollenen Leib strich.

„Für mich sieht das aber so aus."

„Du findest meine neue Figur wohl amüsant, was?" Mit gerunzelter Stirn blickte sie ihn über die Schulter hinweg an. Aber es war unmöglich, ihn lange tadelnd anzusehen, wenn sein Gesicht so viel Liebe ausdrückte.

„Ich liebe diese Figur."

„Ich liebe dich."

Sie küssten sich. „Ich liebe dich auch", murmelte er, als ihre Lippen sich voneinander lösten. Worte, von denen er immer gedacht hatte, er würde sie unmöglich aussprechen können, kamen jetzt ganz selbstverständlich über seine Lippen. Sie hatte ihn gelehrt zu lieben.

„Dir blieb ja gar keine andere Wahl."

„Ja, ich weiß noch, wie du an dem Abend vor meiner Tür standest, zerzaust und struppig wie ein ausgesetztes Kätzchen im Gewittersturm."

„Wenn man bedenkt, was ich hinter mir hatte, fand ich eigentlich, dass ich recht gut aussah."

„Ich wusste nicht, ob ich dich küssen oder gleich in die Wanne stecken sollte."

„Du hast beides getan."

„Ja, aber das Baden kam erst sehr viel später."

Sie lachten, doch dann wurde er ernst. „Ich konnte nicht glauben, dass du allein den ganzen Weg hierher gefahren bist. Hattest du denn den Wetterbericht nicht gehört? Die Sturmwarnungen? Du bist durch den ersten schweren Schneesturm der Wintersaison gefahren. Wenn ich daran denke, überkommt mich jetzt noch die Angst." Er zog sie enger an sich heran, legte die Hände auf ihre Brust und vergrub das Gesicht in ihrem Haar.

„Ich musste dich einfach sehen, bevor mich der Mut verließ. Ich wäre auch durch die Hölle gegangen, um hierher zu kommen."

„Das bist du ja auch fast."

„Damals schien es mir gar nicht so schlimm. Außerdem habe ich einen Flugzeugabsturz überlebt. Was ist da schon ein bisschen Schnee?"

„Das war wohl kaum ein 'bisschen' Schnee. Und dann auch noch mit deinem verletzten Bein Auto zu fahren."

Sie zuckte nur die Achseln. Zu beider Entzücken hoben und senkten sich ihre Brüste bei der Bewegung in seinen Händen. Er massierte sie sanft, wohl wissend, welche Unbequemlichkeiten sie Rusty seit Beginn der Schwangerschaft bereiteten.

„Empfindlich?"

„Ein bisschen."

„Soll ich aufhören?"

„Niemals."

Zufrieden mit ihrer Antwort, stützte er das Kinn auf ihren Kopf und massierte weiter.

„Ich bin froh, dass die Operationen an meinem Bein bis nach der Geburt verschoben worden sind", sagte sie. „Das heißt, wenn es dir nichts ausmacht, ständig diese hässliche Narbe ansehen zu müssen."

„Ich mache doch immer die Augen zu, wenn wir uns lieben."

„Ich weiß. Ich ja auch."

„Woher willst du dann wissen, dass meine Augen geschlossen sind?" neckte er sie.

Sie lachten wieder, denn keiner von beiden schloss die Augen. Sie waren beide viel zu hingerissen davon, den anderen und sich selbst in der Hitze der Leidenschaft zu beobachten und sie noch weiter zu schüren.

Zusammen schauten sie zu dem Falken auf, der träge seine Kreise über den Bergen zog.

„Weißt du noch, was du zu mir gesagt hast, als ich damals die Tür öffnete?" fragte Cooper.

„Ja. Ich sagte: 'Du wirst mich dich lieben lassen, Cooper Landry, und wenn es dich umbringt'."

Er lachte leise, und ihm wurde warm ums Herz, wie damals an jenem Abend, wenn er daran dachte, welchen Mut es sie gekostet haben musste, zu ihm zu kommen und ihm das zu sagen. „Was hättest du gemacht, wenn ich dir die Tür vor der Nase zugeknallt hätte?“

„Aber das hast du nicht.“

„Aber wenn ich es getan hätte?“

Sie überlegte einen Moment. „Wahrscheinlich hätte ich sie eingeschlagen, wäre hereingekommen, hätte mir die Kleider vom Leib gerissen, dir meine ewige Liebe erklärt und dir mit Gewalt gedroht, wenn du mich nicht wiederlieben würdest.“

„Genau das hast du doch getan.“

„Ach ja.“ Sie kicherte. „Nun, ich hätte eben weitergemacht, bis du deinen Widerstand aufgegeben hättest.“

Er küsste sie aufs Ohr. „Du bist auf die Knie gefallen und hast mich angefleht, dich zu heiraten und dir ein Kind zu schenken.“

„Wie gut deine Erinnerung doch funktioniert.“

„Das war aber nicht alles, was du da unten auf den Knien getan hast.“

Sie drehte sich in seinen Armen um und flötete: „Ich habe nicht gehört, dass du dich beschwert hättest. Oder sollte dieses Gestammel und Gestöhne etwa eine Beschwerde gewesen sein?“

Er warf den Kopf zurück und lachte lauthals. Etwas, das er jetzt häufig tat. Sicher, es gab auch Zeiten, da fiel er in seine düstere Grübelei zurück, wurde zu dem in sich gekehrten Mann, der er einmal gewesen war. Dann durchlebte er in Gedanken noch einmal die unglücklichen Phasen seines Lebens. Aber sie konnte ihn aus dieser Stimmung immer wieder rausholen. Mit Geduld und Liebe löschte sie Schritt für Schritt die schlechten Erinnerungen und ersetzte sie durch gute, glückliche Bilder.

Jetzt drückte sie ihm einen Kuss auf den starken, gebräunten Hals. „Wir sollten uns besser für die Reise nach L. A. fertig machen."

Einmal im Monat fuhren sie in die Stadt und verbrachten zwei, drei Tage in Rustys Haus. Dann gingen sie in den besten Restaurants essen, besuchten Konzerte und sahen sich Filme im Kino an oder waren auf Partys eingeladen. Rusty hielt den Kontakt zu ihren alten Freunden und war glücklich über die neuen Freundschaften, die Cooper und sie als Paar pflegten. Cooper konnte äußerst charmant sein, wenn er es darauf anlegte, und war ein interessanter Gesprächspartner, der sich auf vielen Gebieten auskannte.

Während der Zeit in der Stadt kümmerte Rusty sich um die vielfältigen geschäftlichen Angelegenheiten, die sie dort erwarteten. Nach ihrer Hochzeit war sie zur Vizepräsidentin der Immobilienfirma ihres Vaters befördert worden.

Cooper arbeitete als ehrenamtlicher Berater in einer Selbsthilfeorganisation für Kriegsveteranen. Er hatte einige Programme initiiert, die überall im Land eingesetzt wurden.

Arm in Arm wanderten sie jetzt eng umschlungen zum Haus zurück, das in einen kleinen Pinienhain gebaut war und das ganze Tal überblickte. Pferde und Rinder grasten auf den Bergweiden.

„Weißt du“, hob er an, als sie ihr Schlafzimmer mit der breiten Fensterfront betraten. „Dieses Gerede über den Abend, als du hier angekommen bist, hat mich richtig aufgeregt und erhitzt.“ Cooper knöpfte sein Hemd auf.

„Du bist immer aufgeregt und erhitzt.“ Rusty zog sich ihren Rollkragenpullover über den Kopf. Wenn sie allein zu Hause waren, trug sie nie einen BH.

Den Blick unverwandt auf ihre Brüste gerichtet, öffnete er den Verschluss seiner Jeans und kam auf sie zu. „Und es ist immer deine Schuld.“

„Du begehrst mich also immer noch, obwohl ich so aus der Form gegangen bin?“

Statt einer Antwort griff er ihre Hand und legte sie auf seine Männlichkeit. „Ich begehre dich.“ Er stöhnte leise, als sie ihn zu massieren begann, und küsste ihre Brust. „Solange du du selbst bist, Rusty, werde ich dich immer lieben.“

„Das ist auch gut so“, seufzte sie. „Denn genau wie nach dem Flugzeugabsturz hast du mich jetzt wie einen Mühlstein am Hals. Auf ewig.“

*– ENDE –*

*Nora Roberts*

Einklang der Herzen

Nora Roberts fulminanter Debütroman erstmals als Hörbuch! Exklusiv mit einem wunderbaren Titelsong, gesungen von Nino de Angelo und Lisa Shaw.

Hörbuch
9,95 € (D)
ISBN 3-89941-206-0

MIRA®

*Nora Roberts*

Melodie der Liebe

Die Liebe zu dem charmanten Komponisten Spence Kimball lässt die junge Natasha Stanislaski endlich ihre schmerzliche Vergangenheit vergessen.

Band-Nr. 25116
6,95 € (D)
ISBN 3-89941-152-8

*Nora Roberts*

Die MacGregors 5
Hochzeitsfieber bei den MacGregors

Boston im Hochzeitsfieber: Gleich drei Enkeltöchter von Daniel MacGregor finden den Mann fürs Leben! Drei Romane von Nora Roberts – dreimal ein romantisches Lesevergnügen über die einzigartigen MacGregors!

Band-Nr. 25119
7,95 € (D)
ISBN 3-89941-155-2

Band-Nr. 25118
6,95 € (D)
ISBN 3-89941-154-4

*Debbie Macomber*

Heiße Nächte in Alaska

Vorsicht, heiß – drei Liebesromane aus dem kalten Alaska!

*Sawyer*
Als Sawyer O'Halloran die hübsche Abbey am Flughafen von Anchorage, Alaska, empfängt, erwartet ihn eine Überraschung – es gibt sie doch, die Liebe auf den ersten Blick!

*Charles*
Seit dem Naturforscher Charles O'Halloran die blonde Journalistin Lanni begegnet ist, möchte er nicht mehr allein in den Weiten Alaskas leben ...

*Mitch*
Mitch Harris will nie wieder heiraten – außer vielleicht Bethany, die neue hübsche Lehrerin seiner Tochter ...

MIRA®

*Sandra Brown*
Dschungel der Gefühle
Band-Nr. 25097
6,95 € (D)
ISBN 3-89941-130-7

*Tess Gerritsen*
Akte Weiß
Band-Nr. 25106
6,95 € (D)
ISBN 3-89941-142-0

*Nora Roberts*
Die Traumfängerin
Band-Nr. 25105
6,95 € (D)
ISBN 3-89941-141-2

*Nora Roberts*
Winterträume
Band-Nr. 25077
6,95 € (D)
ISBN 3-89941-100-5